BBULMEDIA

www.bbulmedia.com

www.bbulmedia.com

좀비묵시록
82-08

좀비묵시록
82-08

1판 1쇄 찍음 2016년 3월 30일
1판 1쇄 펴냄 2016년 4월 5일

지은이 | 박스오피스
펴낸이 | 정 필
펴낸곳 | 도서출판 뿔미디어

편집장 | 이재권
기획 · 편집 | 문정흠

출판등록 | 2002년 9월 11일 (제1081-1-132호)
주소 | 경기도 부천시 원미구 소향로 17번길(두성프라자) 303호 (우) 14544
전화 | 032)651-6513 / 팩스 032)651-6094
E-mail | bbulmedia@hanmail.net
홈페이지 | http://bbulmedia.com

값 8,000원

ISBN 979-11-315-7064-7 04810
ISBN 979-11-315-6934-4 04810 (세트)

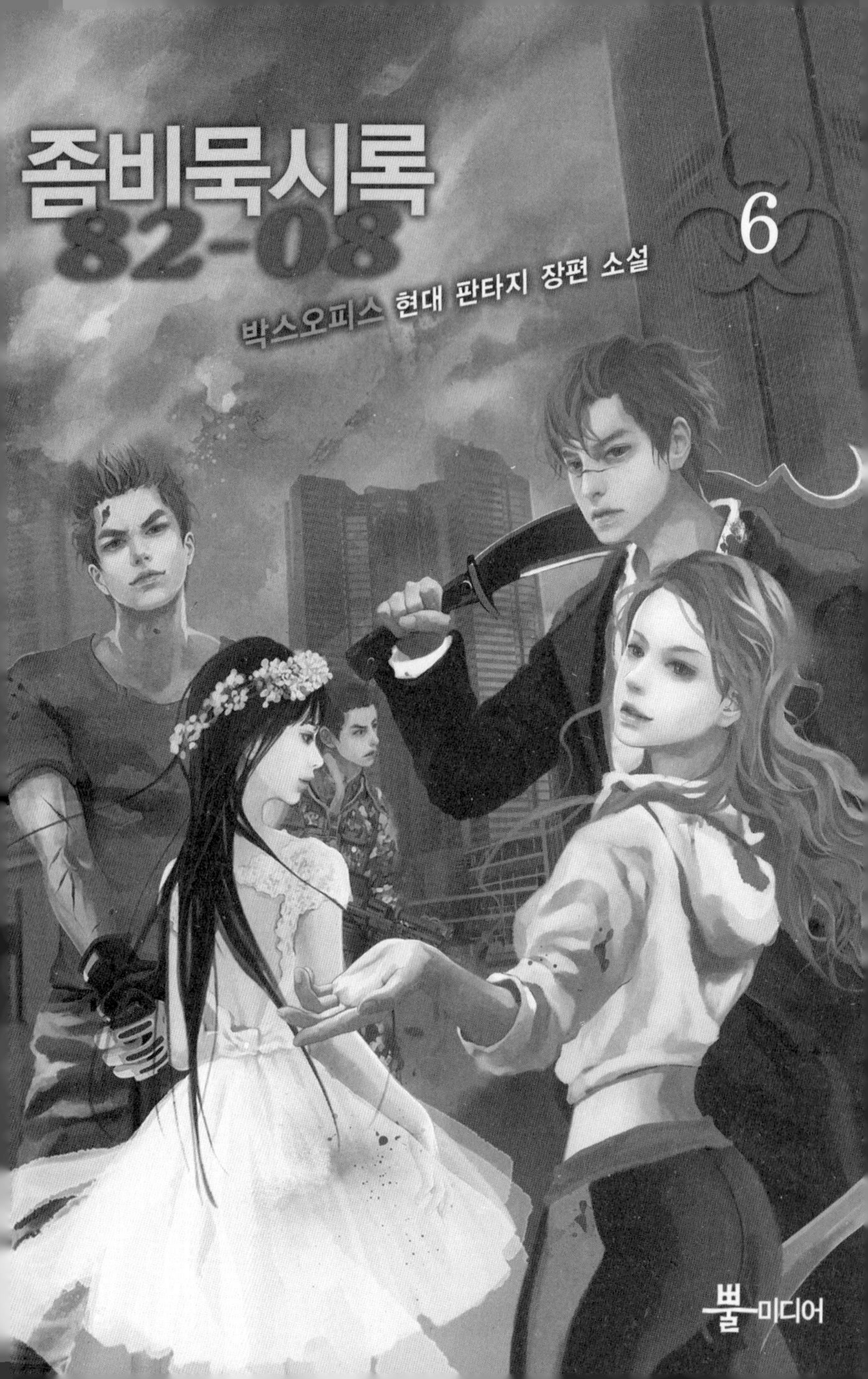
좀비묵시록
82-08
6
박스오피스 현대 판타지 장편 소설
뿔미디어

CONTENT

1장

불꽃처럼

1

뒷문을 밀치고 뛰어드는 좀비들 때문에 엔지니어를 찾아야 한다는 진우의 말은 잠시 끊겼다.

투투투투— 투투투—

진우의 총구가 다시 불을 뿜고, 좀비들의 머리가 박살 난다. 두개골이 열린 채 쓰러지는 끔찍한 모습과 저 지독한 악취는 아무리 보고 맡아도 적응이 되질 않는다.

잠시 후, 놈들의 습격이 잦아들 때쯤, 진우는 이 병장과 김 상병을 돌아보았다. 둘은 조금 전 진우가 했던 말을 미처 못 들은 것 같은 표정으로 뒷문만 노려보고 있다. 좁은 공간에서 울리는 시끄러운 총성과 메아리 때문에 귀가 먹먹해진 탓일 것이다.

"이 병장님!"

진우는 목청을 높였다.

"아까 그 사람! 그 엔지니어를 찾으러 가야 합니다! 자동차 키 말입니다!"

좀비들의 웨이브 하나가 끝났다. 지금 이 시기를 놓치면 언제 또 이렇게 좋은 기회가 올는지 기약할 수가 없다.

"하지만……!"

이 병장이 머뭇거린다. 그가 그렇게 하는 것에도 이유가 있다. 마지막으로 보았을 때 엘리베이터 표시등은 3층에 멈춰 서 있었다. 그러나 그놈이 엘리베이터에서 내린 이후 이 넓은 건물 중 어디로 도망을 갔을지는 아무도 모른다. 벌써 건물 외부로 빠져나갔을 수도, 어딘가 후미진 곳을 찾아 들어가 문을 잠근 채 숨어 있을 수도 있다.

물론 자동차 열쇠는 정말 간절하게 필요한 물건이다. 그게 없이 빈손으로 되돌아간다고 해도 밀려드는 좀비들의 밥이 될 뿐이다. 하지만 김 상병을 업고 좀비들을 피해 계단을 뛰어다니면서 무사히 엔지니어의 신병을 확보할 수 있을지, 도무지 자신이 없었다.

"여기에 있는 것보다야 낫잖아! 이건 그냥 총알이 바닥나기를 기다리는 꼴밖에 안 돼! 일단 3층으로 가봐서 정 여의치 않으면 옥상으로 가자고!"

중위가 끼어든다. 조금 전 넘어졌던 이후로 그는 계속 구역질을 해 대고 있었다. 오른팔도 미세하게 떨리는 경련이 멈추지 않는다. 한마디로 상태가 심각해 보였다. 머릿속에서 혈관이 터진 게 분명하다.

언젠가 전해 들었던 말이 이 병장의 뇌리를 스친다. 머리를 세게 부딪쳤을 때, 밖으로 피가 흐르지 않는 게 훨씬 더 위험하다고……. 이 사람마저 죽어버린다면 화력이 20퍼센트 더 줄어드는 것이다.

"좋습니다!"

이 병장은 결심을 하고 김 상병을 어깨에 들쳐 업었다.

"분대! 일제히 3층으로 이동한다! 박 이병, 강 일병, 너희 둘이 선봉이다!"

전술 조끼에 탄창을 채워 넣은 진우가 앞장을 섰다. 사방에 정신없이 널려 있는 좀비들의 시체 사이로 조심스레 한 발, 한 발을 내디디며 문가까지 다가간 진우는 고개를 내밀어 복도를 살폈다.

쿠웅— 쿠웅—

아직도 포기하지 않은 두 놈이 강당의 앞문을 두드려 대고 있다. 좀비 중에서도 가장 멍청한 놈들인 모양이다. 반대쪽에서는 아직 달려오는 녀석들이 보이지 않는다. 잠가놓은 매점 문이 꽤나 대견하게 버텨주고 있어서 다행이다.

툭, 투둑.

진우는 재빨리 두 놈을 처리하고 복도로 이동하며 플래시를 켰다. 조명이 환히 밝혀져 있던 강당에 있다가 불이 꺼진 복도로 나오니, 동공이 어둠에 쉽게 적응하지 못한다. 뒤에 강 일병이 서 있는 것을 확인한 진우는 잠시 눈을 감았다가 떴다. 그러고는 계단을 향해 뛰기 시작했다.

콰르르릉—

깨진 유리문 사이로 천둥 소리가 요란하게 울린다. 이 밤의 태풍은 도무지 잦아들 기미가 없다.

"야, 박 이병. 너 여기 구조 알아? 방향도 확실히 모르면서 왜 이렇게 뛰어?"

뒤를 따르는 강 일병이 걱정스레 묻는다.

"아까 엘리베이터 옆에 붙은 그림에서 계단 위치를 봤습니다. 길은 알고 있습니다!"

"정말? 그런 게 있었다고?"

"네, 그렇습니다! 건물마다 다 있습니다!"

고등학교 시절, 친구들과 공사 마무리 심부름을 할 때 화재 발생 시 탈출 경로 패널은 지겹게 붙였다. 진우는 엘리베이터를 지나치면서 슬쩍 곁눈질을 해보았다. 아직도 3이라는 글자에 불이 들어온 채 멈춰 있다.

계단은 화물 엘리베이터에서 20여 미터 떨어진 코너를 돌아 위치해 있었다. 그러나 힘들게 그걸 뛰어 올라갈 필요는 없을 것 같았다. 그 바로 옆에 멀쩡한 직원용 엘리베이터가 두 대나 설치되어 있었기 때문이다.

"젠장! 처음부터 이리로 내려왔으면 조금 전 강당에서 그 난
리를 칠 필요도 없었잖아!"

3층 버튼을 누르며 김 상병이 투덜댄다. 이 병장은 헐떡이며
숨을 돌렸고, 중위는 벽에 기댄 채 어지럼증을 달래고 있다. 핏
기가 빠져나간 그의 얼굴에는 죽음의 그림자가 짙게 드리워져
있다.

"소, 손이 너무 떨려……. 제기랄, 이게 대체… 왜 이러
지……."

쉼 없이 부들거리는 오른손을 꽉 붙든 채 아무리 주물러 봐도
경련은 도무지 가라앉지를 않는다. 자세히 보면 오른쪽 눈꺼풀
역시 계속해서 파르르 떨린다. 뒤통수를 찧었을 때, 어딘가 심
각하게 다친 것이다.

땡―

그러는 사이 엘리베이터는 3층에 도착했다. 문이 열리기 직
전, 뛰쳐나갈 준비를 하는 강 일병을 제지하고, 진우는 개머리
판을 어깨에 붙였다. 한 번 올라간 이후 내려오지 않던 3층 엘
리베이터. 아무래도 불길하다.

스르릉―

문이 양쪽으로 벌어지는 그 찰나의 순간, 위장 무늬 하이바
두 개가 가장 먼저 눈에 들어왔다. 그리고 그 바로 아래 하얗게
변해 버린 눈동자와 벌어진 아가리도 보였다.

그라아아!

"으아아아아~!"

군복을 입은 좀비들과 깜짝 놀란 김 상병이 거의 동시에 울부짖었다. 문이 다 열리지도 않았는데 좀비는 그 문틈을 비집고 돌진해 온다. 진우는 주저하지 않고 연달아 쏘았다. 노린 곳은 내밀어진 어깨와 가슴의 중간. 하이바를 쓴 채 고개를 숙이고 달려드는 좀비를 무력화시킬 때 그곳을 맞춰 뒤로 날려 보내는 것이 가장 효율적이었다.

퍼벅—!

어깨가 박살 난 좀비의 몸통이 젖혀졌을 때, 진우는 총구를 돌려 두 번째 놈의 아가리에 쑤셔 넣다시피 한 뒤 쐈다.

퍼벅—!

놈의 얼굴이 형상을 알아볼 수 없을 만큼 처참히 박살 나고 터져 나온 뼛조각이 사방으로 튄다. 진우는 다시 첫 번째 놈의 턱을 향해 두 발을 더 날려서 끝냈다. 녀석들의 하이바는 산산조각으로 터져 나온 뇌수와 피로 가득 덮였다.

"으아! 씨발, 놀랐네……. 근데 이건 누구야? 못 보던 얼굴인데, 게이트 경비대인가? 어쩌자고 여기까지 올라왔지?"

김 상병이 가슴을 쓸어내리며 좀비의 시체를 살핀다. 어차피 얼굴은 이미 박살이 나버렸기 때문에 식별하는 것이 불가능하지만, 인상이 꽤나 낯설었다. 처음 보는 녀석들이다. 중위가 얼굴에 흐르는 식은땀을 쓸어내리며 일러준다.

"아마, 대공포대 애들이었을 거다. 우리랑은 별개로 원래부터 여기에 상시 주둔하고 있었거든."

애들이라…….

진우는 그 말을 심각하게 곱씹었다. 한두 마리를 잡았다고 해서 끝이 아니라는 뜻이다. 그들은 현재 이 건물의 정중앙에 위치해 있고, 그건 사방 어디에서든 좀비들이 덤벼들 수 있다는 의미였다. 시간을 끌지 말고 빨리 움직여서 엔지니어를 찾아야 한다. 살아 있든, 아니면 좀비가 되어 있는 상태든 그런 건 관계없다. 어차피 그들이 원하는 것은 엔지니어의 바지 주머니에 들어 있는 자동차 열쇠뿐이니까.

"화물 엘리베이터부터 가보자."

다시 김 상병을 업으며 이 병장이 말했다. 진우가 코너를 돌았을 때, 화물 엘리베이터 앞이 환해졌다가 다시 어두워지고, 이내 또 환해지는 광경이 보였다.

떵— 철컹— 쿵— 떵— 철컹— 쿵—

가까이 다가가면서 태풍의 거대한 소음에 묻혀 있던 소리들도 들린다. 시간이 경과해서 저절로 닫히려던 엘리베이터 문이 무언가에 부딪쳐 다시 열리기를 무한 반복하고 있는 것이다.

"뭐지? 왜 저래?"

한 발짝 뒤에서 따라오던 강 일병이 이해할 수 없다는 듯 중얼거린다. 아마 지금 그의 눈에는 바닥에 흥건하게 흘러나와 있는 피가 잘 보이지 않는 모양이다. 상황을 대충 파악한 진우는 조심스레 엘리베이터 앞으로 걸어갔다.

화물 엘리베이터 안은 온통 피로 가득했다. 아까 이것을 타고 내려가던 중 그가 아련하게 과거를 그리워하게 만들었던 카레 냄새는 피비린내로 덮여 있었고, 문가에는 상체가 뜯겨져 나간 채 숨을 거둔 엔지니어의 시체 하반신이 엎어져 있다. 그들이 걸어왔던 곳과 반대 방향 복도에는 피와 내장이 죽 흩어져서 엔지니어의 상체가 어디로 끌려갔는지를 보여준다.

그들에게 그랬던 것처럼, 엘리베이터 문이 열리자마자 덤벼든 또 다른 좀비가 엔지니어를 물어뜯고 그 자리에서 작살을 냈으리라. 그리고 시체가 끼는 바람에 엘리베이터는 이 3층에 발이 묶인 것이다.

"결국 이렇게 죽어버렸구나. 혼자 살겠다고 도망을 치더니… 쯧쯧."

이 병장이 답답하다는 듯 혀를 차는 동안 진우는 곧바로 시체의 바지 주머니를 더듬어 열쇠를 찾았다. 이런저런 생각을 할 여유가 없었다. 자신이 쏴 죽인 하이바 쓴 좀비들은 입가에 피를 묻히고 있지 않았으므로 이 엔지니어를 반으로 뜯어 죽인 놈, 혹은 놈들은 따로 있다.

"찾았습니다!"

진우는 들어 올린 스마트 키를 곧바로 이 병장에게 넘겼고, 이 병장은 다시 그것을 김 상병의 손에 쥐어 주었다.

"꽉 쥐고 있어. 나중에 열쇠 잃어버린 것 같아요, 어쩌구 하면 쏴 죽여 버릴 거야."

탁탁탁탁— 쿠당탕— 그롸아아아—

계단 쪽에서 여러 마리의 발소리와 굴러 떨어지는 소리, 좀비들의 울음이 한꺼번에 울려온다. 아마도 위층에 있던 녀석들이 새로 나타난 먹잇감을 반기며 뛰어오고 있는 모양이다. 옥상으로의 피신은 이제 선택지에서 삭제됐다. 일행은 얼른 엔지니어의 시체를 엘리베이터 안으로 끌어들이고 문을 닫았다.

"그런데 이거, 어디에 주차되어 있는 무슨 차인지도 모르잖습니까? 그 주차장 엄청 넓던데…….."

1층 복도로 돌아와 뛰는 동안 김 상병이 물었다.

"열쇠에 자동차 메이커 있잖아."

"현대입니다만… 거기 서 있는 차들 중에 절반은 현대 차일 테지 말입니다."

"그럼 알람 버튼을 계속 누르면서 뛰면 되지, 별걸 다 걱정한다."

화기애애하게 이야기를 나누던 이 병장과 김 상병은 동시에 입을 다물었다. 선봉에 선 진우가 손을 들어 멈추라는 신호를 보냈기 때문이다.

휘이이잉~

비를 가득 담은 바람이 불어와 열기와 흥분으로 달아오른 얼굴을 식혀준다. 트럭이 전복되었던 이래, 그토록 돌아가고 싶었던 지하 통로가 바로 눈앞에 보인다.

문제는 매점과 지하 통로 사이의 20여 미터 구간. 가로등이 비추는 그곳은 좀비들이 배회하는 죽음의 거리였고, 그 뒤쪽으로 철책이 뜯겨져 나간 곳에서는 파도가 계속해서 새로운 좀비 군단들을 실어 나르고 있었다. 물론 매점 내에도 아직 여러 마리가 들어 있다. 지하 통로 내부 역시 안전해 보이지만은 않는다.

"전부 열한 마리입니다. 제가 잡는 동안 곧바로 뛰셔야 합니다."

진우가 일행에게 작전을 설명한다. 사실 작전이랄 것도 없는 간단한 계획이다. 진우는 폭풍우가 몰아치는 밤에 길을 막고 이리저리 흩어져 뛰어다니는 좀비 열한 마리를 하나도 남김없이 쏴 죽여야 하고, 그사이에 세 명이 김 상병을 부축해 지하 통로까지 뛰어가면 된다.

그 세 명이란 반신에 마비가 오고 있는 중위와 눈이 거의 안 보이고 한 팔을 쓸 수 없는 강 일병, 그리고 김 상병을 업고 다니느라 지칠 대로 지친 이 병장이다.

그다음에는 총소리를 듣고 달려오는 다른 좀비들이 따라잡기 전에 차고까지 뛰어가서 차를 찾아 타야 한다. 지하 통로의 총 길이는 대략 1.5킬로미터. 진우가 한 놈이라도 빗맞히면 죽는다. 달리다가 넘어져도 죽는다.

"후우우~"

중위가 먼저, 그리고 이 병장이 그다음에 작게 한숨을 내쉰다. 말하는 사람도, 듣는 사람도 이것이 무리한 계획이라는 걸

절감하고 있지만, 입 밖에 내지는 않았다. 다들 눈 밑에 다크 서클이 짙게 드리워져 있고, 입술은 바짝 말라 있다.

정문 외곽에서 근무를 설 때부터 지금까지, 체력적으로나 정신적으로나 한계를 지난 지 오래다. 어떤 형태로든 이제 끝이 났으면 하는 약한 마음도 스멀스멀 고개를 쳐들었다.

"그냥 저를 어디 방 같은 데 숨겨놓았다가 차를 가져와서 데려가시면 안 됩니까? 꼭꼭 잘 숨어 있겠습니다."

김 상병이 말했다. 말이 쉽지, 그냥 버려 달라는 것과 다를 바가 없다. 더 이상 다른 사람들에게 짐이 되고 싶지 않은 것이다. 이 병장이 김 상병의 콧잔등을 톡, 치며 가볍게 대꾸했다.

"몇 번 이야기해야 되냐? 따라잡힐 것 같으면 던져서 미끼로 쓸 거라니까. 다 내가 필요하니까 업고 가는 거야."

하지만 굳이 자동차 열쇠를 김 상병에게 맡길 때부터 모두의 이미 마음은 정해져 있었다. 죽든 살든 함께할 거라고……. 대충 마음들을 다잡은 것 같아서 진우는 탄창을 갈았다.

열한 마리 중 그들이 가야 하는 경로에 위치해 있는 좀비들은 정확히 다섯 마리. 나머지 여섯은 조금 떨어진 곳에 서 있다. 진우는 가까운 놈부터 잡기로 하고 마음속으로 순서를 정했다.

"준비되셨습니까?"

김 상병을 양쪽에서 부축한 이 병장과 강 일병이 고개를 끄덕인다. 중위는 토하지 않기 위해 입을 틀어막은 채 애를 쓰고 있다. 조준경의 물기를 닦아낸 진우가 총을 겨누고 숨을 고른다.

그리고 방아쇠를 당겼다.

타앙―

총구를 빠져나와 음속을 돌파한 총알이 엄청난 소리를 내자
마자 좀비 한 마리의 뒤통수에 커다란 구멍이 뚫린다. 그리고
나머지 세 명은 일제히 뛰기 시작했다.

"으으윽!"

김 상병이 이를 악물고 뛴다. 부축을 받고 깽깽이걸음으로 달
리는 것이지만, 오른발을 힘차게 내디딜 때마다 그 충격은 고스
란히 부러진 왼쪽 무릎에까지 전달됐다.

타앙― 타당―

두 번째, 세 번째 좀비의 머리가 터진다. 다른 놈들이 앞을 가
로막지만, 병사들은 속도를 줄이지 않았다.

그롸아아아―

지하 통로에서도 마중을 나와준다. 중위가 부들거리는 손으
로 난사를 하며 놈들을 상대했다.

타앙, 투두둑―

또 두 마리가 쓰러졌다. 이제 경로는 확보됐고, 남은 건 제대
로 뛰어가는 일뿐이다. 진우도 뒤를 쫓아 달리면서 쏘기 시작했
다.

툭― 투둑― 투둑―

열네 발을 쏘았고, 여덟 마리를 잡았다.

그롸아아악―

인기척을 느끼고 매점에서 쏟아져 나온 좀비들이 이 병장 일행을 향해 덮쳐든다. 예상했던 것보다 수도 많고, 덤벼드는 시기도 빨랐다.

"이이익!"

강 일병이 부축을 풀고 돌아서서 매점 쪽 좀비들을 향해 연사한다. 그냥 이대로 도망만 치다가는 다 죽게 생겼다고 느낀 모양이다. 하지만 놈들은 너무 많다.

"야, 인마!"

깜짝 놀란 이 병장과 김 상병이 애타게 부르는 사이, 강 일병의 몸 위로 대여섯 마리의 좀비들이 한꺼번에 덮쳐졌다.

으아아아악—!

목을 물어뜯긴 강 일병이 단말마의 비명을 지르며 방아쇠를 꽉 당겼다.

투투투투둑—

좀비들의 몸통을 엉망으로 꿰뚫고 날아가는 총알들. 하지만 강 일병의 몸 역시 좀비들의 이빨에 의해 갈기갈기 찢기고 있다.

"강 일병!"

이 병장이 김 상병을 내려놓고 돌아서려 할 때, 중위가 달려와 그의 팔목을 잡았다.

"이미 늦었어! 너도 물린 걸 봤잖아!"

"크흐윽~!"

틀린 말이 아니다. 이 병장은 입술을 꽉 깨물며 다시 뛰었다. 강 일병이 부축하던 자리는 중위가 대신해 준다.

"강 일병님!"

진우 역시 망연자실한 얼굴로 강 일병을 겹겹이 둘러싼 좀비들을 향해 총알 세례를 퍼부었다. 강 일병의 군복을 뚫고 팔다리를 물어뜯던 놈들이 탄환에 꿰뚫려 날아간다.

하지만 이미 늦었다. 강 일병은 눈을 흡뜬 채 죽어가는 중이었고, 설사 숨이 붙어 있다고 해도 얼마 지나지 않아 놈들 중 하나로 변하게 될 것이다.

"미안합니다!"

강 일병의 시체를 지나쳐 뛰어가면서 진우는 마주 달려오던 두 놈을 쓰러뜨렸다. 저 앞 지하 통로에 접어든 이 병장 일행이 보인다. 아무래도 너무… 너무 느리다.

"허억~ 허억~!"

이 병장을 따라잡은 진우는 이따금씩 몸을 돌려 뒤를 쫓아 달려오는 놈들을 쓰러뜨리고 다시 달리기를 반복했다. 1.5킬로미터. 연병장 두 바퀴 정도밖에 안 되는 거리인데 이렇게 숨이 차오를 줄이야……

우후우욱~! 우웨에엑!

중위가 또다시 구토하며 넘어지는 바람에 이 병장과 김 상병까지 함께 바닥에 나뒹굴었다. 중위는 이제 오른쪽 반신을 거의 쓰지 못하고 있다.

"일어나! 일어나!"

조금이라도 무게를 줄이기 위해 전술 조끼까지 벗어 던진 이 병장이 김 상병을 어깨에 둘러업으려고 안간힘을 쓴다.

그롸아아—

따라오는 좀비들의 포효가 점점 더 가까워지고 있다. 진우가 아무리 저지하려고 해봐도 한계가 분명히 보인다.

ㄹ

"그만해요! 이제 버리라고! 충분히 했으니까!"

김 상병이 이 병장의 부축을 뿌리치며 울부짖는다. 손에 쥐고 있던 자동차 열쇠도 이 병장을 향해 던졌다.

"너, 이 새끼⋯ 하아~ 하아~ 여기에서 나가면 오랜만에 얼차려 좀 해야겠다. 도대체가 고참 알기를⋯ 하아~ 하아~ 아주 똥으로 알고⋯⋯."

이 병장은 열쇠를 주워 다시 김 상병의 군복 주머니에 넣고 눈물을 줄줄 흘리는 김 상병을 들어 올렸다. 김 상병을 둘러업고 나자 다리가 후들거리지만, 그는 포기하지 않고 걸음을 뗐다. 중위도 비틀거리며 그 뒤를 따른다.

그러는 동안 진우는 또 열 마리 이상의 머리통에 바람 구멍을 뚫어 잠재웠다. 하지만 아무리 그래봐야 놈들은 점점 더 가까워지고 있다. 터널 전체를 울리는 여러 가지 커다란 소음들 때문에 지하 통로는 지옥과 아주 가까운 곳처럼 느껴진다.

"다 왔어! 이제 정말 다 왔다고!"

지하 주차장으로 이어진 오르막길이 눈에 들어온다. 이 병장은 이를 악물고 소리를 쳤다. 그렇게 휘청거리며 나선형의 오르막을 반 정도 지났을 때, 앞쪽에서 한 무리의 좀비들이 그들을 향해 덮쳐 왔다. 숨 돌릴 틈도 없이 뒤를 쫓는 좀비들을 상대하던 진우가 마지막 두 놈의 머리통을 조준하던 순간이었다.

끄아아아아—

좀비들에게 밀려 굴러 떨어지며 이 병장과 김 상병이 비명을 지른다. 바닥에 부딪친 김 상병의 무릎은 한층 더 심하게 꺾였다.

"초, 총을……."

중위가 허둥거리며 K—2를 잡아보려 한다. 그러나 경련이 이는 오른손 검지를 방아쇠울 안에 넣는 데만도 너무 오랜 시간이 걸렸다.

투투둑—

뒤쪽의 놈들을 정리한 진우가 고개를 돌렸을 때, 그의 얼굴을 향해 군복을 입은 좀비 한 놈이 아가리를 쩍 벌리고 달려들었다.

이런!

진우는 총을 들어 올려 놈의 이빨을 막았다.

콰작—!

쇠를 깨문 좀비의 앞니가 뽑히고, 그 충격을 못 이겨 진우도 뒤로 넘어졌다.

"이이익!"

진우가 아무리 뿌리쳐 보려 하지만, 놈은 꽉 깨문 총을 도무지 포기하려 들지 않았다. 그리고 두 팔로 계속 진우의 팔과 어깨를 후려친다.

윽, 왼팔이 밀리면서 총을 들고 있던 손이 더 버티지를 못한다. 이제 좀비의 이빨과 진우의 목덜미 사이에는 중간에서 버티고 있는 그의 K−2뿐이다.

모로 돌아간 그의 시선에 좀비 세 마리와 한데 뒤섞인 이 병장, 김 상병의 모습이 들어온다.

칼을…….

진우는 대검을 뽑아 좀비의 목을 찌르려고 오른손으로 왼쪽 가슴을 더듬거려 봤다. 하지만 총이 워낙 바짝 눌려 있어서 칼막이를 끌러내기도, 대검을 뽑기도 힘들다.

"끄, 끄윽!"

좀비의 무게가 더해지면서 목이 졸려온다.

뭐지? 내가 이길 수 있는 방법이 뭐지?

한계까지 내몰린 진우의 오감이 부쩍 날카로워졌다. 그리고 그제야 자신의 오른쪽 건빵주머니 안에 중위에게서 압수한 권총이 들어 있다는 것이 기억났다.

이이익―

진우는 필사적으로 손을 뻗어 주머니 안에 넣었다. 차갑고 딱딱한 쇠뭉치가 닿는다. 손잡이를 꽉 쥔 진우는 떨어뜨리는 일이 없도록 천천히 권총을 들어 올리고 안전장치를 푼 후, 좀비의 턱에 가져다 댔다.

공이가 뒤로 젖혀지며 딸깍거리는 소리가 났는데도 좀비는 여전히 K-2를 물어뜯는 일에만 집중하고 있다. 진우는 열기로부터 보호하기 위해 눈을 꾹 감고 방아쇠를 당겼다.

타앙―!

총성이 울리는 것과 거의 동시에 좀비의 몸에서 힘이 추욱 빠져나간다. 놈의 시체를 밀쳐 내고 일어난 진우는 이 병장과 김 상병을 향해 뛰어갔다. 좀비들의 고개가 바쁘게 움직인다. 그럴 때마다 누군가의 살점이 뜯겨져 나간다는 뜻이다.

"야이, 개새끼들아!"

진우는 있는 힘껏 개머리판을 휘둘러 좀비들의 뒤통수를 후려쳤다.

퍼억!

첫 번째 놈은 이렇다 할 저항도 못해 보고 죽어버렸지만, 두 번째 놈은 곧바로 몸을 일으켜 달려든다. 진우가 총구를 돌리려 할 때, 어딘가에서 날아온 총알이 좀비를 날려 버린다. 중위였다. 이제야 간신히 총을 제대로 쥘 수 있게 된 모양이다.

"하아~ 하아~"

세 번째 놈마저 처리한 뒤, 진우는 떨리는 마음으로 이 병장과 김 상병을 향해 다가갔다.

"으으으… 아이구, 아야야……."

김 상병이 신음하며 고개를 들어 올린다.

"괜찮으십니까? 괜찮으세요?"

"…괜찮을 리가 있겠냐? 흐흐, 잔뜩 물렸지."

김 상병은 모기한테 물렸다고 할 때처럼 씨익 웃었다. 그의 팔과 다리는 좀비들의 이빨에 뜯겨 나가 온통 피투성이였다. 등과 어깨도 엉망으로 찢겨 나가 있다.

"김 상병님!"

목소리가 갈라진 진우가 괴로워하자, 김 상병은 덜덜 떨리는 손을 휘휘 저었다.

"야, 야, 관둬. 그렇게 계집애처럼 굴지 마. 어차피 이렇게 될 줄 다 알고 있었잖아……. 아이구, 아야야! 씨발, 좆 나게 아프네……. 흐흐흐, 뭐, 그래도 내가 이 병장님은 안 물리도록 확실하게 감쌌지. 그렇죠, 이 병장님? 김 상병표 고기 방패 확실했죠?"

"크크큭, 픽이나, 이 새끼야……."

이 병장이 얼굴을 감싸 쥐고 있던 손을 떼어내자 흰 뼈가 드러나다시피 살이 잘려 나간 볼에서 피가 줄줄 흘러내린다. 손가락도 하나 없어졌다. 진우의 무릎에서 힘이 빠져나간다.

어째서… 어째서 이렇게 되어버린 걸까……. 도대체 어디에서부터 잘못되었던 것일까…….

끄응차, 이 병장이 총을 지팡이 삼아 짚고 일어나며 말했다.

"아직 안 끝났다. 가자!"

"가다니… 어디로 말씀이십니까?"

"답답한 놈일세. 어디긴, 탈영하기로 했잖아. 으! 아아아~"

이 병장의 부축을 받아서 겨우 몸을 일으킨 김 상병이 신음한다. 부러졌던 다리에서는 왈칵왈칵 피가 솟아 흐르고 있다. 이 병장이 뒤를 돌아보며 말했다.

"우리가 앞장서서 다 막아줄 테니까 넌 바짝 붙어서 따라와. 정말 간만에 고참 노릇 좀 해보자. 중위님, 정신 차리십쇼!"

벽에 기대 숨을 헐떡이고 있던 중위가 고개를 끄덕인다. 진우는 아무 말도 할 수 없었다. 근거리에서 권총의 화약이 터지며 입은 화상보다도 몇 천 배는 더 아플 만큼 가슴이 답답하고 찢어지는 것 같다.

"젠장, 이놈의 차, 어디에 있냐?"

알람의 해제 버튼을 계속 누르고 다리를 질질 끌며 김 상병이 투덜댄다. 이 병장은 휘청거리면서도 김 상병을 부축한 손을 놓지 않았다. 자동차는 그로부터도 한참을 더 지나 D섹션에 있었다. 멀리 소나타 한 대가 방향 지시등을 점멸하면서 신호를 보낸다.

크롸악!

어두운 구역, 좁은 자동차들 사이에서 난데없이 좀비 한 마리가 튀어나온다. 이 병장은 망설이지 않고 자신의 손을 내밀어 좀비의 입을 틀어막았다.

콰드득!

조금 전 네 개로 줄어들었던 손가락이 다시 하나 줄었다.

"어림없어! 이 개새끼야!"

이 병장은 옆구리에 꽉 끼고 있던 K—2를 난사해서 좀비의 몸통과 얼굴을 모두 박살 냈다. 그런 후, 쇼크로 부들거리는 왼손을 꽉 쥐었다.

"자, 이제 이건 네 거야."

소나타 문을 열 때까지 경호원 노릇을 마다 않던 김 상병이 주머니에서 열쇠를 꺼내 진우에게 건넨다. 피에 젖은 그의 손은 정신없이 떨린다.

우우욱, 이 병장이 구토를 시작한다.

저 냄새! 익숙한 악취가 정든 사람의 몸에서 뿜어져 나온다. 김 상병도 지지 않겠다는 듯 토사물을 바닥에 흩뿌렸다.

"어우욱~ 야, 우린 여기까지인 것 같아. 박 이병! 아니지. 진우야! 꼭 살아야 돼. 너 형들 기억할 거지? 응? 누가 물어보면 선임 잘 만나서 군대 생활 꿀 빨았었다고 해야 된다……. 우우욱!"

김 상병은 더 버티지 못하고 바닥에 드러누운 채 주머니를 더듬거렸다. 하지만 근육이 잘려 나가고 출혈 때문에 감각이 무뎌진 손은 담배를 제대로 꺼내지 못한다. 진우는 말없이 담배를 꺼내 김 상병과 이 병장의 입에 물려주고 불을 붙였다.

후우우우~! 쿨룩! 쿨룩!

기침을 하면서도 최대한 깊숙이 연기를 빨아들인 이 병장이 세 개만 남은 손가락으로 진우의 하이바를 쓰다듬는다.

"그런 눈으로 보지 마. 나는 인마, 네가 이렇게 됐으면 뒤도 안 돌아보고 곧바로 발랐을 거야. 그리고… 도망가서 꼭 살아! 분대장으로 하는 마지막 명령이다."

"그래… 쿨룩! 쿨룩! 진우야, 이제 출발해. 우리 변하는 거 보여주기 싫다. 빨리! 우웨에엑."

진우는 입술을 깨물면서 고개를 끄덕였다. 이상하게도 눈물이 나지 않는다. 이제 거의 의식이 없는 중위를 조수석에 벨트로 고정시키고 진우가 두 고참에게 마지막 경례를 했을 때, 뒤쪽에서 좀비들의 울부짖음이 들려왔다. 저 징그러운 놈들에게는 포기라는 게 없는 모양이다.

우웅—

스타트 버튼을 누르자 소나타의 엔진이 가벼운 소리를 내며 움직인다. 크게 원을 그리며 빠져나온 진우가 백미러를 통해 마지막으로 둘의 모습을 바라보았다. 이 병장과 김 상병은 손을 꽉 잡고 마지막 한 모금을 빨고 있다. 그리고 좀비들이 가까워지기를 기다리던 두 사람은 동시에 그들의 주변에 있던 자동차 연료 탱크를 향해 최후의 사격을 했다.

콰콰콰쾅!

20여 발 이상이 관통되자 연료 탱크가 폭발했고, 두 용감한 병사의 모습은 순식간에 화염에 의해 덮여 버렸다. 진우는 세차게 고개를 저었다. 하지만 아직도 끝이 난 게 아니다. 진우는 마지막 명령을 완수하기 위해 핸들을 잡은 손에 힘을 꽉 쥐었다.

3

"얘들 어디 갔어? 응? 얘들?"

의식이 돌아온 중위가 창백한 얼굴로 이 병장과 김 상병을 찾는다.

"전사하셨습니다."

중위가 제대로 알아듣지 못하는 것 같아서 진우는 더 길게 설명하지 않았다.

콰아아—

주차장 입구를 가로막으려 들던 좀비들을 그대로 받아버렸다. 군복을 입은 놈들이다.

대학원 B동 부근은 조용했다. 간간이 총성이 울리기는 하지만, 예상하고 있던 것보다 훨씬 더 적은 병력만이 남아 있었고, 대부분 좀비들에 의해 둘러싸인 채였다. 이런 상황이라면 산 쪽을 담당하고 있던 장갑차 부대 역시 제대로 보급을 받지 못해 꼼짝 없이 고립되어 있을 것이다.

도대체 그 많은 병력이 왜 힘도 제대로 못 써보고 당해 버린 건지 이해할 수 없었지만, 진우는 깊게 생각하지 않기로 했다.

이제 더 이상 누군가를 위해 희생하거나 거창한 명분을 위해 목숨을 바치고 싶지 않다.

"도망가서 꼭 살아⋯⋯."

이 병장과 김 상병의 당부가 귀에서 떠나지 않고 몇 천 번이고 메아리를 친다.

"애들 어디 갔어? 응? 애들 데리고 가야지⋯⋯."

중위가 조금 전 했던 말을 다시 반복한다. 아마도 의식이 오락가락하는 것 같다. 진우는 대꾸하지 않고 폐허처럼 무너진 정문 바리케이드를 전속력으로 통과했다. 몇 마리씩 몸을 날리는 좀비가 있었지만, 차를 따라잡을 만큼 빠르지는 않았다.

콰자작—

앞길을 막아서는 좀비를 제대로 피하지 못해서 사이드미러가 부서져 날아간다. 이놈들 틈바구니를 헤집고 달리자니, 김 상병이 얼마나 운전을 잘해줬었는지가 뼈에 사무치게 느껴진다.

목이 뜯겨져 나간 병사들의 시체와 좀비들의 시체가 피할 수 없을 만큼 널려 있어서 자동차는 계속 덜커덩거리고 흔들렸다.

삐익! 삐익!

쏟아지는 장대비는 와이퍼를 최대속으로 가동시켜도 여전히 시야를 가린다. 그래도 진우는 이를 악물고 속도를 줄이지 않았다.

"응? 저건?"

예전에 장갑차들이 뚫어놓은 길을 따라 전속력으로 10여 분을 달렸을 때, 앞쪽에 낯선 광경이 보였다. 도랑에 코를 처박은 채 빠진 장갑차와 버려진 중무장 레토나, 그리고 장교들이 타던 사제 SUV가 엉망으로 부서진 채 멈춰 서 있다. 아까 1분대가 발전소로 돌아올 때 정문을 뚫고 나가던, 바로 그 조합이다.

전투를 지원하는가 싶었는데, 그게 아니라 도망을 치다가 여기에서 발이 묶였던 모양이다. 가장 앞에는 장갑차가 서 있다. 한 칸이 끊어져 늘어진 장갑차 무한궤도 내에는 좀비들의 뼈와 살이 잔뜩 엉켜 들러붙어 있다. 고기를 다지다가 멈춰 선 믹서의 칼날을 보는 것 같다.

기동력을 잃고 멈춰 서버린 장갑차 해치 위에는 한때 아군이었던 좀비 세 마리가 달라붙어 단단히 잠긴 쇠문을 열어보려고 손가락이 부러지도록 긁어 대는 중이었다.

"개 같은 놈들……."

진우의 입에서 저절로 욕설이 나온다. 좀비가 아니라 사병들을 내팽개친 장교들을 향한 욕이었다. 저만큼의 화력만 지원 받았다면 1분대에서 단 한 사람의 전사자도 없이 발전 시설을 봉인할 수 있었을 것이다.

하긴 윗대가리들이야 우리와 생각하는 게 다르지…….

진우는 곧 체념하고 고개를 저었다. 놈들이 뭘 했든 이제 와서 그따위 상관하고 싶지는 않지만, 장갑차 속에서 누군가 구조를 바랄지도 모른다는 게 신경이 쓰인다. 그의 분대원들이 발전 시설 내에서 너무도 간절하게 그랬던 것처럼······.

"좋아, 이게 진짜 마지막이다."

멀찍한 곳에 정차한 진우는 K—2를 들고 차에서 내렸다. 하이 빔이 자신들을 환히 비추고 있는데도 좀비들은 여전히 장갑차 해치를 긁느라 여념이 없었다.

"이제 그만 쉬어라."

그렇게 읊조리고 나서 진우는 차례로 헤드샷을 날렸다. 하이 바가 보호해 주지 못하는 눈에 구멍이 뚫린 채 좀비 세 마리는 장갑차 아래로 굴러 떨어졌다. 그리고 진우는 자동차로 돌아가 경적을 크게 울렸다. 혹시나 장갑차 내에 생존자가 있다면 나오라는 의미였다.

으으응~ 또 기절해 있던 중위가 들이치는 비바람을 얼굴에 맞고 깨어난다.

"장갑차잖아······. 지금 여기가 어딘가······."

오른쪽 입이 제대로 벌어지지 않아 중위의 발음은 부정확했다. 느릿느릿 그 말을 간신히 해놓고 중위는 머리를 감싼 채 신음했다.

"정문에서 15킬로미터 정도 떨어진 곳입니다. 이제 영외입니다."

모르스부호를 보내듯 클랙슨을 눌렀다 떼기를 반복하고 있던 진우가 설명을 해준다. 중위는 알아들었다는 표시를 하면서 계속 고통을 호소했다.

"으으, 머리가 쪼, 쪼개지는 것 같아. 너무 아파……. 그, 그 빵빵대는 소리만 들어도 귀가 울려서……."

그때, 조그만 해치가 열리며 기울어진 장갑차 안에서 누군가 머리를 내밀었다.

"좀비 더 없나? 응? 다 죽였어? 거기 이리 와! 이리 와서 좀 거들어! 나 좀 나가야 하니까!"

손을 내밀고 낑낑대는 건, 중년으로 향해 가는 남자였다. 하이바에는 중령 계급장이 박혀 있다. 지난 열흘 동안 먼발치에서나 한두 번밖에 보지 못했던 대대장이다. 대대장이 다시 지껄여 댄다.

"너희 병력 얼마나 돼? 응? 뭐야? 두 명이 단가?"

진우가 아무 대답도 하지 않고 가만히 서 있자 대대장은 용을 써가며 스스로 해치 밖으로 빠져나왔다.

"이놈, 이거 넋이 나가서 아무 말도 못하는구만. 뭐, 이해한다. 이렇게 치열한 전투는 처음 겪어봤을 테지. 그런데도 용케 여기까지 구조하러 왔구만. 어? 너, 안 중위 아니야? 허허, 이 새끼… 후배라고 챙기고 아껴줬더니 그래도 보은을 하네. 육사 인연 참 질기구만. 여튼 잘 왔어. 너희는 운이 좋아. 나를 호위해서 R—7포인트까지만 가자. 거기로 헬기를 보내라고 했으니까 지금쯤 기다리고 있을 거야. 거기에서 울산으로 가면 너희 훈장도 받고 1계급씩 특진도 하게 될 거다. 아, 이놈의 레일이 어쩌자고 그만 똑 끊어져서 보수하러 나갔던 애들까지도 싹 다⋯⋯."

진우가 차갑게 노려보는 것을 아는지 모르는지 대대장은 쉬지 않고 주둥이를 놀려 댔다. 대충 그림이 그려진다. 장갑차의 무한궤도가 끊어지면서 달아나던 놈들이 멈출 수밖에 없었고, 그걸 수리하겠다고 해치를 연 순간 좀비들이 덮쳐들면서 모든 게 끝났으리라.

대대장은 중위에게 다가가 그 어깨를 두드렸다.

자, 자, 가자⋯⋯. 중위가 반응이 없자 이번에는 진우의 손을 잡아끈다. 진우는 그 손을 뿌리치며 확실히 알려주었다.

"군으로는 돌아가지 않습니다."

"뭐어?"

대대장이 눈을 똥그랗게 뜨고 위협적으로 묻는다. 그래봐야 진우는 조금도 흔들리지 않았다.

"제가 진짜 군인에게서 받은 마지막 명령은 도망가서 살아남으라는 것이었습니다. 그러니 더 이상의 명령은 없습니다."

"아니! 이, 이 새끼, 지금 무슨 소리를 하는 거야? 이, 이런 미친놈이⋯ 안 중위! 너도 들었지? 이 새파란 작대기 하나짜리 새끼가 지금 대대장한테⋯⋯."

"닥쳐!"

중위가 인상을 찌푸리며 대대장을 밀어 쳤다.

바닥에 넘어진 대대장이 화를 내며 권총집에 손을 댄다. 하지만 어느새 중위는 K-2를 꺼내 들고 있었다.

타앙!

중위가 하늘을 향해 위협사격을 하자 대대장은 알아먹었다는 표시를 하며 두 손을 들어 보인다.

"왜! 왜 그랬어? 왜 도망갔어? 이 개자식아!"

중위가 눈물을 그렁거리며 외친다. 사태가 심상치 않음을 깨달은 대대장이 그를 달래보려 다급하게 거짓말들을 늘어놓는다.

"내, 내가 도망을 친 게 아니야! 이게 전투 선봉에 서려고 한 거란 말이야! 응? 안 중위! 내 말 믿어야 돼! 네 선배, 그런 사람 아니라는 것 잘 알잖아?"

"네가 지휘만 제대로 했으면⋯ 지휘 체계를 무너뜨리고 도망가지만 않았어도 이렇게까지 될 일은 아니었어! 오백 명이야! 자그마치 오백 명이! 저 어린애들 오백 명이 아무 죄도 없이 죽었어! 너같이 무능한 겁쟁이 새끼를 상관으로 뒀다는 이유만으로!"

"그, 그래! 내가 좀 판단 착오를 일으켰던 것 같아. 그래도 이제 한 수 배웠으니까 다시는 이런 실수가 없⋯⋯."

대대장의 얼굴이 흙빛으로 바뀐다. 중위가 총을 고쳐 쥐었기 때문이다.

투투투투투투투투둑—!

중위는 경고도 없이 곧바로 방아쇠를 당겼고, 탄창이 빌 때까지 사격을 멈추지 않았다. 대대장은 비명도 제대로 지르지 못한 채 온몸이 꿰뚫리고 터져 죽어버렸다. 총을 떨어뜨린 중위가 얼굴을 훔치며 중얼거린다.

"그래, 이렇게 해두면 다시 실수하지 못하겠지……."

진우는 그저 멍하니 중위의 행동을 지켜보고만 있었다. 순식간에 일어난 일이기도 했지만, 딱히 말리고 싶은 생각도 없었다. 대대장의 몸에서 흘러내린 피가 빗물을 타고 번져 온다. 그 더러운 피가 발에 닿기 전, 진우는 중위를 태우고 그 자리를 떠났다.

"…어디로 갈 거냐?"

대대장을 처형하느라 온 힘을 다 쓰고 기진맥진해서 잠시 기절해 있던 중위가 문득 정신을 차리고 물었다. 진우는 쉽게 대답하지 못했다.

어디로라니…….

그저 죽음으로부터 달아나는 것 외에는 아무런 계획도 없었다.

"모르겠습니다. 머릿속이 텅 빈 것 같습니다."

"그럴 거야… 나도 그러니까."

창가에 얼굴을 기댄 중위가 힘겹게 숨을 쉬며 대꾸했다. 그의 안색은 시체처럼 납빛으로 변했고, 눈동자는 자꾸만 위로 올라간다.

"그렇게… 좋은 친구들을 한꺼번에 전부 잃은 너야 말할 것도 없겠지. 좋은 놈들이었어……."

친구, 좋은 친구…….

분대원들의 얼굴이 하나씩 스쳐 간다. 껄렁거리는 사수라고만 생각했던 김 상병, 함께 핑크 펀치 포스터를 훔치면서 친해졌던 엉뚱한 이 병장, 무뚝뚝한 정 상병, 사근사근 친절했던 강일병, 그리고 모두…….

그제야 비로소 진우의 눈에 왈칵 눈물이 솟아났다. 이제 다시는 그들을 볼 수 없어졌다는 것이 너무도 절실하게 느껴졌다.

흐으으윽~! 진우는 눈물을 훔치며 브레이크를 밟았다.

전부… 전부 죽어버렸다.

"…중위님은 무슨 계획이 있으십니까?"

핸들에 얼굴을 박은 채 한참을 통곡하고 나서 어느 정도 감정이 추슬러졌을 때, 진우가 물었다. 대답이 없다. 또 의식을 잃었나…라고만 생각했다.

그러나 그 밀폐의 공간을 채우는 것이 한 사람만의 숨결이라는 것을 깨닫기까지 그리 오랜 시간이 필요하지 않았다. 조수석 유리창에는 더 이상 김이 서리지 않는다. 중위가 숨을 거둔 것이다.

그래… 이제 진짜 혼자만 남았구나…….

진우는 힘없이 고개를 끄덕였다. 그 후로 얼마나 더 차를 몰았는지도 잘 계산이 되지 않는다. 하여간 발전소의 환한 불빛이 이제 잘 보이지 않을 만큼 멀어졌을 때, 도로 맞은편 저 멀리에서 여러 개의 헤드라이트가 다가오는 게 보였다.

"윽……."

진우는 서둘러 라이트를 끄고 차를 세웠다. 이런 때에, 이런 날씨에 저렇게 여러 대의 차량을 한꺼번에 움직일 수 있는 것은 군대뿐이다. 그리고 그는 절대, 두 번 다시 군에 끌려가 소모품으로 내돌려지고 싶지는 않았다.

내가 봤으니 저쪽도 나를 봤겠지…….

그렇다면 이 근처에 머물러선 안 된다. 진우는 탄약과 몇 가지 물건들을 눈에 띄는 대로 배낭에 담은 후, 자신의 K-2를 들고 차에서 내렸다.

쏴아아아~!

매섭게 휘몰아치는 비가 그를 반겨준다.

진우는 갓길 울타리를 넘어 흙이 무너져 가는 비탈을 올랐다. 워커가 미끄러지고, 얼굴은 흙투성이가 되었다. 그래도 멈추지 않고 계속해서 산속 깊숙이 들어갔다. 이제는 절대로 도로에서 보이지 않겠다 싶을 만큼이 되었을 때, 진우는 겨우 멈춰 섰다. 그러고는 한숨을 내쉬며 얼굴에 흘러내리는 빗물을 닦고 고개를 들었다.

"아~!"

눈앞에 펼쳐진 광경 때문에 진우의 입에서 저절로 한숨이 나왔다. 숲과 산, 그 뒤에 또 숲과 산, 그리고 또 숲과 산이 수십 겹으로 자신을 둘러싸고 있다. 이제 그는 압도적인 강원도의 자연과 홀로 맞서야 한다.

4

"아하아~암."

제주 공군 기지 제3경비대 소속의 도진상 원사는 늘어지게 하품을 하며 천천히 걸었다. 여름이라는 게 무색할 만큼 오라지게 추워서 자꾸 팔짱을 끼게 된다. 그는 월정 해수욕장에서부터 출발해 해맞이 해안로를 따라 동쪽 방향으로 걸으며, 경계 근무 병들을 순찰하는 중이다.

해안은 조용했다. 평소였다면 한창 여행객들로 붐빌 칠월 말이지만, 육지를 온통 덮은 좀비 떼 탓에 제주도가 계엄령 아래 놓인 때라서 인적이라고는 찾아볼 수 없다.

"젠장, 이 시간에 왜 이리 어두워? 태풍이 온다더니, 꽤 큰 놈인가 보네……."

전자시계를 확인한 도 원사는 입맛을 쩝쩝 다시면서 불평을 했다. 동틀 때가 가까워졌는데 바람만 거세게 몰아칠 뿐, 동녘이 훤해지려는 기미는 보이지 않는다.

"어라? 또 이러네? 어제만 해도 멀쩡하더니……. 여기만 대체 몇 개째야?"

불이 들어오지 않는 가로등을 발견한 도 원사는 내일 필히 대대적으로 손을 좀 보라고 해야겠다고 마음먹었다. 저 멀리 보이

불꽃처럼 41

는 것까지 합하면 불 꺼진 가로등만 네 개다. 이것만 믿고 탐조등도 설치해 두지 않았기 때문에 발밑도 잘 보이지 않았다.

한적한 제주도에서라고 해도 혹시나 윗사람들이 봤다가는 공연히 긴 잔소리를 들어야 할 것이다. 윗사람들은 잔소리를 좋아한다.

"어이, 저거 혹시 일부러 꺼놨어요? 응? 껌껌한 데 숨어서 농땡이치고 싶어서?"

방파용 차단벽이 시작되는 자리에서 보초를 서고 있던 예비군 둘을 만나자 도 원사가 물었다. 수염이 덥수룩하게 자란 예비군들은 천만에 말이라는 표정이다.

"아니, 저희가 원숭이도 아니고, 거기를 어떻게 올라가서 끕니까?"

그가 입을 열 때마다 살이 쪄서 팽팽해진 군복 단추가 뜯어져 나갈 것 같다.

"그야 난 모르지. 올라간 놈들이 알겠지."

"아이구, 원사님, 왜 이러십니까? 우리라고 껌껌한 데 서 있는 게 좋겠어요? 그런 것보다 저희들, 집에나 좀 보내주세요. 이 동네는 조용하잖아요. 장가가서 애 낳고 잘사는 사람 2박 3일 예비군 훈련이라고 불러놓고서 지금 이게 며칠째 무슨 꼴입니까? 내 식구들 제대로 밥이나 먹고 있는지 안부도 모른다니까요."

끄응~ 도 원사는 이렇다 할 대꾸를 찾기가 어려워서 앓는 소리가 먼저 나왔다.

예비군을 소집해서 즉시 전력 자원으로 활용한다는 것은 윗대가리들 머리에서 나온 것이니까 그가 관여할 수 있는 게 아니다. 눈치 빠른 놈들은 통지서를 받고도 재빨리 도망가 자취를 감춰 버렸고, 그의 눈앞에서 하소연을 하는 이 두 사람처럼 아무 생각 없이 시키는 대로 따르던 녀석들만 붙들려 벌써 열흘째 경계 근무를 서고 있다.

"난들 어쩌겠어요, 국방부에서 전시에 준하는 상황이니까 그렇게 하라고 다 지시가 내려온 걸……. 육지 애들을 생각해서 좀 참아요. 거기는 지금 매일 좀비들이랑 싸우느라 서로 죽고 죽이고 아주 난리도 아니라고 하던데. 사실 우리야 좀 귀찮아서 그렇지, 목숨이 왔다 갔다 하는 일은 아니잖습니까."

도 원사는 억지로 웃는 얼굴까지 만들어가며 살살 달랬다. 평소였다면 이렇게 엉기는 놈들 상대도 하지 않았겠지만, 지금은 상황이 다르다. 실탄까지 지급되어 있는 요즘 같은 때, 억지로 찍어 누르려고 했다가는 언제 등에 바람구멍이 생길지 모른다. 안경을 쓴 예비역 병장은 푹푹 한숨을 쉬었다.

"너무 억울하다고요. 그냥 우리 둘 보내주신다고 무슨 큰일이 나는 것도 아니잖습니까……. 걸어가도 30분이 안 걸리는 집 근처에 서 가지고 찬바람 맞으면서 이게 지금 뭐하는 건지도 모르겠어요. 아니, 아무리 좀비고 뭐고 난리라고 해도 항만이나 공항 막았으면 됐지, 상식적으로 그것들이 여기까지 헤엄을 쳐서 오겠습니까, 비행기를 타고 오겠습니까? 그리고 정 병력이 필요하면 육지에서 팔팔한 젊은 애들을 데리고 오면 되잖아요. 왜 우리 같은 아저씨들을……."

"그래그래, 알았어요, 알았어. 나도 다 생각하고 있다고. 기회를 봐서 말이 좀 먹힐 것 같은 때가 오면 내가 위에다가 이야기 잘해보려고 마음먹고 있으니까. 응? 조금만 더 고생합시다. 다들 힘드니까……. 지금 여기 법이 없어요. 거, 괜히 성질난다고 말썽 부리지 말고……. 제주에 전국의 똥별이란 똥별들은 다 모여 있기 때문에 눈에 났다가는 괜한 트집 잡혀서 시범케이스로 아주 인생 고달파진다고. 알잖아? 그냥 며칠만 더 죽었다~ 생각하고 꾹 참으면 이제 예비군이고 민방위고 더 이상 안 부르도록 내가 조처해 줄게!"

예비군 보초병들에게 신신당부를 하고 돌아서면서도 도 원사는 뒤통수가 당기는 것 같아 몇 번이나 뒤를 돌아보았다. 평소 간단한 훈련 몇 가지를 시키는 데에도 속이 시커멓게 썩어 들어가는 예비군들을 데리고 경계 근무를 서게 하려니 영 귀찮고 힘들다.

"하긴 저놈들 말이 맞지. 여기까지 뭐가 오겠어? 다 위엣 것들이 미친 짓을 하는 거지……."

정말로 치안이 우려되는 상황이었다면 저렇게 배 나온 아저씨들이 아니라 정예군들에게 임무를 맡겼을 것이다. 사나운 해류를 감안해 볼 때, 좀비는 절대로 이곳까지 닿을 수 없다. 또

만에 하나 그런 놈들이 있다고 해도 저쪽 먼바다 위에 잔뜩 늘어서 있는 해군함들이 그걸 허용할 리도 없다.

도 원사는 뒤로 고개를 돌려 아직까지도 불이 환하게 밝혀져 있는 김녕항을 바라봤다. 어선, 아니면 부자들 낚싯배나 세워두던 조그만 항구였지만, 지금은 소형 군함들과 상륙정으로 밤낮없이 북적이고, 수백 이상의 병력이 상주하며 내리는 사람들의 신체와 소지품을 일일이 검사한다. 단순히 좀비를 방역하는 수준이 아니다.

"대강 좀 마무리하고 외지 사람들은 육지로 좀 돌아갔으면 좋겠는데……."

도 원사는 투덜거리며 2차선 도로를 따라 더 걸어갔다. 순찰을 돌아야 할 구간이 아직 많이 남았다.

후웅— 후웅—

해안가를 따라 세워진 풍력발전기가 돌며 위협적인 소리를 낸다.

"오빠, 갔어? 갔냐고?"

도 원사가 멀어진 지 30초 정도 지났을 때, 차단벽 아래 그늘에서 목소리가 들려온다. 도 원사에게 항의하던 예비군이 고개를 끄덕인다. 그러자 어둠 속에 쭈그린 채 숨어 있던 사람들이 일어나 기지개를 켠다.

"아우~ 놀래라. 썩을, 돼지는 줄 알았네. 아이, 진짜. 내가 묶인 몸이라 하기는 하는데, 이건 추가 요금 줘야 돼. 존나 애

떨어지는 줄 알았잖아."

"그러게. 이러다가 우리 걸리면 총 맞는 거 아니야, 오빠? 저 사람 또 오면 어떡해?"

젊은 여자 둘이었다. 소매 없는 셔츠에 반바지 차림인 여자들은 껌을 짝짝, 씹으면서 불평을 한다. 호리호리한 두 번째 예비군이 낄낄거린다.

"한 번 돌았으니까 아침까지는 절대로 안 와. 저 사람도 좋아서 하는 짓이 아니라 나가보라고 쪼니까 그냥 시늉만 하는 거야."

"흠, 그래? 경찰이나 군인이나 다 비슷한가 보네……. 근데 어디에서 하려고? 설마 모래밭에서? 아우, 여기 너무 춥다. 오빠, 남자가 좀 매너가 있어봐라. 그 옷도 좀 벗어서 걸쳐 주든가."

여자가 오들오들 떠는 시늉을 하자, 안경 예비군은 순순히 군복 윗도리를 벗어 여자의 어깨에 걸쳐 준다. 그러면서도 너스레를 잊지 않았다.

"어차피 벗을 건데 뭘 또 새삼스럽게 걸치고 그러냐?"

"야, 주문한 거나 좀 꺼내봐. 술 마시면 안 추워진다."

호리호리의 말에 여자 1이 핸드백에서 팩 소주 세 개를 꺼낸다. 호리호리는 혀를 찼다.

"애걔! 이게 뭐야? 이건 두 병도 안 되는 양이잖아. 그걸 뉘 코에 붙여? 장난하냐?"

"이게 요즘 얼마나 귀한 줄 모르는구나, 오빠. 담배랑 소주가 씨가 말랐다고 다들 난리야. 정 아쉬우면 원샷해. 원샷하면 빨리 취하지, 뭐."

여자 1은 건성으로 대꾸하며 마른오징어를 찢어 호리호리의 입에 물려주었다. 그녀들이 원래부터 군인을 상대하던 건 아니었다. 지난 7월 15일 이후, 제주도에 있던 외국인 관광객들은 모두 보호의 차원에서 격리 수용되었다.

말이 좋아 보호지, 실은 외국 정부를 압박하기 위한 인질이었고, 그래서 제주도 거리에는 그 많던 외국인들이 싹 다 씨가 말랐다.

그러한 일들의 여파가 피부로 느껴진 계층은 그녀들처럼 외국인 관광객을 상대하던 유흥업 관계자들이다. 서울에서 온, 방귀깨나 뀌시는 분들은 다들 제 와이프에 세컨드에 서드까지 거느리고들 왔는지, 매춘 수요가 눈에 띄게 줄어든 것이다.

하지만 포주들은 재빨리 업종을 변경함으로써 그들에게 닥친 위기를 타개하였다. 새로운 고객은 여기 그녀들의 눈앞에서 마지막 한 방울까지 팩소주를 빨아 먹고 있는, 두 사람 같은 예비군들이다. PX를 대신해 몇 군데나 돌아가는 황금 마차에서 술과 여자에 굶주린 예비군들을 슬쩍 떠보기만 해도 어느새 거래는 성립된다.

외곽 경계 근무를 서는 시간과 위치를 미리 알려주면 정확한 때에 여자들이 술을 가지고 찾아온다. 외상이라는 것 때문에 거래가 무산되는 일은 없었다. 어차피 이곳은 사방 어디로도 달아날 수 없는 섬이고, 지장 찍힌 영수증 하나면 포주들은 이 난리가 끝난 뒤에 충분히 돈을 받아낼 자신이 있었다.

설사 최악의 경우로 무일푼인 고객이라 해도 관계없기는 하다. 군대에 끌려올 정도의 건강한 사람이라면 누구나 몸속에 꽤나 값나가는 걸 가지고 있기 때문이다.

물론 몇몇 주요 보직을 맡은 이들을 구워삶지 않았다면 이런 일이 가능할 리 없다. 육지에서 일어나는 일들을 낱낱이 알지 못하기에 제주도 사람들은 상대적으로 긴장이 느슨했고, 두려움보다는 귀찮게 됐다는 감정이 더 컸다.

"카아~ 좋다! 씨발, 우리가 무슨 스님도 아니고, 도대체 이거 없이 어떻게 살라는 거냐."

팩 소주를 원샷한 안경이 담배에 불을 붙이며 중얼거린다. 곁에 앉은 여자는 하품을 했다.

"다 마셨으면 우리 빨리빨리 하자, 오빠. 어명 내려오기 전에 끝내야 서로 깔끔하지."

어명이란 약속된 시간이 5분 남았을 때, 포주가 무전기를 통해 보내는 신호다. 전파방해 때문에 서로 교신할 수는 없지만, 무전기에서 치이익― 하는 잡음이 들리면 그것으로 충분히 의미는 전달된다. 팔을 잡아끄는 여자 1을 안경이 나무랐다.

"가만있어 봐. 한 대만 빨고 좀 하자. 너는 소주, 담배, 이 두 가지가 모두 갖춰져야 제대로 된 떡인 것도 모르냐?"

"그럼 나도 한 대만 줘. 가만히 있으려니까 심심해."

안경이 여자 1에게 담뱃불을 붙여주는 동안 호리호리는 여자 2를 데리고 일어나 두리번거리며 동쪽으로 걸어갔다.

"그냥 대충 아무 데서나 해. 뭘 장소를 골라? 어차피 가로등도 나가서 깜깜하구만."

안경이 호리호리를 놀린다. 둘은 중학교, 고등학교를 모두 함께 다닌 사이다. 완전히 친했다고는 할 수 없지만, 그래도 함께 어울려 논 시간은 꽤 된다. 어차피 좁은 동네다. 호리호리가 뒤를 돌아보고 대꾸한다.

"넌 이 새끼야, 나랑 같이하면 비교당해서 안 돼. 다 너 놀림당하지 말라고 배려해 주는 거야. 자, 글라."

모처럼의 여흥에 신이 난 호리호리는 제주도 사투리까지 써가면서 여자를 잡아끌었다.

"지랄하네, 미친 새끼. 크크."

"근데 진짜 오빠들이 저 가로등 껐어?"

"아니. 그냥 오늘 밤에 나와보니까 다마가 나가 있더라. 아마우리 둘이 만리장성 잘 쌓으라고 하늘이 도우신 모양이지."

둘만 남으니 한결 호젓하고 분위기도 야릇해지는 것은 사실이다. 안경은 일어나서 지퍼를 내리며 모래밭에 아무렇게나 담배를 퉤, 뱉었다.

"우리도 슬슬 연애 한 번 해볼까? 흐흐."

여자가 옷을 벗으려다가 뒤를 흘끔거린다. 해수욕장 주변과 달리 모텔이나 펜션도 없고, 도로 건너편에 커다란 2층 건물 하나만 외따로 떨어져 있을 뿐이다. 짓다가 만 듯 인기척이 느껴지지 않는 집을 가리키며 여자가 말했다.

"오빠, 저기 저 큰 건물 있잖아, 우리 저기 가서 하자. 보아하니까 빈집 같은데, 나 진짜 모래밭에 눕는 거 싫어서 그래. 읍!"

여자의 입을 자기 입술로 덮으며 억지로 자빠뜨린 안경이 반바지를 끌어내리며 말했다.

"나는 말이지, 누가 싫다는 걸 억지로 하면 그게 그렇게 흥분이 되더라고. 으흐흐흐."

여자는 체념하고 순순히 남자의 손에 몸을 맡겼다. 이 정도 흥분한 걸로 봐서 어차피 조금만 참으면 끝날 것 같다.

여자의 입에서 영업적인 신음 소리가 파도 소리와 섞여 울릴 때, 그들로부터 20여 미터 떨어진 해변의 물속에서 뭔가가 움직이기 시작했다.

5

한 지점에서 출발한 네 개의 그림자가 빠르게, 소리 없이 모래사장을 내달려 두 덩어리로 뭉쳐진 네 사람에게 다가간다. 하지만 두 쌍의 남녀는 그런 기미를 전혀 눈치채지 못한 채 다른 일에 몰두하고 있었다.

"오빠아~ 진짜 끝내준다아~"

"그, 그렇지? 너는 오늘… 허억~ 아주 죽었어. 허억~"

네 개의 그림자는 속도를 더 높였다. 젖은 발바닥이 모래에 닿을 때마다 나는 철퍽거리는 소리 정도는 바닷바람 속에 묻혀 사라진다. 첫 번째 그림자가 안경의 목을 뒤로 젖히며 울트라마린 나이프로 긋는 동안, 두 번째 그림자는 여자를 덮치며 입을 틀어막았다.

읍—! 눈이 화등잔만 해진 여자가 방어를 위해 무의식적으로 상체를 일으키자 그녀의 가느다란 목에 낚싯줄 올가미가 걸렸다.

끄윽, 큭! 여자가 몸을 뒤채며 발버둥을 치려 들자, 그림자가 두 다리로 옥죄어 누른다. 여자는 이내 축 늘어져 버렸다.

그들로부터 10여 미터 떨어진 장소에서는 호리호리와 여자2가 비슷한 방식으로 죽어가고 있었다. 호리호리의 목에서 올가미를 풀어낸 그림자가 이쪽을 향해 팔목을 잡고 원을 만들어 상황이 종료되었다는 신호를 보낸다.

"칼을 쓰지 말라니까… 이 새끼야, 이 피 이거 다 어쩔 건데?"

두 번째 그림자가 첫 번째 그림자를 나무란다. 첫 번째 그림자는 히죽거리며 발로 모래를 쓸어 덮었다. 모두 검은 잠수복을 입고 있다.

"이렇게 하면 되지 않습니까? 어차피 흔한 게 모래인데. 흐흐, 근데 이런 데에 웬 여자가 다 있네……."

"아가리 다물어. 이빨 보이지 마!"

그들의 곁으로 다가온 세 번째 그림자가 목소리를 낮춰 으르렁거린다. 첫 번째와 두 번째는 곧바로 경직되어 자세를 고쳐 섰다.

"장비 점검해. 너, 후방 경계!"

명령을 받은 두 번째 그림자는 사선으로 메고 있던 소총을 들었다. 총구에 물이 들어가는 것을 방지하기 위해 씌워놓았던 콘돔의 고무줄을 벗겨낸 그는 차단벽에 바짝 붙어 섰다.

장비를 매단 채 차가운 밤바다의 파도를 뚫고 한 시간 반이나 헤엄을 쳐서 이곳에 도착했지만, 그들의 표정에서 지친 기색은 보이지 않는다. 첫 번째와 네 번째가 시체들을 끌어 한군데 얌전히 모으는 동안 세 번째 그림자는 바다 쪽을 향해 서서 플래시를 켰다.

손바닥으로 플래시를 막았다 다시 떼는 방식으로 세 번 불빛을 깜빡거리자, 저쪽에서도 똑같은 신호가 온다. 세 번째 남자는 이번에는 간격이 길게 두 번 불빛을 깜빡였다.

"각자 위치로."

명령이 떨어지자 세 개의 그림자는 산개해서 어둠 속에 자신들을 묻은 채 사격 자세를 취했다. 그들의 총구에는 소음기가 붙어 있고, 탄창에 든 것은 308 윈체스터 서브소닉 탄약이다. 발사되자마자 음속을 돌파하면서 요란하게 날아가는 일반 총알과 달리, 308 서브소닉은 찰칵거리는 정도의 쇳소리밖에는 만들어내지 않는다.

물론 그렇다고 해도 총격은 어디까지나 최악의 상황일 때만 벌여야 한다는 걸 다들 잘 알고 있었다. 인간이라는 건 급소에서 조금만 빗나가도 죽기 직전까지 엄청난 비명을 지를 수 있는 동물이기 때문이다.

칙, 치이이익—!

시체들을 모아둔 곳에서 갑자기 이상한 소리가 난다. 무전기가 전파방해를 받았을 때 내는 잡음 같다.

이상하군. 보초병들에게 무전기가 지급되었다는 소리는 못 들었는데…….

세 번째 그림자는 긴장한 표정으로 시체들을 뒤졌다. 예비군의 주머니를 아무리 털어봐도 무전기는 나오지 않는다. 그러는 동안 또 한 번 치솟대는 잡음이 울렸다.

여자의 핸드백이라는 의외의 장소에서 무전기를 찾아낼 때까지 몇 번이고 치익거리는 소리가 났고, 점점 그 주기가 짧아졌다. 멀리 퍼질 리야 없겠지만, 시나리오에 없던 일이라 진땀이 난다.

땀을 뻘뻘 흘리며 무전기를 꺼낸 세 번째 그림자는 개머리판으로 내리쳐 작살을 낸 뒤, 다시 핸드백 속에 던져 넣었다.

"하아~ 하아~ 뭐야, 대체…….”

땀을 씻어낸 세 번째 그림자가 고개를 들었을 때, 제2대는 이미 꽤 가까운 곳까지 와 있었다. 모터를 끈 검은 고무보트 한 대당 여덟 명씩의 건장한 남자들이 몸을 바짝 숙인 채 열심히 노를 저으며 해안으로 다가오고 있다.

"별 이상 없나?"

검은 고무보트에서 제일 먼저 내린 사내가 세 번째 그림자에게 묻는다.

무전기에 관해서 말을 해야 할까…….

잠시 망설이던 세 번째 그림자는 결국 그냥 무시하기로 했다. 그게 왜 거기 있냐고 추궁을 당해봐야 자신만 골치가 아파진다.

"옛, 돌발 사항 없습니다. 시나리오 대롭니다."

"좋아, 빨리빨리 움직여."

명령을 내린 사내는 반라의 상태로 죽어 있는 남녀들의 시체를 경멸하는 눈으로 내려다봤다. 그러는 동안 보트들이 속속 도착했고, 남자들은 자신이 타고 온 보트를 들고 해변의 외딴 2층 건물을 향해 망설임 없이 뛰어갔다.

드르르륵—

기름칠이 잘되어 있는 셔터를 들어 올리자 널찍한 주차장이 나타난다. 가장 먼저 도착한 보트의 인원들이 시체를 집 안으로 들였을 때, 차고에 세워둔 보트들도 거의 다 정리가 끝난 상황이었다.

바람을 빼버리자 열 대라고 해도 그리 많은 공간을 차지하지 않는다. 자신의 보트를 정돈한 인원들은 바닥에 빼곡하게 붙어 앉은 채 다음 명령을 기다리고 있다.

"지금 시각이 공네 시 삼십이 분. 지금부터 이십팔 분 동안 환복하고 모든 준비 마친다."

등 뒤에서 셔터가 내려지는 동안 시계를 들여다본 사내가 명령했다. 80명의 잠수복을 입은 남자들은 입을 굳게 다무는 것으로 동의의 뜻을 전했다. 그들은 건물 내에 위치한 계단을 타고 순서대로 2층에 올랐다. 널쩍한 마루의 긴 옷걸이 랙에는 알록달록한 티셔츠와 카고 반바지부터 와이셔츠와 정장 상하의까지… 수백 벌의 다양한 의상이 갖춰져 있었다.

"아이, 씨발. 진짜 이년들, 말도 좆 나게 안 들어요. 하여간 옛말에 그른 게 하나도 없다니까……. 조선 년들은 사흘에 한 번씩 패줘야 말을 들어. 아니, 씨발, 무전으로 어명 내린 지가 언젠데……."

2층 건물에서 남자들이 옷을 갈아입고 있을 때, 해변 진입로에는 한 사내가 투덜거리며 걸어 들어왔다. 오늘 이곳에 여자들을 보내고 근처의 차 안에서 기다리고 있던 포주다. 몇 차례나 무전기로 신호를 보내도 도무지 답이 없어서 결국 여자들을 회수하기 위해 직접 나선 것이다. 그는 이 기회에 군인들에게도 단단히 못을 박아둬야겠다고 생각했다.

"씨발, 이런 건 말이지, 그냥 상도덕이라고 하기 전에 민주 시민이 갖춰야 될 기본 매너잖아. 아니, 남이 장사하는 물건을 가지고 놀았으면 반납을 제때 해야 할 것 아니야. 입장을 바꿔서 생각을 해보면 간단하게 답이 나올 텐데도 이러네……."

포주는 군인들을 나무랄 말을 미리 연습 삼아 중얼거리며 배달 장소인 차단벽으로 걸어갔다. 그런데 아무도 없었다.

"앵두야! 자두야!"

화가 머리끝까지 치솟은 포주는 두 여자의 이름을 불렀다. 처음에는 소리 죽여 부르던 것이 꽤나 커질 때까지 대답이 없다.

"이런 개 같은 년들! 쨌어?"

포주는 왔던 길을 다시 돌아오며 씩씩거렸다. 어차피 섬이라서 도망을 칠 수 없다는 걸 알면서도 가끔씩 이렇게 미련한 년들이 나온다. 이번에는 아마 근무 서기 싫은 예비군 사내놈들이랑 작당을 한 모양이다.

아주 요절을 내줘야지…….

포주는 여자들을 잡으면 어떻게 할까에 대해 고민하면서 걸었다. 고통을 주고 그년들이 비명을 지르며 살려 달라고 비는 상상을 하는 것만으로도 기분이 조금은 나아지는 것 같다. 그러다가 그는 하지 말아야 할 실수를 저질렀다. 무전기를 꺼낸 것이다.

"아, 씨발! 아직 안 터지나? 조금 더 나가서 걸어야겠다."

그는 똘마니들에게 계집애들을 잡아 오라는 명령을 내릴 참이었다. 몇 번을 시도해 봐도 무전기는 치익대며 잡음만 냈다. 그때, 누군가 뒤따라오고 있다는 인기척이 느껴졌다. 포주는 뒤를 돌아보았다.

어쩌면 그 잡것들이 뒤늦게 쫓아와 '오빠, 용서해 줘요~' 라고 빌려 들지도 모른다고 생각했다. 그런 그의 예상은 보기 좋게 빗나갔다.

"윽!"

포주는 입이 틀어 막혀진 채 공포로 질린 눈을 껌뻑거렸다. 깨물어보려고 해도 워낙 억센 손이어서 입이 벌어지질 않는다. 목에 차가운 쇠가 닿는 느낌이 든다. 섬뜩하다.

"너 뭐야? 누구에게 무전하려고 한 거야?"

질질 끌려 2층 건물의 그늘 안으로 끌려 들어가 두 손을 테이프로 포박당한 포주에게 한 사내가 묻는다. 입을 풀어주자마자 포주는 항의를 하려 들었다. 사내의 말투에서 군인의 낌새를 느꼈기 때문이다. 군인이라면 뭔가 오해가 있던 게 틀림없다.

"아니, 아저씨. 우리 서로 돕고 사는 처지에……."

개머리판이 얼굴을 후려치는 바람에 포주는 입을 다물어야 했다.

크으윽, 이가 부러지고 피가 뚝뚝 흐르는데, 그 아픈 상처를 또 꽉 움켜쥐고 비명도 지르지 못하게 한다.

"이 새끼가, 묻는 말에 대답 안 하지? 다시 물어본다. 너, 뭐하는 새끼야?"

사태가 심각하다는 것을 깨달은 포주는 얼른 고개부터 납작 숙였다. 얼굴을 보지 않았다는 걸 상대에게 알리기 위해서였다.

"저, 저는 그냥 계집애들 두서넛 데리고 정직하게 장사하는 놈입니다. 나, 나쁜 놈 아닙니다."

"무전은 누구한테 때렸어?"

"그, 그… 아무것도 아닙니다. 오늘 여기서 계집애들이 배달을 왔는데 회수가 안 되어 가지고… 그년들, 아니, 그 애들 잡으려고……."

묻던 사내는 더 들을 필요 없다고 생각해서 턱을 까딱거렸다. 곧바로 또 억센 손이 포주의 입을 틀어막는다. 움직임들이 워낙 빨라서 살려주세요…라는 말을 내뱉지도 못했다.

"처리하고 같이 둬."

사내의 명령이 떨어지자마자 포주의 목젖에 강력한 손날치기가 꽂힌다. 그리고 그가 끔찍한 고통을 느낄 때, 입이 자유로워졌다. 하지만 비명을 지를 수는 없었다. 비명은커녕 쉿소리조차 나지 않는다. 포주의 목에 올가미가 씌워지고 꽉 조여졌다.

하아아~ 포주는 몇 번 몸서리를 치다가 결국 숨을 거뒀고, 그의 시체는 그가 그토록 찾으려 했던 앵두와 자두의 바로 곁에 던져졌다.

펄럭, 남자들은 커다란 푸른색 공업용 포장을 펼쳐서 바람 뺀 고무보트와 시체들을 한 번에 덮어 고정시키고, 억지로 포장을 젖히는 순간 핀이 빠지도록 수류탄 트랩과 휘발유도 장치해 두었다.

그리고 20여 분 뒤, 커다란 가방을 하나씩 든 80명의 사내가 건물에서 빠져나와 어둠 속에 몸을 숨긴 채 섬의 중앙을 향해 빠르게 달려 나갔다. 이제 그 장소에 남은 것은 맨 처음 예비군을 죽인 네 명뿐이다.

그들은 2층의 커튼 틈으로 소총의 총구만을 내밀고 조준경을 통해 외부를 감시했다. 두 시간이 가까워지도록 단 한 사람도 보이지 않을 만큼 해안로는 한적했다. 그러나 사실은 그들의 눈에 띄지 않는 각도에서 누군가가 그곳을 지나기는 했다. 혹시나 싶은 불안감에 예비군들을 다시 찾은 도 원사였다.

모래사장을 통해 천천히 걸어온 도 원사의 모습은 차단벽에 가로막혀 있어 2층의 저격수에게는 보이지 않았다.

"어허, 이거 진짜 도망을 쳐버렸네……. 이 사람들, 이거… 실탄까지 가지고……. 허어! 참 큰일 낼 사람들일세……."

근처의 다른 보초병들은 멀쩡히 잘 근무를 서고 있는데…….

역시나 예감이라는 게 무시할 수 없다. 도 원사는 답답한 마음에 혀를 끌끌, 찼다.

어쩌지?

도 원사는 차단벽 끝자락에 기댄 채 잠시 고민을 하며 서 있었다.

탈영병이 있다는 신고를 하려면 서쪽 항구의 초소에 가야 한다. 그리고 그는 모르고 있지만, 차단벽 밖으로 한 발짝을 내미는 순간 2층의 저격수는 그의 머리에 구멍을 내버릴 터였다.

"에이, 저희들도 다 가정이 있고 생각이 있는 놈들인데, 무슨 큰 사고야 치겠어? 한잠 자고 나면 겁이 나서라도 복귀할 테지."

도 원사는 그렇게 중얼거리고 나서 차단벽을 따라 되짚어 돌아갔다. 어차피 예비군들이 차고 넘쳐서 인원 관리는 제대로 되지 않는다. 그가 서류에 복귀라고만 적어두면 당장 오늘 밤 점호가 있기 전까지는 아무런 문제도 없을 것이고, 그놈들이 가지고 나간 실탄이라야 다 합쳐도 달랑 스무 발이다. 게다가 사실 큰 난동을 일으킬 만한 이유도 없는 녀석들이라는 걸 그 자신도 잘 알고 있다.

"점심때쯤 그놈들 집에다가 전화나 한 통씩 해봐야겠군."

도 원사는 담배에 불을 붙였다. 귀찮았다. 하지만 방금 내린 결정 덕분에 그의 목숨이 아직 붙어 있다는 생각은 조금도 하지 못했다.

2장
디아스포라

1

— 건대 쉘터 이동을 신청하신 분들께서는 지금 1루 더그아웃 석에 집결해 주시기 바랍니다. 다시 한 번 말씀드립니다. 건대 쉘터 이동을 신청하신 분들은 지금 1루 더그아웃 석에 집결해 주십시오. 장갑형 트레일러, 일곱 시 반에 출발합니다. 기다리지 않습니다.

아침 여섯 시가 되자 잠실야구장 쉘터의 장내 스피커에서는 계속해서 같은 말이 흘러나왔다. 아직 새벽잠이 다 깨지 않은 사람들이 일어나 앉아서 눈을 비비고, 그 사이를 헤치고 다니며 군인들도 똑같은 메시지를 전달했다.

"웬일이야… 지금 몇 시인데……."

어젯밤 잠을 설친 임수정이 얼굴을 쓸어내린다.

"여섯 시네요. 아함~"

옆자리에서 잠들었던 테라가 시계를 들여다보고 일러준다. 한뎃잠을 자다가 막 깬 얼굴인데도 어지간히 예쁘고 사랑스럽다.

"이상하다? 어제 분명히 점심 먹고 출발할 거라고 했었는데… 너무 이르잖아. 뭐지?"

"그러게요. 왜 갑자기 바뀌었을까요?"

넋두리를 늘어놓으면서도 두 사람은 서둘러 자리에서 일어나 짐을 챙겼다. 짐이라고 해봐야 조그만 박스 하나에 전부 들어갈 보잘것없는 것들뿐이지만, 그거라도 없으면 당장 곤란해진다.

어젯밤 테라는 자신과 임수정의 사물함에 가득 차 있던 음식들을 모두 주변의 아이 엄마들에게 나눠 주었다. 어차피 그 많은 짐을 건대 쉘터에까지 들고 갈 수는 없는 일이다.

건대에 쉘터가 있고, 이제 그곳으로 이동할 수 있게 되었다는 이야기를 듣자마자 임수정은 들떠서 어쩔 줄을 몰라 했다. 혹시 자신의 가족들이 그곳에 있을지도 모른다는 기대 때문이었다.

임수정은 테라에게 함께 가자고 제안했고, 테라는 그걸 순순히 받아들였다. 어차피 비슷한 수용소 생활인데, 이왕이면 처음부터 가장 힘든 시기를 같이 보낸 격리 시설 동기의 곁에 있고 싶었던 것이다.

"이봐요, 왜 이런 건지는 좀 이야기해 줘야지. 이렇게 갑자기 스케줄을 바꾸고 그러면 어떻게 해. 곤란하다고."

중년 여자 한 사람이 지나가는 병사를 붙잡고 항의를 한다.

"바람 세진 거 느껴지시죠? 오후에 태풍이 올 거라고 합니다. 꽤 큰 태풍이래요. 그래서 일정을 당겼습니다. 장갑형 트레일러로 이동하시는 동안 상공에서 헬리콥터가 호위를 해야 하는데, 태풍이 불면 헬기가 못 뜨거든요. 물론 육로로 이동하는 것도 더 어려워지고요… 어?"

한창 설명을 하던 병사가 놀라서 경직된다. 박스에 짐을 담고 있던 테라의 모습을 발견했기 때문이다.

"아… 저, 테라 씨도 그리로 가시는 거군요……."

병사의 얼굴에서 기운이 한꺼번에 빠져나간다. 테라는 얼른 그에게 다가가 두 손을 꼭 잡으며 가볍게 고개를 숙였다.

"그동안 정말 고마웠습니다, 오빠. 건강하세요."

"아니… 저는 뭐, 해드린 것도 없는데……."

테라와 손을 잡는 뜻밖의 행운에 기쁘면서도 이제 저 얼굴을 볼 수 없다는 게 슬퍼진다. 병사는 가볍게 한숨을 쉬었다.

"테라 씨도 건강하세요. 후우~ 건대 경비병 애들은 좋겠네요. 거기는 좁다니까 서로 얼굴 볼 일도 많을 텐데."

어깨가 축 늘어진 병사가 떠나고, 임수정과 테라도 이웃의 아이 엄마들에게 인사를 한 뒤 더그아웃 석을 향해 이동했다. 벌써 꽤나 많은 사람들이 길게 줄을 지어 서 있다.

"잠시만요. 허허, 아이구, 미안합니다. 좀 지나가겠습니다.

허허."

주변을 메운 구경꾼들 사이를 뚫고 주름진 얼굴 하나가 웃는 낯을 내민다. 아줌마들 사이에서 절정의 인기를 누리는 육만배다. 그의 뒤에 바짝 붙어 한 무더기의 덩치 큰 남자들도 줄에 합류해 선다. 대략 이십여 명. 그들 역시 건대로 가려는 모양이다.

"저, 이거 붙이고 올게요."

박스를 내려놓은 테라가 임수정에게 말한다. 어젯밤 그녀는 아주 공을 들여 자신이 건대 쉘터로 간다는 메모를 쓰고 예쁘게 꾸몄다. 물론 그것을 읽어주길 기대하는 사람은 그리운 제니다.

비록 헤어진 지 열흘이 되도록 아무런 연락을 받지 못했지만 테라는 제니가 살아 있을 것이라고 굳게 믿었고, 그녀가 언젠가 한 번은 이곳 잠실 쉘터로 와줄 거라 기대하고 있었다.

만남의 벽 나무 구조물 앞에는 쪽지를 붙이려는 수많은 사람들이 복잡하게 얽혀 있었다. 모두 아주 가냘픈 희망의 끈을 꽉 붙들고 누군가를 만나기 기대하는 사람들이다. 밀고 밀리는 중에 테라는 몇 번이나 발을 밟혔다. 잘려 나간 새끼발가락의 상처가 밟힐 때면 끔찍한 고통이 수반되었다.

"끄응차!"

테라는 발돋움까지 해가며 가장 높은 곳에 제니에게 보내는 메모를 붙였다. 가장 눈에 쉽게 띄는 자리는 물론 사람의 눈높이일 테지만, 거기는 경쟁이 심해서 뒷사람들이 떼어내 버릴 가능성도 몇 십 배나 높다. 지금 당장만 해도 극성맞은 사람들은 남의 소중한 메모들을 뜯어버리고 그 자리에 자신의 것을 붙이고 있다.

왜 군인들이 이런 걸 통제하지 않을까…….

돌아서서 걸어오면서도 테라는 불안감을 견딜 수 없었다.

"잘 붙이고 왔어?"

임수정이 웃는 얼굴로 테라를 맞아준다. 가족을 만날지도 모른다는 기대감에 그녀의 얼굴은 상기되어 있다.

"네에~ 그런데 좀 걱정이 돼요. 뒷사람들이 제 메모를 떼어버릴까 봐요."

"그런 걱정은 하지 마. 메모 같은 건 없어도 돼. 제니가 오기만 하면 주변 사람들이 다 이야기해 줄걸? 테라도 얼마 전까지 여기 있었다고."

"그랬으면 좋겠어요. 그런데 건대로 갔다는 걸 기억하는 사람들이 그때 여기 안 남아 있으면 어쩌죠? 다들 다른 지역으로 옮겨들 가는 분위기잖아요."

테라는 불안한지 자꾸 엄지손톱을 물어뜯는다.

"자, 이제 게이트 엽니다. 나가시면 안내하는 병사들 지시를 들으시고, 질서를 지켜서 이동해 주세요. 아, 그리고 아침 식사는 이동하신 곳에서 드실 거예요."

사람들을 두 줄로 세우고 나서 외부로 향하는 게이트가 열렸다.

끼이이이―

이곳 쉘터에 들어온 이래, 내내 단단히 잠겨 있기만 하던 두꺼운 철문이 밀리고 처음으로 그곳을 통해 외부의 공기가 들어온다.

휘이이잉—

테라의 긴 검은 머리가 바람에 날린다.

투두두두—

머리 위에서 프로펠러가 바람을 가르는 소리가 울린다. 테라와 임수정은 고개를 들어 하늘을 쳐다봤다. 오늘을 위해 동원된 두 대의 헬리콥터가 서로 교차하며 지나고 있다.

"헬리콥터까지 와 있으니 뭔가 엄청난 일인 것 같은 기분이 드네."

임수정이 중얼거린다. 생각해 보면 열흘 만에 처음으로 그들은 기지를 벗어나 육로를 통해 움직이는 것이다. 좀비 세상이 오기 전에는 매일의 일과 속에 당연히 들어 있던 일인데, 이제는 굉장히 낯설고 두려운 모험이 되었다.

"자, 이동합니다! 밀지 마시고 순서대로 걸어 나와주십쇼!"

앞쪽에서 대기하고 있던 병사들이 손짓을 하며 나오라는 신호를 보낸다. 사람들은 시키는 대로 걷기 시작했다.

원래 있던 잠실야구장의 계단과 보행로들은 이곳이 쉘터로 지정되자마자 외부의 침입을 막기 위해 전부 끊어놓았기 때문에, 며칠 전 그 반대쪽으로 철골 통행로와 계단을 설치했다. 2층 높이의 간이 계단을 내려가면 사방이 모두 철책으로 둘러싸인

긴 이동식 복도가 나타난다. 그리고 그 위에 국방색 천막을 씌워 놓았다.

　바로 양옆에는 외벽이라 할 수 있는 3미터 높이의 철책이 혹시 있을지 모르는 소규모 좀비들의 난입으로부터 이동식 복도를 보호한다. 문제는 어두운 색 천막이 주는 불길한 인상이었다. 군의 입장에서는 외부를 보지 않는 편이 더 나을 거라고 판단해 나름대로 신경을 쓴 것인데, 그게 오히려 사람들의 공포심을 자극했다.

　"서른여섯, 서른여덟, 마흔. 자, 여기까지 끊겠습니다. 나머지 분들은 이 선에서 기다려 주십시오."

　마흔 명을 헤아린 뒤, 병사 넷이 앞장을 선다.

　"천천히 따라오십시오!"

　하지만 사람들은 쉽사리 그 어두운 공간 속으로 발을 내딛지 못하고 머뭇거렸다. 천장에 등이 밝혀져 있다고는 해도 50미터 이상을 이 안에서 걸어가야 한다고 생각하니 두 발이 땅에 달라붙어 움직일 수가 없다. 당장에라도 저기 보이지 않는 장막을 뚫고 좀비가 튀어나와 달려들 것만 같아 두려운 것이다.

　이 통로를 준비한 군에서 간과한 점은, 지금 쉘터 내에 있는 생존자들이 모두 좀비에 대한 끔찍한 트라우마를 갖고 있다는 사실이다.

　"걱정하지 마세요. 상공에서 엄호하고 있기 때문에 안전합니다. 이렇게 시간을 지체하시면 오늘 내 이동 못합니다!"

병사들의 성화에 못 이겨 앞줄의 사람들이 천천히 움직인다. 10여 미터쯤 복도 안까지 들어갔을 때, 선두에서 한 중년 여자가 돌아서며 소리를 질러 대기 시작했다.

"도, 도저히 나는 못 가겠어! 다른 사람들보고 앞에 서라고 해요! 나는 무서워서 저기까지 못 걸어가!"

"이러지 마세요! 다들 마찬가지입니다! 저희 병사들도 지금 밖에서 대기 중입니다! 여러분은 안전해요!"

"그러니까, 다른 사람 먼저 보내라고요! 비켜요! 비켜봐요! 나 좀 나가야 돼! 숨을 못 쉬겠어!"

"안 가시려면 시간 끌지 말고 빠지세요! 다른 분들한테까지 방해됩니다."

이쯤에서 여자가 그냥 남는 편을 택하면 좋았겠지만, 이번엔 다른 남자가 끼어들었다.

"어이, 후배님! 왜 말을 그렇게 해? 저 천막이 무서워서 그러는 거 아니야. 그러니까 그것만 좀 걷어줘."

"저희는 그렇게 한가한 사람들 아닙니다. 안 가실 분들은 옆으로 비켜서세요."

병사는 두 사람을 열외로 세우고 다른 이들에게 앞으로 나갈 것을 부탁했다. 그러나 그들 중 누구도 가장 선봉에 서고 싶은 마음 같은 건 없다. 빽빽이 늘어서 있던 이백여 명의 사람들이 덩달아 동요하자, 그것만으로도 대단한 혼란이 빚어졌다. 그리고 상공의 헬리콥터에서 확성기를 통해 쓸데없는 말을 보태는

통에 사람들의 공포심은 극에 달했다.

"3시 방향에서 좀비 접근 중! 규모는 넷! 거리 천오백! 신속하게 이동하라!"

"어, 어떡해! 아저씨, 일단 돌아가요! 응? 좀비가 온다잖아?"

"아닙니다, 괜찮아요. 저건 그냥 상황을 보고하는 차원입니다. 이중, 삼중으로 안전장치가 있어서 절대로 여기까지는 접근 못합니다. 1.5킬로미터면 엄청 멀리 있는 거예요!"

2층에서 대기하고 있는 사람들에게는 아래에서 벌어지고 있는 혼란과 철책 너머를 서성이고 있는 소규모의 좀비들이 모두 한눈에 보인다. 객관적으로 보자면 분명 안전하다. 그러나 혹시 무슨 허점이 있다면?

만약 한 가지라도 계획이 어긋난다면 좀비에게 물릴 것이고, 그러면 그 사람들은 그걸로 끝이다. 다시 돌이킬 수 없다.

긴장한 사람들이 흘리는 진땀 냄새가 근처의 공기를 꽉 채운다. 테라와 임수정도 떨림을 가라앉히지 못해 서로의 손을 꽉 잡은 채 상황을 지켜봤다.

"이거 놔요! 잡아당기지 말라고!"

"아, 이러시면 정말 오늘 못 나갑니다. 그러면 태풍 지날 때까지 꼼짝도 못하고요. 이 철책이 그동안 멀쩡히 남아날는지 장담할 수 없어서 시간이 더 늦어져요!"

처음 소동을 일으킨 중년 여자를 비롯해서 몇몇은 아예 바닥에 주저앉아 저항을 하고 있다. 군인들이 달라붙어 일으켜 세우려 해보지만, 그럴수록 오히려 더 강하게 반발했고, 히스테리는 서서히 전염될 조짐을 보이기 시작했다. 그때, 육만배가 나섰다.

"잠깐만요, 잠깐만요, 일병님. 저한테 1분만, 딱 1분만 주십시오."

실랑이를 하고 있는 병사에게 양해를 구한 육만배는 웃는 낯으로 말을 건다.

"허허허, 여사님. 아직도 이렇게 소녀 같은 구석이 있으시네. 무서워하시는 모습도 어찌나 아름다운지 모르겠습니다. 허허허, 자, 제 손 잡으세요. 바닥이 찹니다. 여자는 찬 데 앉으면 안 좋아요."

부자에 멋쟁이라는 이유로 쉘터 내에서 인기가 높았던 육 사장이 다가와 직접 손을 내밀어주고 아름답다며 웃어주자, 그 와중에도 중년 여자의 볼이 불그스름해진다.

"어머, 육 사장님……."

중년 여자가 조금 부끄러워하며 내미는 손을 맞잡자, 육만배는 부드럽게, 그러나 단호하게 잡아 일으켰다. 그러고는 돌아서서 큰 소리로 말했다.

"여러분, 저는 겁이 많은 사람입니다! 맞는 게 무서워서 평생 싸움 같은 것도 한 번 해본 적이 없고, 혼자 자야 할 때는 불도 환하게 밝히고 TV를 켜놓아야 잠이 오는 사람입니다. 그런데다가 보시다시피 이제는 이렇게 늙어서 힘도 없습니다. 이 길요?

물론 무섭죠. 하지만 저는 이를 악물고 걸어갈 겁니다. 스타 시티에 살고 있던 제 아들! 그 애를 만날 수만 있다면 이렇게 가슴이 떨리고 무서운 것도! 저 좀비들이 울어 대는 소리도! 다 이겨 낼 수 있습니다! 제 아들이 건대 쉘터에서 저를 기다리고 있을 거라고 믿으니까요! 여러분, 우리 모두 같은 처지 아닙니까? 힘을 냅시다! 사랑하는 사람들이 애타게 우리를 기다린다고 생각하면 이깟 잠시 무서운 건 얼마든지 참을 수 있습니다! 자, 겁보인 제가 한 번 앞장을 서보겠습니다. 저 같은 것도 갈 수 있다면 누구나 갈 수 있다고 생각합니다. 가시죠, 일병님."

일장연설을 늘어놓은 육만배가 병사들과 함께 성큼성큼 걸어들어가자, 사람들이 술렁인다. 그러고는 천천히 그 뒤를 따라 걷는다. 그래도 버티려는 이들에게는 미리 귀띔을 받은 기동이와 가희가 달라붙어 꾀고 어르며 설득을 했다.

"근데, 오빠. 우리 회장님, 아들이 있어? 건대 스타 시티에 살았었나 봐? 오빠 알았었어?"

사람들의 불안이 진정되고 어느 정도 한숨을 돌린 뒤, 가희가 기동이에게 물었다. 기동이는 고개를 갸웃거린다.

"글쎄… 회장님 자제분이 있으시다는 말씀은… 그 뭐냐, 금, 금초신문인데……."

육만배가 겁쟁이 코스프레에 있지도 않은 자식까지 끌어들여 가며 필사적인 쇼를 한 이유는 간단하다. 혹시라도 앞에서 거치적대는 돼지 같은 연놈들 때문에 이동하지 못하고 오늘 오후를 넘기면, 그의 수하들이 꼼짝없이 군대에 끌려갈 것이기 때문이다. 이제 와서 그렇게 빈손으로 다시 시작하는 일은 할 수 없었다.

"이쪽으로 들어가시면 됩니다."

천막 쳐진 구간이 끝나고 복도 철책 안으로 햇살이 환하게 비쳐졌을 때, 드디어 대기하고 있던 장갑형 트레일러의 모습을 볼 수 있었다. 말이 좋아 장갑형 트레일러지, 그건 그냥 40피트짜리 대형 철제 컨테이너에 개폐식 옆문과 바퀴를 달아놓은 것이었다. 그리고 그런 트레일러들을 연결해 장갑차가 끌고 가는 원리였다.

하지만 그렇게 단순한 만큼 튼튼하다는 것에는 이견을 달 수 없을 것 같았다.

투웅—

육만배가 두께를 가늠하기 위해 손바닥으로 벽면을 쳐 보자, 믿음직한 소리가 울린다. 좀비의 손톱과 이빨 정도로는 절대 뚫리지 않을 만한, 단단한 벽이다.

"안전합니다. 걱정하지 않으셔도 됩니다."

트레일러 위쪽에 설치된 기총 포대에 앉아 있던 병사가 말을 건넨다. 그들이 앉은 포대는 몇 개의 쇠파이프를 덧대 좀비가 뛰어 올라올 수 없도록 높이를 강화해 놓은 것에 불과하지만, 지상 3미터 위인 만큼 안전해 보인다. 접이식 사다리는 아예 컨테이너 지붕 위에 끌어 올려놓았다.

"허허, 그러네요. 든든하군요. 잘 좀 부탁드리겠습니다."

육만배는 기총사수들에게 살짝 고개를 숙여 보인 후, 컨테이너 내부로 들어갔다. 언뜻 보기에도 허술한 의자가 양쪽 벽을 따라 일렬로 고정되어 있고, 위쪽에는 공기를 통하게 하기 위해 뚫어놓은 조그만 구멍들이 보인다. 별도의 공조 장치나 냉방 시스템 같은 것은 없는 것 같다.

훗, 어지간히 궁하게 만들었군그래…….

자신의 소지품을 담은 박스를 의자 아래에 밀어 넣은 육만배는 의자에 앉아 벽에 몸을 기댔다. 조금 전 그가 잡아 일으켜 줬던 떼쟁이 년이 히죽거리며 옆자리에 붙어 앉아 돼지 암내 같은 악취를 풍기는 것만 제외한다면 이 상황이 그리 나쁘지 않았다.

한편, 임수정과 테라도 천막이 둘러진 통로 앞에서 자신들의 차례를 기다리고 있었다.

"테라야, 너 괜찮아?"

도무지 안정을 찾지 못하는 테라를 향해 임수정이 물었다. 그녀는 계단을 내려오는 내내 불안한 표정으로 몇 번이나 뒤를 돌아보았고, 말없이 깊은 생각에 잠겨 있었다.

"언니, 정말 미안한데요……."

마침내 결심을 굳힌 듯, 테라가 입을 연다.

"아무리 고민을 해봐도 저 여기에서 며칠만 더 기다려 보고 싶어요. 제니가 여기까지 왔는데 길이 어긋나서 못 만난다고 생각하면 너무 가슴이 아파요. 며칠만, 며칠만 더 기다려 보고 그때도 안 오면 제가 건대로 갈게요. 그렇게 해도 괜찮죠? 같이 가겠다고 약속해 놓고 말을 바꿔서 정말 죄송해요."

"아니야… 미안할 게 뭐 있니. 그래, 테라야. 마음이 시키는 대로 해. 그래야 후회가 안 남지. 나도 네가 제니를 꼭 만났으면 좋겠다."

"그렇게 말해줘서 고마워요, 언니. 저, 그리고 손 좀 내밀어 봐요."

응?

임수정이 그대로 따르자, 테라는 자신이 차고 있던 작은 시계를 그녀의 팔목에 채워주었다.

"아, 아니야. 이거 안 받을 거야! 딱 봐도 비싼 것 같은데… 이런 건 그냥 네가 차고 있어야 어울려."

당황한 임수정이 시계를 풀어 돌려주려고 하자, 테라는 그녀의 두 손을 꼭 잡고 다정하게 말했다.

"그냥 받아주세요. 건대 쉘터에서 배급이 어떨지 몰라 걱정돼 그래요. 제가 가기 전에 언니가 뭔가 필요한 물건이 있으면 그걸로 구하세요. 그거요, 정말 좋은 시계 맞으니까 헐값에 넘기시지 말고 흥정 잘하셔야 돼요. 알았죠, 언니? 아이이~ 풀지 마요."

"하아~ 알았어. 그렇지만 다른 거랑 바꾸지는 않을 거야. 그냥… 너 대신, 너랑 같이 있다고 생각하고 네가 올 때까지 내가 맡아두는 걸로 할게. 이거 꼭 찾으러 와야 돼."

하도 간곡하게 권하는 바람에 임수정은 시계 선물을 받아들일 수밖에 없었다. 테라는 그제야 안심이 된다는 듯 애잔하게 웃으며 임수정을 끌어안는다. 쉘터 내의 수많은 군인들이 왜 이 아이만 보면 열광하는지 알 수 있을 것 같은, 그런 웃음이다.

서로 건강히 있어야 한다는 인사를 나누고 둘은 헤어졌다. 통로를 걷다 슬쩍 뒤를 돌아보니 테라는 열외에 서서 가볍게 손을 흔들어준다. 그녀의 뒤에는 호위병처럼 병사들이 버티고 서 있다.

기분 탓일까, 그녀가 마음을 바꿔 여기 남는다는 것을 알게 된 이후 보초병들의 안색이 조금은 밝아진 것처럼 보인다.

"아이고, 안녕하십니까. 여기서 또 뵙는군요. 건대 쪽에 연고가 있으셨나 보죠? 한데 뭐가 좀 허전하다 했더니, 그 늘 함께 다니시던 젊은 아가씨가 안 보이는군요. 그분은 안 오시나요?"

트레일러에 오른 임수정이 자리를 잡고 앉자, 맞은편 좌석에서 누군가 인사를 건넨다. 고개를 들어 보니 육 사장이다. 임수정은 대충 얼버무리며 웃었다.

"아, 네… 그렇게 됐네요."

"허허, 그것참 아쉬우시겠습니다그려. 두 분이 단짝이시던데…… 하지만 또 이렇게 새로운 인연을 만나고 그러는 게 인생 아니겠습니까. 허허허."

육 사장이 과장된 표정으로 사람 좋은 웃음을 지어 보인다. 임수정이 가볍게 고개를 끄덕이는 동안, 트레일러의 문이 닫히고 장갑차와의 견인 고리가 채워지는 소리가 울렸다. 그 철컹거리는 쇳소리가 어딘가 불안하게 느껴진다.

아니야, 아니야. 불안할 것 하나도 없어······.

임수정은 마음을 다스리기 위해 가만히 눈을 감고 차가운 쇠벽에 머리를 기댔다.

ㄹ

그 무렵, 민구는 플래시로 어둠을 밝히며 깜깜한 지하철 선로 위를 걷는 중이었다. 바로 곁에는 길 안내 역할의 스패너와 쇠파이프가 각각 한 개씩 가방을 들고 따라온다.

스패너가 든 가방에는 민구가 만배파 건물을 떠날 때부터 들고 나온 물건들과 마세티가, 쇠파이프가 든 가방에는 어젯밤 짭새들에게서 빼앗은 총이 들어 있다. 민구는 손에 달랑 물병 하나만을 들었다.

"이, 이걸 저한테 맡기셔도 돼요?"

총이 든 가방을 들고 따라오라고 했을 때, 쇠파이프는 의아하다는 표정으로 물었다.

"왜? 그것만 있으면 나한테 이길 것 같아?"

민구가 히죽 웃으며 물었다.

"아, 아, 아니에요, 형님. 무슨 그런 생각을… 저, 저는 그
냥……."

"잠실역까지만 길을 안내해. 그러면 그건 늬들한테 줄 테니
까."

"저, 정말이십니까, 형님?"

총 가방을 꼭 끌어안은 쇠파이프가 세계의 절반이라도 넘겨
받은 것같이 벅찬 표정을 짓는다. 민구는 코웃음을 친 뒤, 빨리
빨리 움직이라고 녀석의 엉덩이를 한차례 걷어차 주었다.

빨리 이놈들과 헤어지고 혼자 남아야 담배를 한 대 시원하게
피울 수 있다. 불만 붙였다 하면 애새끼들이 돼지는 소리를 하
며 애원을 하는 통에 그냥 꺼버리기를 몇 차례나 반복했던 것이
다.

"이쪽으로 가서야 돼요. 여긴 저희가 함정을 만들어둔 데거
든요."

두 놈의 안내에 따라 민구는 아무 생각 없이 걸었다. 허술하
기는 해도 꽤 많은 함정을 파둔 걸 보니, 이놈들이 살아남아 보
려고 나름 얼마나 치열하게 준비를 했는지 눈에 보이는 것 같
다.

비단 함정 문제가 아니라도 지하철 선로라는 것은 생각보다
훨씬 넓고 또 복잡하게 얽혀 있었다. 지하 생활에 익숙한 이놈
들과 함께 길을 나서지 않았더라면 꼼짝없이 미아가 되어버렸
을 거라고 민구는 생각했다.

"그, 그런데요, 형님. 그 잠실 쉘터라는 데는 어떻게 아셨어요?"

목적지를 두 정거장 앞뒀을 때, 쇠파이프가 물었다.

"음, 누가 아주 친절하게 메모를 남겼더라고. 왜? 가고 싶어?"

"아, 아니요. 저희는 그런 데는 안 가요. 짭새들이 저희들 겁주려고 여러 개소리를 지껄였지만, 딱 한 가지 맞는 말을 했다고 생각하는 게 뭐냐면요, 나라 꼴이 이렇게 됐으니까 이제 젊은 남자들은 눈에 띄기만 하면 군대에 끌려갈 거라고 하는 말이에요. 제 생각도 비슷하거든요. 씨발, 괜히 끌려가 가지고 총알받이로 내몰리기는 싫어요."

스패너가 끼어들었다.

"야, 근데 있잖아, 그래도 거기 가면 굶어 죽지는 않을 거 아니야."

"씨발아, 굶어 죽기는 왜 죽어? 등신 소리 작작해. 물탱크 파이프 열면 물이 콸콸 나오지, 편의점 창고에 과자랑 라면 있지, 그리고 어떻게 다시 찾은 여친인데……. 이제는 죽어도 걔랑 안 헤어질 거니까."

"아, 맞아. 너넨 분위기 열라 좋더라? 난 자꾸 좀 그렇더라고. 짭새 새끼들하고 나까무라한테 무슨 짓 당했을지 훤히 짐작이 되는데……. 얘는 자기가 찔리는 게 있어서 그러는지 자꾸 더 엉겨 붙기는 하는데……."

"지랄하네, 등신 새끼가. 걔네가 좋아서 한 일이 아닌데 그렇기는 뭐가 그래? 저는 만약 그런 상황이었으면 그것들 똥구녕까지 쪽쪽 빨았을 새끼가 대단한 열녀인 척하고 자빠졌네."

"에이, 나라고 그걸 왜 몰라. 말하자면 그렇다는 거지. 근데 쉘터 말이야… 혹시 모르잖아? 나라에서 안전하게 쉴 만한 데를 만들어두고 잘 관리해 주고 있을지도."

"야, 우리나라에서? 좆도 그런 일이 있겠다. 그렇죠, 형님?"

뭐가 그렇게 신이 났는지 두 새끼가 떠들어 대는 꼴을 보니, 가만 내버려 두면 한도 끝도 없을 것 같다. 물을 한 모금 마신 뒤, 민구는 대답 대신 차갑게 말했다.

"시끄러워, 이 새끼들아. 관심 없으니까 그딴 건 너희끼리 남아 있을 때 실컷 지껄이든가 하고, 걷는 속도나 올려. 어디인지 빤히 알겠다, 가고 싶으면 아무 때라도 가면 되잖아."

얼굴에서 웃음기가 걷힌 두 놈은 입을 꽉 다문 채 보폭을 넓혔다. 총을 준다고 하는 바람에 들떠서 잠시 잊고 있었는데, 이 남자가 거짓말처럼 잔인하고 강한 살인 전문가라는 게 기억난 것이다.

어젯밤을 떠올려 보니 민구가 담배로 지진 뒷목이 공연히 따가워져서 스패너는 머리를 긁적였다.

시간이 꽤나 걸린다는 점만 제외하면 이동은 순조로웠다. 중간에 괴물을 하나 만나기는 했지만, 민구가 나서서 별 힘을 들이지 않고 처리했다. 그놈 역시 땅 위의 녀석들에 비하면 현저하게 느렸다.

민구가 쿠크리에 묻은 좀비의 체액을 닦는 동안 두 녀석은 가볍게 한숨을 내쉬며 감탄했다.

"여깁니다. 다 왔어요. 이 위가 종합운동장역이에요."

햇살이 환하게 내리비치는 통풍구 아래에서 쇠파이프가 말했다.

쿠르르르릉—

뭔가 굉장히 묵직한 물체가 근처를 지나는지 민구가 위치한 곳까지도 그 진동이 전해진다. 키리릭거리며 아스팔트를 갈아 대는 소리가 나는 걸로 봐서 단순한 자동차는 아니다. 진동은 한동안 계속되다가 북쪽을 향해 멀어졌다.

투투투투투—

헬리콥터의 프로펠러 소리가 그 뒤를 따랐다.

"뭐가 움직이는 걸까, 이거? 탱크?"

스패너가 묻자 쇠파이프가 고개를 끄덕인다.

"그런 것 같아. 우와, 장난 아니다. 진짜 쉘터라는 데가 있기는 한가 본데?"

두 놈은 다시 '군대에 잡혀간다', '아니다'를 주제로 토론을 벌이기 시작했다. 귀가 아프기도 하고 이제 슬슬 이 녀석들을 놓아줘도 될 것 같다고 생각한 민구는 스패너에게서 연장이 든 가방을 빼앗았다.

"이제 돌아가도 돼. 아, 그리고 너, 나 자던 방 어디인지 알지? 총알은 거기에 있으니까."

"엑? 그럼 이 가방 안에 든 거는 전부 빈총이에요?"

"하하, 웃기는 놈이네. 그러면 너한테 장전된 총을 들려줄 줄 알았단 말이야? 왜 그렇게 쳐다봐? 뭐 더 할 말 있어?"

머뭇거리던 쇠파이프와 스패너는 마주 보고 고개를 끄덕이더니, 그 자리에 넙죽 엎드려 큰절을 한다.

"형님, 저희 살려주셔서 정말 고맙습니다!"

"됐어, 꺼져."

민구는 얼른 돌아서서 계단 위로 올랐다. 녀석들이 다시 한 번 감사하다는 합창을 했지만, 들은 척도 하지 않았다. 돌아서는 놈들의 발소리가 가볍다.

이제 저것들의 세계에서 또 다른 완장과 계급이 생겨나겠구만.

"이런 젠장, 몇 번 출구로 나가야 하는지 물었어야 하는데…… 정작 중요한 건 놔두고 엉뚱한 소리만 지껄이다 헤어졌군."

개찰구 부근까지 올라와서야 민구는 자신이 지하철 지리에 대해 전혀 모른다는 사실을 다시 기억해 냈다. 뭔 놈의 출구가 그리 많은지, 사방 곳곳마다 출구라는 화살표가 달려 있다. 인근 지도 앞에 서서 궁상맞게 한참을 갸웃거린 끝에야 민구는 자신이 나가야 할 곳을 찾았다.

출구 위에 올라선 민구를 맞은 건 높다란 철책이었다. 3미터는 족히 될 법한 2중 철책에 날카로운 레이저 와이어까지. 어지간히 둘러쳐 두고 있다.

휘이이잉—

먼지를 가득 담고 매섭게 몰아치는 바람 때문에 민구는 눈살을 찌푸렸다.

"아무도 없는 건가……."

주변을 둘러보던 민구는 순찰을 돌던 군인 둘과 눈이 마주쳤다. 민구와 철책 두 개를 사이에 두고 마주 선 군인들은 외계인이라도 본 것 같은 표정으로 입을 다물지 못했다.

지하철에서 불쑥 튀어나온 민구 때문에 그들은 어지간히 쇼크를 먹었다. 철책 외곽을 살아서 돌아다니는 사람은 처음 봤다. 그것도 산책이라도 나온 것처럼 여유 만만한 얼굴로…….

손에 가방을 들고 있지 않았다면 좀비라고 간주해서 발포했을 것이다.

뭐지? 미친 사람인가?

좀비 세상이 너무 두려운 나머지 정신 줄을 놓아버린 것이라면 납득이 갈 만도 하다.

"여기가 잠실 쉘터요?"

목소리가 멀쩡하고 발음도 정확하다. 미친 사람도 아니다!

"어, 어… 아… 맞긴 합니다. 근데 아저씨, 대체 어디서……."

"잘됐군. 이것 좀 열어봐요. 들어갑시다."

민구는 굳게 잠겨 있는 철망을 가볍게 흔들었다. 병사들은 난감한 표정을 짓는다.

"이, 이쪽에는 문이 없어요. 왼쪽으로 돌아오셔야 됩니다."

"얼마나?"

"한… 이, 이백 미터 정도요. 거기로 가면 문이 있기는 해요."

병사가 왼손을 들어 건물 반대쪽을 가리킨다. 조금 전, 건대로 가는 장갑형 트레일러가 출발했으니 아직 경비병들이 업무를 보는 중일 것이다.

"아니, 왜 지하철 출구 앞에 문을 안 만들어놓은 거요?"

민구가 짜증 섞인 목소리로 묻자 병사는 여전히 입을 다물지 못하고 대답했다.

"그, 그야… 그리로 나오는 사람이 아무도 없으니까……. 근데 대체 뭐하는 분이시기에 이렇게 당당하게… 좀비 세상 온 거 혹시 아닙니까?"

"그거 모르는 사람도 있겠소? 이쪽으로 200미터?"

병사가 고개를 끄덕이는 것을 확인한 민구는 철책을 따라 걸었다. 조금 귀찮기는 하지만 이제 다 왔으니 굳이 성질을 부릴 필요까지는 없다. 절반 정도 걸어왔을 때, 다급한 목소리가 등 뒤를 시끄럽게 만든다.

"어! 어! 어! 아저씨! 뛰어! 뛰어! 아니, 엎드려! 이거 어떡하지?"

뭐라는 거야? 저놈도 어지간히 부산을 떠는군…….

민구는 고개를 돌렸다. 저 멀리 조금 전 그와 이야기를 나눴던 두 병사가 필사적으로 손을 휘저으며 뛰라고 외쳐 댄다. 그리고 그들보다 100여 미터 뒤에서 예닐곱 마리의 괴물들이 미친 듯이 달려오고 있다.

오! 오랜만이군, 저렇게 팔팔한 놈들은. 역시 지하에 있는 놈들이 이상한 거였어…….

민구가 괴물의 운동 능력을 보면서 고개를 끄덕이고 있을 때, 병사들은 무전기를 꺼내 다급하게 외쳤다.

"당소 1번 게이트! 여기는 1번 게이트! 1루 외야석 저격수들! 올림픽로 방향 좀비들 시야 확보 가능한가? 저격 부탁한다! 생존자가 위험하다! 생존자가 있다!"

— 불가하다! 구조물에 가려져 시야 불량하다! 불가하다!

"이런 젠장!"

병사들은 급하게 뛰어가며 총을 겨눠본다. 하지만 달리는 좀비들을, 그것도 한두 마리가 아닌 저렇게 많은 녀석들이 이곳에 닿기 전에 처리하는 일은 그야말로 불가능하다. 그건 그들 자신이 제일 잘 안다.

"뭐해요, 아저씨! 빨리 도망치라고!"

병사 중 한 명이 쉰 목소리로 외친다. 민구는 마지못해 몇 걸음 물러났다. 괴물들이 무서운 게 아니라, 저 철책 안의 군인들이 쏘는 눈먼 총알에 신경이 쓰이는 것이다.

"어, 어, 어~ 저 사람 어떻게 해? 왜 저기 서 있어?"

"으아, 씨발. 저거 꼼짝없이 죽었네."

근처의 군인 서넛이 수군거리는 방향으로 테라는 고개를 돌렸다. 그녀는 조금 전 출발한 장갑형 트레일러를 배웅하기 위해 2층의 철제 통로 위에 서 있었다.

어머…….

놀란 테라는 두 손으로 입을 가렸다. 군인들의 말처럼 철책 밖에 한 남자가 서 있고, 그를 향해서 여러 마리의 좀비들이 달려드는 중이다. '어떡해, 불쌍해서…….' 하는 생각이 테라의 가슴을 흔든다. 더 이상 볼 수 없을 것 같아 눈을 감으려 할 때, 남자가 가방에서 아주 긴 물건 하나를 꺼냈다.

스르릉—

마세티를 꺼낸 민구는 가방을 바닥에 내린 다음, 뒤로 쭈욱 밀듯이 던졌다. 가방은 3미터 정도 밀려가 철책에 부딪치며 멈춰 섰다. 저 정도 거리면 일껏 가지고 온 소지품들이 썩은 뇌수를 뒤집어쓸 일은 이제 없을 것이다. 뭐, 어차피 그리 대단한 물건들은 아니지만…….

그롸아아아—

녀석들은 언제나처럼 아가리를 쫙 벌리고 고함을 질러 대며 정면에서 달려온다.

"와라!"

민구는 철책에 등을 붙인 채 마세티를 쳐들어 올리며 놈들을 맞을 준비를 했다. 일곱. 그리 많은 수는 아니지만, 더 편하게 싸우려면 한쪽으로 모는 편이 낫다.

첫 번째 놈의 악취가 코에 닿을 것같이 다가왔을 때, 민구는 스텝을 밟아 방향을 바꿨다. 일직선으로 곧장 내달리던 괴물이 철책에 얼굴을 짓찧으며 철컹, 철책이 울리자 안쪽의 경비병들이 본능적으로 움찔거렸다. 민구는 방향을 틀기 위해 돌아서는 놈의 무릎을 마세티로 내려찍었다.

콰작!

내딛는 발의 하중이 고스란히 실려 있던 무릎이 꺾이면서 괴물이 앞으로 고꾸라지려 한다. 하지만 민구는 녀석이 얌전히 엎어지도록 내버려 두지 않았다.

"아냐, 그리 자빠지면 안 되지."

칵—!

다시 한 번 휘두른 민구의 칼날이 괴물의 아가리에 박힌다. 믿음직한 두께의 쇳덩이가 턱뼈 사이에 단단히 물렸다 싶은 순간, 민구는 팔을 확 잡아챘다. 괴물은 낚시 바늘에 꿰인 물고기처럼 옆으로 끌려오다가 넘어졌다. 민구는 놈의 성한 나머지 다리 뒤쪽에도 한차례 칼질을 해서 쉽게 일어설 수 없도록 해두었다.

그롸아아아—!

두 번째, 세 번째 놈이 거의 동시에 몸을 날린다. 민구는 마세티를 좌우로 휘둘러 놈들의 중심을 흩고, 빠르게 서너 발짝을 뛰어 물러났다. 달려들던 괴물들이 속도를 이기지 못하고 철책을 들이받는다.

이제 괴물들과 민구는 위치를 바꾼 모양이 됐고, 맨 처음 두 다리를 잃어 엉거주춤하게 서 있는 놈이 나머지 녀석들과 민구 사이에 낮은 벽을 만들어주었다.

그 이후는 쉬웠다. 뼈 사이에 칼날이 끼어버리는 일이 없도록 주의하기만 하면 된다. 뛰어오른 놈들이 동료의 어깨와 대갈통을 걷어차고 달려들 때마다 민구의 칼날이 번뜩이며 춤을 췄고, 괴물들은 차례로 뇌수를 흩뿌리며 바닥에 고꾸라졌다.

"하여간 정직한 새끼들이라니까."

이것들에게는 무리를 나누어 양방향으로 덤벼드는 협공이나 위장 공격 같은 건 없다. 여섯 번째로 뛰어드는 놈의 발목을 후려친 뒤, 엎어진 녀석의 목을 사정없이 난도질한 민구는 첫 번째 놈을 향해 몸을 돌렸다.

몇 번이나 다른 괴물들의 발에 채여 땅바닥에 굴렀던 놈은 두 팔과 부러진 다리를 이용해서 그로테스크한 자세로, 하지만 여전히 빠르게 민구를 향해 돌진해 오고 있다. 한 발짝을 뗄 때마다 부러진 뼈의 각도가 더 심한 각도로 꺾이지만, 놈에게 머뭇거리는 기색 따위는 없다.

"그래? 그럼 나도 전력으로……."

민구는 오른팔을 어깨 위로 들어 올렸다가 힘차게 내리꽂

왔다.

빠가각!

마세티는 괴물의 이마와 정수리 사이, 뼈들이 연결된 지점을 정확하게 타격했다. 괴물이 휘청하며 잠시 움직임이 늦춰진다. 민구는 같은 자리에 다시 한 번 더 풀스윙을 해 칼을 박아 넣었다.

으직!

마세티가 박히는 것과 동시에 녀석의 목뼈가 부러지고, 스위치가 끊긴 괴물은 두 팔을 가슴에 깔며 앞으로 자빠졌다.

"후우우~"

민구는 마세티를 녀석의 쪼개진 머리통에 잠시 맡겨두고 담배를 꺼내 불을 붙였다. 놈들 외에 별다른 괴물이 눈에 띄지 않으니 한 대쯤의 여유는 있을 것이다.

꽤나 오랜만에 제대로 피우는 담배는 그 맛이 각별해서 민구는 그 자리에 선 채 몇 모금 더 깊숙하게 연기를 빨고 난 이후에야 움직이기 시작했다. 마세티를 빼내 괴물의 옷자락에 슥슥, 닦고 가방을 집어 든 민구는 다시 쉘터의 출입구를 향해 걸었다.

"물, 물렸어요? 혹시 물렸습니까?"

민구가 출입구 앞에 서자 경비병들이 당황해하며 묻는다. 다들 조금 전의 싸움을 보고 어지간히 충격을 받았기 때문에 정작 좀비들과 싸운 건 민구인데 오히려 이쪽이 숨을 헐떡이고 있다.

"처음부터 다 봐놓고서, 안 물렸다는 거 알잖아."

"그, 그런데 다, 당신, 뭐야? 응?"

그다음은 당연히 정체에 관해 묻는 순서였다. 민구가 말한 대로 그 말도 안 되는 싸움을 처음부터 전부 지켜본 군인들로서는 당연한 질문이다. 게다가 이 태연한 태도는 대체 뭐란 말인가.

뭐라고 대답할지 잠시 생각한 민구가 입을 열었다.

"음, 저쪽 군인들은 생존자라고 부르던데……"

말을 마친 민구는 담배를 빨아들이며 고개를 들어 출입구와 철책, 그리고 철제 계단과 통로를 살폈다. 이중으로 잠긴 두 개의 문 중에 안쪽 것은 쇠창살로 단단히 보강이 되어 있다.

계단 위쪽에서는 역시 긴장한 빛이 역력한 군인들 서넛과 바짝 마른 계집애 하나가 그를 향해 호기심 가득한 시선을 던지고 있다. 계집애가 입은 짧은 원피스 자락은 정신없이 부는 바람에 날려 팬티가 보일락 말락 한다.

"그, 그런 말이 아니잖습니까? 도대체 뭐하는 분인데 그런 무기를 들고 다니는 겁니까?"

"그럼 저런 괴물들하고 뭐로 싸우라는 거요? 기도로 물리치나? 그런 것보다 이것 좀 열지. 괴물들이 언제 또 올지 모르는데, 애써 살아남은 사람 문 앞에서 죽이지 말고."

민구의 말에 군인들은 정신을 차린 듯 고개를 끄덕인다. 하지만 이 남자가 들고 있는 저 커다란 칼, 조금 전까지 좀비의 대갈통에 박혀 있던 저 뇌수가 잔뜩 묻은 칼까지 안에 들이고 싶은 마음은 추호도 없었다.

"알았으니까 일단 그 칼부터 버려요. 그러면 문을 열어드리겠습니다."

나 이런… 저희들이 사 준 것도 아니면서 왜 버려라 마라 야…….

민구는 속으로 혀를 차면서도 순순히 바닥에 마세티를 내려놓았다. 어차피 저 문을 통과할 때 무기를 가지고 가지는 못할 것이라는 정도는 예측하고 있었다. 민구가 지시에 순응하자, 군인들도 한숨을 돌리고 자물쇠를 푼다.

드디어…….

쉘터의 철책 안으로 한 발을 들여놓으며 민구는 한쪽 입꼬리를 올리며 가볍게 웃었다. 한참을 돌고 돌아서 드디어 만배파 식구들과 만나게 되었다.

"그밖에 무기 더 없습니까? 가방 내려놓고 손을 위로 올리세요."

병사들은 아직도 경계를 완전히 풀지 않았는지 그를 향해 총을 겨누고 있다. 이쯤 되면 몸수색을 당하기 전에 자수를 하는 편이 훨씬 나을 것 같다는 생각이 들었다.

"칼이 몇 자루 더 있긴 한데… 내가 꺼내겠소."

'칼'이라는 단어가 민구의 입 밖으로 흘러나오자 군인들의 눈빛이 번뜩인다. 그들을 자극하고 싶지 않아 민구는 손바닥을 내보인 뒤, 허리를 숙이고 아주 천천히 쿠크리가 들어 있는 나이프 홀더를 풀어 바닥에 내려놓았다. 그러고는 재킷을 벌려 젖히고 울트라마린 나이프도 꺼냈다.

그가 한 자루씩 날카로운 쇠붙이를 꺼내놓을 때마다 군인들의 표정에서 '뭐 이런 새끼가 다 있지? 이거 어쩌지⋯⋯.' 하는 당혹스러움이 읽힌다. 혹시 하는 마음에 무기를 몽땅 버리고 오지 않은 게 실수라면 실수였다. 세 자루의 칼을 얌전히 바닥에 내려놓은 민구는 다시 두 손을 들고 최대한 부드러운 어조를 꾸미며 말했다.

"이게 다요."

사실을 말하자면 재킷의 안주머니에 재봉되어 있는 금속 홀더 아래쪽에는 라 그리프 나이프가 숨어 있다. 그가 울트라 마린 나이프를 빼낸 바로 그 자리다. 손가락을 구멍에 끼워서 쓰는 라 그리프는 날의 길이가 엄지손가락 정도밖에 안 되는 짧은 칼이지만, 맨주먹보다야 수십 배는 유용하다.

먼저 울트라마린 나이프를 빼서 건네주면 대부분의 경우, 그 칼집 안쪽에 또 하나의 작은 칼이 숨겨져 있다고는 생각하지 않는다. 게다가 이건 안감에 넣고 꿰매둔 거라 옷을 전부 뜯어 까 보지 않는 이상 발견하기 어렵다. 민구는 예전에 이 수법으로 몸수색을 통과한 뒤 방심하고 있는 상대의 목을 여러 번 땄다.

군인 하나가 다가와 그의 몸을 두드리듯 더듬었지만, 그 역시 큰 칼이 들어 있던 금속 홀더는 그냥 무시하는 눈치였다. 민구는 태연히 주변을 두리번거리고 서 있었다.

"사람을 찾고 있는데, 생존자들이 어디에 있소?"

몸수색이 얼추 끝났을 때, 민구가 물었다. 조금 전 칼을 버리라고 하던 병사가 대답했다.

"야구장 건물 안에 안전하게 보호 받고 계십니다. 외상 있으십니까?"

"외상?"

"네. 겉으로 드러나는 상처 말입니다. 찢어지거나 베이거나, 하여간 최근에 피가 흘러나온 곳 있습니까?"

"이런 거 말하는 건가? 보름 가까이 된 거요."

민구는 와이셔츠를 젖혀 수술 받은 어깨의 꿰맨 자국을 드러내 보였다. 유심히 바라보던 병사가 고개를 끄덕인다. 이미 상처도 아물었고, 정식으로 병원 치료를 받았다는 게 분명하다.

"뭐, 제가 보기도 그런 것 같군요. 치료 받은 상처이니, 그럼 24시간만 계시면 됩니다."

24시간? 어디에 있으라는 말이지?

병사의 말을 이해하지 못한 민구는 그를 빤히 쳐다봤다. 길을 안내하려던 병사가 다시 설명을 해준다.

"안전을 위해서 외부에서 들어오신 분들은 전부 일정 기간 동안 개별 격리 시설에 수용됩니다. 외상이 있는 경우는 48시간, 외상이 없으면 24시간. 예외는 없습니다. 아, 그 가방은 검색을 마쳤으니 가지고 가셔도 됩니다."

병사가 지퍼가 열린 채 어지럽혀져 있는 민구의 가방을 가리킨다.

24시간이라······.

불만스러웠지만 예외 없는 규칙이라니 받아들일 수밖에 없다. 병사를 따라 걷던 민구는 천막이 씌워진 통로 앞에 서자 갑자기 중요한 문제가 생각났다는 듯 물었다.

"그 안에서 담배를 필 수 있소? 그 개별 뭐···라는 데 말이오."

"쉘터 내에서 흡연은 제한된 구역 안에서만 가능합니다. 그 외에는 전부 금연이 기본입니다."

"그럼 여기에서 한 대만 더 태우고 갑시다."

그렇게 말한 민구는 허락이 내려지기도 전에 담배를 입에 물고 불을 붙였다. 앞뒤로 그를 둘러싼 채 걷던 병사들은 제멋대로인 그의 행동이 마음에 들지 않았지만, 이해 못할 일도 아니어서 굳이 제지하지는 않았다.

후우~ 무표정한 얼굴로 연기를 내뿜은 민구가 가까이에 있는 병사들을 향해 담배를 권한다. 담뱃갑을 내미는 민구의 손등에는 조금 전에 튄 좀비의 뇌수가 얼룩처럼 말라붙어 있다.

병사들은 약속이라도 한 것처럼 단호하게 고개를 저었다. 그들 중 두 명은 흡연자였고, 브랜드도 사회에서 즐겨 피우던 것이지만, 저 손으로 주는 담배를 받아 입에 대느니 차라리 평생 담배를 끊는 편을 택하리라고 생각했다.

3

"오, 우리 지금 한강 건너고 있어요. 허허, 이제 강북이네. 신기하다."

"분위기는 어때요? 네? 혹시 좀비도 보여요?"

"아뇨, 좀비는 없어요. 그냥 차들이 한쪽으로 밀려나 있고, 철책들이 쭈욱 늘어서 있어요."

의자 위에 발돋움을 하고 서서 공기구멍에 눈을 대고 바깥을 살피던 남자는 끊임없이 지껄이며 중계방송을 해주었다. 가끔씩 사람들이 궁금한 걸 물어보면 열심히 대답도 해준다.

"위험합니다. 앉으십쇼!"

앞자리의 군인들이 몇 차례 경고를 하고, 두어 차례 억지로 끌어 앉히기도 해봤지만, 남자는 막무가내였다. 게다가 컨테이너에 타고 있는 다른 사람들 역시 남자가 전해 주는 바깥의 상황을 듣고 싶어 했다.

옆자리의 사람들은 남자가 넘어지지 않도록 다리를 잡아주기도 했다. 그래서 군인들은 그냥 남자가 하고 싶은 일을 하도록 내버려 두었다. 저러다가 굴러 떨어져서 머리가 깨진다고 한들 뭐 어떤가. 어차피 제 대가리인데……

"아… 젠장, 살아 있는 사람이 하나도 안 보여. 자동차로 이렇게 한참을 달렸는데……"

남자가 또 혼잣말을 한다. 그의 목소리에 담긴 절망감이 고스란히 전해지는 것 같아 임수정은 한숨을 쉬었다.

투투투투— 호위하며 상공을 나는 헬리콥터의 소리, 크르릉거리는 장갑차의 엔진 소음 같은 것들 때문에 더 불안해지는 것인지도 모르겠다. 임수정은 귀를 막고 고개를 푹 숙였다.

흔들리는 찜통 컨테이너 박스 안에서 이동하기를 40여 분. 두근거리며 출발한 길이지만, 이제는 몸도 마음도 꽤나 지쳐 버렸다.

쒸이이이잉—

양쪽 공기구멍을 통해 바람이 통과하며 내는, 소름 끼치는 소리 역시 그녀를 우울하게 만든다. 게다가 그 바람에는 쉘터에서 제대로 씻지 못한 사람들의 지독한 땀 냄새가 섞여 있다.

"아, 지금 가는 곳도 괜찮을 겁니다. 그렇게 심려하지 마세요. 허허, 마음 붙이는 곳이 바로 고향이라고들 하지 않습니까."

임수정이 다시 머리를 들었을 때, 맞은편의 육만배가 한쪽 눈을 찡긋하면서 그녀를 달랜다. 그 옆의 중년 여자는 무섭다는 핑계로 육 사장의 손을 꼭 쥔 채 수줍은 소녀 흉내를 내고 있다.

"고향요……."

그 말이 너무 허망하게 들려서 임수정은 맥없이 웃었다. 가족도, 친구도 없는 고향이 다 뭐란 말인가. 삼복더위 속에서 땀을 뻘뻘 흘리면서도 철모를 벗지 못한 채 총을 꽉 부여잡고 있는 어린 병사들을 볼 때마다 군에 있는 동생이 생각난다.

이들만큼만이라도 그 애가 안전하게 지내고 있는지 늘 걱정이 되지만, 임수정에게는 동생의 안부를 물을 방법도, 용기도 없다. 건대 쉘터가 가까워질수록 그녀의 마음속에는 다가올 실망에 대한 두려움이 점점 더 커진다. 그녀의 가족이 살아남아 그곳으로 와 있을 가능성은 현실적으로 극히 낮다는 것을 잘 알고 있기 때문이다.

"어, 이거 왜 이래? 지금 안 움직이잖아?"

속도를 줄이던 트레일러가 마침내 그 자리에 멈춰 서고, 그 상태로 시간이 흐르자 사람들이 술렁인다. 불안증이 도진 일부는 앞자리의 군인들을 향해 이유를 묻는다. 하지만 외부와 완전히 차단되어 있는 상황이니 그들이라고 해서 알 리가 없다. 군인들 역시 두려움이 번진 얼굴을 가로저을 뿐이다.

"뭐가 좀 보여요? 네? 밖에 지금 무슨 일이에요?"

사람들은 이제 공기구멍에 매달린 남자에게 묻는다. 어떤 이들은 자신들도 자리에서 일어나 공기구멍에 눈을 대고 밖을 보기 위해 필사적으로 발돋움을 하고 있다.

"모, 모르겠어요. 여기 지금 보이는 데에는 아무 일도 없어요. 그냥 조용해요."

남자가 대답했다.

"어딘데요? 우리가 있는 데가 지금 어딘데요?"

"스타 시티 막 지났어요. 건대역 사거리 바로 전이에요…….

어, 저, 저거…….”

남자가 갑자기 말을 더듬더니 마침내는 입을 굳게 다물어 버렸다. 사람들의 궁금증이 폭발하기 직전, 머리 위로 헬기가 지나는 굉음이 울린다. 그러고는 곧바로 기관총 소리가 요란하게 고막을 흔든다. 그들이 타고 있는 컨테이너 위의 기관총 포대에서 발사되는 건 아니었다.

“아니, 왜 갑자기 입을 다물어? 무슨 일이에요? 응? 뭐냐고요?”

육만배 옆자리의 중년 여자가 악을 쓴다. 남자는 겁에 질린 목소리로 중얼거렸다.

“처, 처, 철책이 무너졌나 봐. 좀비들이 뛰어와요.”

“뭐라고요? 그럼 안 되잖아!”

사람들은 악을 쓰고 울음을 터뜨리거나, 다른 사람에게 안기거나, 혹은 직접 눈으로 확인하기 위해 의자 위로 뛰어올랐다. 임수정은 눈을 꾹 감고 얼굴을 감싸 쥐는 편을 택했다. 가슴이 너무 두근거려서 양팔로 심장 주변을 눌러봐도 도무지 진정이 되질 않는다.

어떡해… 어떡해…….

겁먹은 사람들이 날뛰면서 컨테이너 내부는 순식간에 극도의 혼란에 빠졌고, 네 명뿐인 군인은 통제보다도 자신들이 가진 총기를 탈취당하지 않는 것에 더 신경을 바짝 곤두세워야 했다.

“앉아요! 가까이 오지 말고 앉으라고!”

이런 젠장⋯⋯.

육만배는 기동이와 눈빛을 교환했다. 여차하면 중년 여자를 총알받이로 앞세워 다가간 다음, 저 군인 놈들이 들고 있는 총이라도 빼앗아야겠다고 생각한 육만배는 뱀처럼 도사린 채 틈이 나기를 기다렸다.

투투투투투투─

그러는 동안에도 프로펠러와 기관총 소리는 쉼 없이 울려 댄다. 공기구멍에 매달려 있던 남자는 온몸을 바들바들 떨면서도 잠시도 눈을 떼지 못하고 홀린 듯 그 제한된 광경을 지켜보았다.

투투투투투투─

하늘에서 불덩이처럼 새빨간 총알이 날아와 저 멀리로 떨어진다. 총알 줄기가 훑고 지날 때마다 잘려 나간 좀비들의 팔다리가 사방으로 튀고, 박살이 난 자동차에서는 화염이 솟아오른다.

와장창창!

스타 시티와 주변 건물들의 유리창이 부서지는 소리, 그리고 좀비들의 울음소리, 로데오거리의 골목에서 뛰쳐나온 좀비들은 그들을 향해 미친 듯이 달려오고 있다.

투루루루루루룩─

또 한 차례 개틀링 건이 수백 발의 총알을 퍼부었고, 조금 전까지 살아 움직이던 좀비들은 썩은 고깃덩어리 조각들로 바뀌었다.

"제발… 제발……."

임수정은 누구인지 특정할 수 없는 존재를 향해 간절하게 빌었다. 죽음의 기운이 바로 코앞까지 다가오자, 가족도 친구도 모두 잃었다고 풀 죽어 있던 게 얼마나 사치스러운 투정이었는지 비로소 깨달을 수 있었다.

텅텅텅텅텅텅—

지붕의 포대에서 기관총들이 일제히 불을 뿜었고, 그 진동은 단단한 쇠 벽을 타고 고스란히 전달되어 큰 종처럼 컨테이너 내부를 울렸다.

쾅쾅쾅—!

장갑차에서 발사된 40㎜ 유탄이 폭발하면서 로데오거리의 건물들을 박살 내고 검은 연기를 피워 올린다. 무너진 돌 더미는 좀비들이 튀어나오는 통로를 아예 막아버렸다.

그렇게 헤아릴 수 없을 만큼 커다란 소음들이 폭풍처럼 휘저어 대기를 얼마나 계속했을까. 사람들의 고막이 반쯤 기능을 잃었을 때쯤, 갑자기 사방이 고요해졌다. 그리고 조금 뒤, 컨테이너는 다시 움직이기 시작했다.

"이제 끝난 거야? 우, 우리 살아남은 거야?"

감정이 북받쳐 오른 사람들이 울음을 터뜨린다. 임수정 역시 눈물을 흘리고 있었다.

휴우우~ 군인들은 한숨을 쉬며 승객들을 향해 겨누고 있던

K—2를 다시 내려놓았다. 쉘터에 도착할 때까지 잔여 10여 분 동안 아무도 입을 열지 않았다. 다들 자신이 얼마나 보잘것없고 약한 존재인지 확실하게 깨달은 것이다. 겁먹은 사람들이 지려 놓은 소변이 그 증거라도 되는 양 고약한 냄새를 풍기며 코를 자극한다.

쿵—! 쿵—!

목적지에 도착했다는 것을 알리는 두 번의 긴 노크가 바깥쪽 에서 울려왔다. 병사들은 자물쇠를 풀고 문을 열었다.

"고생하셨습니다. 줄을 맞춰 순서대로 내립니다."

무뚝뚝하게 말하는 병사의 얼굴에도 조금 전 휩쓸고 간 공포 의 흔적이 남아 있다. 사람들은 후들거리는 다리를 달래가며 서 둘러 컨테이너 아래로 내려섰다.

"아……."

자신을 맞는 것이 또 다른 철책이라는 걸 보게 된 순간, 임수 정은 낮게 신음했다. 주차장이었던 공간을 빙 둘러 2중으로 세 워진 높다란 철책은 그들이 출발할 때 보았던 그 황량한 모습의 복사판이었다.

"멈춰 서지 않습니다."

병사의 채근을 받고서야 임수정은 다시 걷기 시작했다.

넓은 주차장 건너편에는 4층 높이의 실내 체육관이 문을 활 짝 열고 새로운 이주민들을 받아들이고 있었다. 체육관 내부는 어두웠다. 3층까지의 창문이 모두 벽돌과 시멘트로 단단히 봉인되어 있어서 들어오는 햇빛의 양이 절대적으로 부족했기 때문이다.

한때 농구 코트였던 나무 바닥은 칸막이 두 개를 이용해 셋으로 구획을 나누어놓았다. 공간을 넓히려고 객석을 들어냈는지, 귀퉁이 쪽에는 콘크리트가 황량하게 드러나 있다. 그보다…….

그런 것들보다 임수정을 맥 빠지게 만드는 일은 이 쉘터가 거의 텅 비어 있는 채로 그들을 맞았다는 사실이다. 먼저 와 있던, 몇 안 되는 사람들 중에 임수정이 아는 얼굴은 없었다.

"가장 오른쪽이 남자분들, 가운데가 가족 일행이신 분들, 그리고 여자분들은 이쪽을 사용하시면 됩니다. 샤워실과 화장실은 저 표지를 따라 나가시면 됩니다."

"안쪽으로 가자! 안쪽이 좋아!"

"화장실에서 먼 데다 자리 잡아!"

설명을 듣자마자 사람들은 더 좋은 자리를 선점하기 위해 급하게 뛴다.

더 좋은 자리? 다 똑같은 딱딱한 바닥일 뿐이고, 개인적인 공간 따위는 전혀 없는데, 도대체 어떤 점이 좋다는 거지?

자신의 몸을 밀치고 달리는 사람들의 뒷모습을 멍하니 보고 있던 임수정은 소지품 박스를 가슴에 안고 다시 주차장으로 돌아 나왔다.

이유는 모르겠지만, 이곳이 싫다. 불길하다는 기분이 들었다. 그저 낯선 곳에 처음 들어섰기 때문에 느껴지는 감정은 아니었다.

부르르릉—

철책 너머에서는 그녀를 태우고 왔던 장갑형 트레일러가 잠실로 귀환하기 위해 출발하는 중이었다. 지금 마음 같아서는 체면이고 뭐고 달려가 잠깐만 멈춰 서서 자신을 좀 태워 달라고 사정하고 싶었다.

"그래, 잠실도 처음에는 낯설고 힘들었어. 어차피 내 집 아닌 다음에야 다 똑같아."

한참을 더 멍하니 앉아 있던 임수정은 그런 말로 자신을 다독이면서 일어났다. 그러면서 생각했다. 테라가 와주면 이 고독감도 한결 나아질 거라고.

4

3층집 옥상에서 두 번째로 맞는 아침은 전날보다도 별로였다. 다들 해가 중천에 떠올라서야 깨어났는데, 그래도 여전히 컨디션은 좋지 않다. 유빈이가 애써 차린 아침도 다들 먹는 둥 마는 둥했다. 심지어 요리를 만든 유빈이 본인조차 몇 숟갈 뜨지 않고 전부 버렸다.

입안에 모래가 가득 들어 있는 것같이 껄끄러워 뭘 씹을 수가 없다. 온몸이 다 부서지는 것 같다. 어제 하루 종일 뙤약볕과 불길에 덴 피부는 자고 일어나니 더 화끈거리며 따가웠고, 눈도 잘 떠지지를 않는다.

"아하아암~"

두 개째 캔 커피를 마시던 삼식이가 입이 찢어져라 하품을 한다. 카페인이 도무지 위력을 발휘할 생각이 없는 것 같다. 좀비 세상이 와버린 이후 편한 꿈을 꿨던 적은 거의 없지만, 어젯밤만큼 괴로웠던 적은 또 처음이었다.

죽을 만큼 피곤한데도 이상하게도 정신만은 반쯤 깨 잠을 편히 이루지 못했다. 게다가 결정적으로… 그런 어려움들을 다 이기고 어떻게, 어떻게 눈이 감기는가 싶으면 여지없이 누군가가 천장이 떠나가라 비명을 질러 대는 통에 다들 놀라 다시 깨기를 새벽까지 반복해야 했다.

"오늘은 바람이 꽤 세게 부네요. 아우, 목이야⋯⋯."

문제의 범인이 배낭을 챙겨 들면서 갈라진 목소리로 혼잣말을 한다. 어젯밤 제니는 열두 번도 넘게 잠꼬대를 하면서 소리를 질러 댔었다. '으아! 으아!' 하는 단순한 비명부터 '미안해요! 미안해요!' 하는 애원까지… 참 다양하기도 했다.

불타오르던 시체들에 대한 죄책감이 어지간히도 강렬하게 남았던 모양이다. 두어 번인가는 테라의 이름을 부르며 흐느끼기까지 하면서.

"잠꼬대를 그렇게 했으니 목도 아프겠지. 너 엄청 높이까지 올라가더라. 혹시 예전에 네 잠꼬대 때문에 경찰 출동한 적 없었어?"

삼식이가 장난을 건다. 하지만 제니는 그를 차가운 시선으로 바라보며 등을 홱 돌린다.

"아, 몰라요. 오빠랑은 말 안 할 거예요."

"어? 왜?"

"가슴에 손을 얹고 생각을 해봐요, 나한테 잘못한 거 없었나."

"응? 모르겠는데? 내가 뭘… 네가 자꾸 깨서 괴로워하기에 재워주려고 옛날이야기까지 해줬잖아. 기억 안 나?"

"악몽 꾸다 깬 사람한테 해준 이야기가 여고 2등이 1등을 밀어 죽이고 혼자 자습하는 이야기였잖아요! 어째 이상한 기분이 들어도 설마설마했는데."

"하하하, 그래. 너 그거 싫어하더라. 하지만 네가 하지 말라고 해서 곧바로 다른 이야기로 바꿨잖아."

"그래요. 그다음 한 게 '어? 아빠, 왜 엄마 업고 와?' 이거였잖아요. 둘 다 사람 죽인 살인자가 귀신들한테 복수당하는 이야기잖아요!"

"맞아, 이 개새끼야! 너 때문에 나도 잠 못 잤어. 안 그래도 바로 아래층에 여자 시체가 있다며?"

갑자기 끼어든 신입이 분통을 터뜨린다. 한쪽 눈썹이 없으니 그래봐야 웃음만 나온다.

"하하하! 뭐, 어때. 살인을 한 놈들은 벌도 좀 받아야지. 제니, 너는 사람 죽이지 않았잖아."

"죽였다고요! 바로 어제! 수백 마리나 한꺼번에! 태워서! 그래서 악몽을 꾼 거잖아요!"

삼식이는 여전히 여유를 잃지 않고 제니에게 말했다.

"그것 봐. 지금도 수백 명이 아니라 수백 마리라고 했지? 사람이 아니라는 걸 너도 잘 알고 있는 거야. 그리고 그건 동물도 아니야. 숨도 안 쉬고, 통증도 못 느끼잖아. 그러니까 어제 네가 몇 마리를 죽였든 간에 그건 그냥 뱅어포 한 장 뜯어 먹은 것보다도 죄가 없는 거라고. 너 뱅어포 먹으면서 죄책감 느껴? 아, 뱅어포는 그래도 살아 있던 거니까 꿈틀이 젤리라고 할까?"

"어휴~ 몰라요. 왜 역겹게 좀비랑 먹는 걸 연결시켜요? 전에도 카레 먹을 때 그래놓고."

말 안 할 거라고 해놓고서 제니는 삼식이와 티격태격 잘도 싸워 댄다. 뭐, 어쨌든 그녀가 조금은 진정이 된 것 같아서 보안관과 유빈은 안도했다.

어제 제대로 화염병을 날리지 못했을 때는 심장이 오그라드는 것 같았고, 불붙은 채 달려들다가 케이블에 막혀서 버둥거리는 좀비들의 모습은 끔찍했지만, 그래도 이젠 다 끝났다. 이제 다시 복지 센터로 돌아가 안정적으로 생활할 수 있다.

비록 창문도 없고, 아침마다 모래를 채운 플라스틱 통을 두드리며 일을 봐야 하는 곳이지만, 언젠가부터 거기가 집인 것처럼 느껴진다. 때가 꼬질꼬질한 스티로폼 침대조차 그립다.

번화가 골목에서 밤을 보내는 건 왠지 불안하다. 언제 또 다른 좀비들이 들이닥쳐 길을 꽉 메운 채 행진을 할지 모른다는 두려움이 있는 것이다.

"차 가지고 갈까?"

경전철역을 지나 벌판으로 들어섰을 때, 철책 앞에 나란히 주차되어 있는 코롤라와 오피러스를 보면서 보안관이 말했다. 어젯밤 여기까지 끌고 와 세워둔 것이다. 코롤라를 보자마자 모두의 머릿속에는 파스를 뿌려봐도 완전히 지워지지를 않던 그 시체 냄새가 떠올랐다. 읍, 가볍게 욕지기가 인다.

"난 걸어갈래. 모처럼 시원한 공기도 쐴 겸."

유빈이 손을 들었다. 그의 말을 듣고 보니 정말 모처럼 청량한 바람을 맞으며 걸어갈 수 있다는 게 축복처럼 느껴진다. 아침 이슬이 맺힌 풀밭의 향기도 반갑다. 돌이켜 보면 요즘은 거의 매일을 악취에 둘러싸여 살았으니까.

"후~ 하~"

그래서 그들은 다들 가슴을 쫙 펴고 폐 깊숙이 숨을 들이쉬며 천천히 걸었다. 길거리에 타 죽은 시체들이 수백 구나 널려 있다는 걸 생각하면 마음 한구석이 납덩이로 누르는 것처럼 무거워지지만, 그래도 집을 안전하게 지켜냈다는 게 중요하다.

이제 좀비들에 대한 걱정 없이 다시 웃고, 떠들고, 밥을 먹을 수 있다. 그쪽 길로 굳이 내려가지만 않는다면 시체들과 마주할 일도 없을 것이다.

"복지 센터 도착하면 팔레트 잘라서 사다리부터 만들어야겠네. 내가 삼식이랑 할 테니까, 보안관 너는 좀 쉬어. 상처 덧나 겠다."

유빈의 말에 보안관은 슬쩍 자신의 팔을 봤다. 제니를 구하기 위해 유리창을 깨다가 난 상처는 어제의 노동 때문에 다시 벌어 져 있었다. 대충 소독약을 바르고 붕대를 감아두었지만, 어제는 다들 너무 지쳐서 제대로 치료를 하지 못했다. 제니가 미안한 표정을 지으며 보안관에게 말했다.

"그래요, 오빠. 약 바르고 제가 반창고 다시 붙여줄게요."

"후우우~ 어제로 날을 잡은 게 다행이었어. 오늘처럼 바람 이 많이 불었으면 아마 우리까지 홀라당 타버렸을지도 몰라. 아, 터보 라이터라도 하나 장만해야지, 이거 원 불이 자꾸 꺼져 서……."

삼식이가 담배 연기를 내뿜는다. 정면에서 불어오는 바람 때 문에 불을 붙이는 데 꽤 애를 먹어야 했다. 연기는 입 밖으로 빠 져나오는 것과 동시에 춤을 추며 뒤로 날아가 버린다.

"잠깐만……."

10분여를 걸어 야트막한 경사의 8부 능선 정도에 도착했을 때, 유빈이 고개를 갸웃거렸다. 예전에 제니가 마스크를 벗고 처음 인사를 하던 바로 그 장소다.

"이상한데, 이거? 흐으음~ 냄새 너무 심하지 않아?"

유빈의 말을 들은 나머지도 킁킁대며 콧구멍을 벌렁거린다. 보안관이 고개를 끄덕였다. 바람에 날리는 제니의 머리카락 냄새를 맡느라 미처 모르고 있었지만, 확실히 바람 속에 악취가 실려 있다. 좀비에게서만 나는 냄새다.

설마… 설마 전부 다 타버리지 않고 생존한 놈들이 있는 걸까?

모두의 얼굴에 두려움이 스친다.

아니야, 그럴 리가…….

그렇게 쾅쾅, 터지면서 사방이 훤해질 만큼 오랫동안 불이 타올랐는데, 그런 지옥 속에서 멀쩡하게 남은 놈이 있을 리가 없다.

"아무래도 이상해… 여기 있어봐."

모두를 대기시킨 후, 유빈이 자세를 낮추고 구릉의 꼭대기까지 올라가 전방을 살핀다. 그러고는 곧 깊은 한숨을 내쉬었다.

"뭐야? 하나도 안 죽었잖아, 이거! 오히려 더 늘은 것 같은데?"

망원경을 꺼내 들고 바로 옆에 다가온 삼식이가 중얼거렸다. 그의 말대로 복지 센터 앞에는 수백 마리의 좀비들이 모여서 북적이고 있다. 하지만 전부 어디에선가 새로 온 놈들이다. 불에 탄 흔적 없이 멀쩡한 피부와 옷이 그 증거였다.

녀석들은 오른 방향의 도로, 즉 어제 유빈 일행이 길을 막고 불을 질렀던 지점을 향해 걸어가는 중이었다. 양이 얼마나 되나 싶어서 한참을 지켜봐도 도무지 행렬이 끝날 기미가 없다. 게다가 이미 도로 아래로 내려가 있는 녀석들은 또 얼마나 될는지…

아마 천 단위, 혹은 그 이상일 수도 있다.

"산을 넘어온 놈들도 있나 봐."

"어떻게 알아?"

"산에 설치해 놓은 트랩에 좀비들이 여럿 걸려 있어."

난감하다. 유빈은 얼굴을 쓸어내렸다. 풀 위에 엎드려 복지 센터를 바라보는 일행들 전부의 입에서 안타까운 한숨이 새어 나온다.

뭐가 문제였을까? 왜 하룻밤 만에 저렇게 많은 좀비들이 한꺼번에 몰려든 걸까? 불에 타 죽은 동료들의 복수를 하려고? 아니, 놈들에게 그만한 지능은 없다. 그렇다면 본능?

본능이라……

삼식이의 재떨이 주변에서 서성이던 놈들이 있던 게 기억난다.

어쩌면 불을 지른 게 잘못이었을까? 좀비들이라는 건 탄 냄새를 좋아하나?

이런저런 생각들이 머리를 어지럽히지만, 확실한 건 한 가지뿐이었다. 지금까지 그들이 집처럼 여기던 공간은 더 이상 그들에게 안전한 은닉처가 아니다. 이제 좀비들의 요새가 되어버린 것이다.

"돌아가자……. 이제 복지 센터는 버려야 돼."

유빈은 최대한 침착함을 가장하며 말했다. 하지만 그의 목소리는 불안함으로 떨리고 있었다. 단순히 거주 공간이 바뀐다거나, 혹은 조금 후퇴하면 되는 문제가 아니었다.

좀비들의 행진이 매일 방향을 바꾸고 있으니, 저기에 있는 수백 마리가 언제 또 번화가 쪽으로 그 발길을 돌릴지 전혀 예측할 수가 없다. 또는 그 역의 경우로 시내에서 몰려온 좀비들이 번화가를 점령해 버릴지도 모른다.

"이, 이제 어떻게 해야 돼요, 우리?"

번화가를 향해 걸음을 서두르던 중 제니가 묻는다. 어제오늘 살이 빠져 더 커다래진 그녀의 눈에는 공포가 가득 서려 있다.

"일단 번화가로 돌아가서 숙소를 정해야지. 이슬 맞고 자는 일은 더 못하겠으니까. 그리고 철책을 뜯어다가 옥상마다 연결해서 혹시 좀비들에게 둘러싸이면 달아날 수 있도록 해둬야 돼. 그다음에 슈퍼에서 가능한 한 많이 음식을 가져와 쌓아놓아야 해."

"둘러싸인다고요?"

"아니, 그, 그건 그냥 만일의 경우를 대비한 거야. 그런 일이 없도록 할 테니까 걱정하지 마."

유빈은 자기 자신도 믿지 않는 헛된 약속을 했다.

"공구도 거의 다 복지 센터에 있는데……."

보안관이 야구 배트를 어깨에 걸치며 난감한 표정을 짓는다. 이젠 해머도 자동차 트렁크에 넣어둔 것 하나뿐이다.

"가방 안에 넣고 다니던 걸로 아쉬운 대로 해결해야지, 뭐. 일단 스패너만 있으면 철책은 뜯을 수 있으니까……."

웅얼거리며 뒤를 돌아보던 유빈은 발이 걸려 넘어질 뻔했다. 어느덧 풀밭에서 벗어난 그들은 산책로까지 와 있었다. 손을 짚으며 일어나려는 유빈의 눈에 바닥에 적혀 있는 숫자 11,200이 다시 들어온다. 일전에도 한 번 보았던 숫자다.

근데 대체 이게 뭐지… 하는 궁금증이 뇌리에 들어오기 직전, 벌써 역 안으로 들어간 보안관과 삼식이가 철책 한 칸을 흔들며 물었다.

"이것부터 뜯는다?"

유빈은 고개를 끄덕이며 소리친다.

"야, 보안관. 넌 일단 좀 쉬라니까… 내가 할게!"

당장 보안관의 체력이 걱정된 유빈은 머릿속의 숫자를 뒤로 하고 친구들을 향해 달려갔다.

3장
폭풍 속으로

1

　제주 강정 해군 기지의 한 작전실에서는 한 교수가 서너 명의 군인들과 함께 스크린을 뚫어져라 쳐다보고 있었다. 어제 새벽 갑자기 영감이 떠오른 교수가 긴급하게 자료들을 긁어모으라는 명령을 내렸고, 그때부터 지금까지 계속 똑같은 행동을 하는 중이다.

　테이블 위에 어지럽게 널린 음료수 병들과 포도주 병, 그리고 아무렇게나 비벼 끈 꽁초의 산이 그들이 얼마나 오랫동안 이 방 안에 있었는지를 설명해 준다.

　"이건 아냐. 다음 걸 돌려봐."

　교수의 명령이 떨어지자마자 컴퓨터 앞에 앉은 군인이 마우스를 클릭했다. 그러자 전방의 대형 화면에 또 다른 밤바다 영상이 떠올랐다. 8배속으로 돌려봐도 별다른 변화는 없었다. 지금까지 봐왔던 수백 개의 데이터가 모두 그랬던 것처럼…….

컴퓨터 앞의 전산병은 몰래 입을 가리고 하품을 했다. 저 양복 입은 작자는 대체 무슨 생각으로 비슷한 영상만 계속 돌려보고 있는지 모르겠지만, 어젯밤부터 교대도 못하고 계속 명령을 수행해야 하는 그로서는 죽을 맛이었다.

"우리가 확보한 것 중에서 바다가 나오는 영상은 다 긁어모아."

어제 새벽 그에게 떨어진 명령은 그것이었다. 그래서 그와 동료들은 생 노가다를 뛰며 데이터베이스에서 영상들을 검색하고, 그것을 따로 폴더에 저장했다. 6월 중순 이후, 해안 감시선이 찍었던 순찰 영상부터 민간 여객선에서 전송한 영상까지 일절 예외를 두지 말라는 명령이었다.

이미 예전에 정보로서의 가치가 없다고 판단한 것들까지도 전부 포함하고 나니 그 양이 엄청났다. 하지만 김성진이 틀어주었던 영상, 그러니까 해경들이 낯선 배를 탐색하다가 처음 좀비에 물렸던 그 사건의 영상은 거기에 포함되어 있지 않았다. 채 장군이 사본을 만들면서 아예 원본을 삭제해 버렸기 때문이다.

"야, 잠깐. 멈춰봐. 아니, 리와인드해. 48분 20초 지점으로."

살짝 졸며 클릭질을 하고 있던 병사는 그 명령에 깜짝 놀라 깨서 재빨리 뒤로 가기를 눌렀다.

"그래. 거기야, 거기."

교수는 담배에 불을 붙이고 눈을 번뜩이며 화면에 집중했다. 병사가 뭔가 싶은 마음에 모니터를 유심히 봤지만, 개뿔 대단할 건 없었다. 백령도 주변에서 NLL 이북을 찍은 것이었는데, 작고 허름한 배 한 척이 파도를 따라 움직이고 있는 게 전부였다. 녹화된 날짜는 7월 2일로 표기되어 있다.

"저거 키워봐. 화면 확대할 수 있지?"

둥둥 떠다니는 배를 한참 더 구경하던 교수가 말했다.

"예. 하지만 화질이 많이 떨어집니다."

"최대한 해상도를 높여봐. 배를 중심으로 해서."

이제 제발 그만하자. 지긋지긋하다……

병사는 속으로 투덜대며 기계를 조작했다. 수십 배로 화면을 확대하니 이제 도트 하나가 손톱 크기만 해졌다.

"거기서 멈춰."

그렇게 말한 교수는 벌떡 일어나서 대형 모니터 앞으로 걸어갔다. 눈을 아주 가까이 대고 한참 동안 배를 바라보던 교수가 뒤를 돌아보며 물었다.

"야, 이 글씨 뭐라고 쓴 것 같으냐?"

"글씨 말씀이십니까? 에… 858−81 아닙니까?"

"아니야. 하지만 비슷해. 이거 850−01이야. 거기 너, 네 생각은 어때?"

"네. 그런 것 같습니다."

"좋아, 이제 다시 재생해."

교수는 만족한 표정을 지으며 자리로 돌아와 생각에 잠겼다. 그가 턱을 괴며 고민하는 사이, 문제의 배는 조금씩 흘러가 카메라 범위 밖으로 사라져 버렸다. 지금의 진행 방향대로 계속 표류했다면 북한의 어느 해안에 닿았을 것이다.

"저 배가 맞아. 딱 저렇게 생긴 거였어……."

교수는 더 이상 영상에 대해서는 흥미가 없는지 고개를 하늘로 쳐든 채 중얼거리기만 했다. 게다가 저 숫자, 어딘지 낯설지가 않다.

850−01이라… 뭐지? 그리고 7월 13일 밤에 내가 보았던 영상에는 뭐라고 써 있었지?

교수는 두 손의 엄지를 관자놀이에 가져다 대고 생각에 잠겼다. 좀비 사태가 일어난 날 새벽부터 영상을 보던 시점까지 기억을 역순으로 되짚어 올라가기 위해서였다.

음… 그래, 그날 밤 회의를 마치고 킹메이커와 헤어져서 단골 요정으로 갔었지. 그리고 두 년을 끼고 잠이 들었다가…….

교수는 감각들을 되살려서 모든 걸 영화 필름처럼 연결해 보려 애썼다.

그 배로 건너갔던 해경의 비명 소리, 총소리, 그리고 바다에 튀던 피. 그 배에 적혀 있던 숫자는… 분명 82−08이었다.

그래, 맞아. 82−08이었어!

"설마!"

교수는 벌떡 일어나서 책상을 쾅! 내려쳤다. 갑작스러운 그의 행동에 군인들이 어깨를 움츠린다. 교수는 자책의 의미를 담아 머리를 쿵쿵, 두드렸다. 그날 그 영상을 보면서 왜 그 숫자가 이상하다고 느끼지 못했던 것인지 도무지 이해할 수 없다. 이렇게 단순하고 빤히 보이는 것인데도 말이다.

훗, 왜긴. 욕심이 눈을 덮어버려서 그렇지. 미련한 새끼…….

교수는 자신을 비웃었다.

띠띠— 띠띠—

핸드폰의 알람이 그에게 회의 시간이 가까워졌음을 알린다. 마음 같아서는 여기에서 더 많은 화면을 검토하고 싶지만, 킹메이커가 주선한 중요한 회의라서 꼭 참석해야 한다.

"여기에서 대기! 나 금방 갔다 올 테니까, 그때까지 남해 쪽에서 81이라는 숫자가 박힌 배를 찾아놔. 다른 글씨는 없고, 그냥 81로 시작해야 돼."

문을 열고 나서며 교수가 내린 명령에 병사들은 한숨을 쉬었다.

"그럼 그렇지, 우리만 당했을 리가 없어. 그랬으면 다들 이렇게 조용하게 있을 리가 없지."

복도를 걸어가면서 교수는 계속 혼잣말을 중얼거렸다. 그렇다면 중국과 일본이 왜 저리 침묵하고 있는지도 이해가 간다. 이건 아주 조직적이고도 거대한, 그리고 아주 악질적인 장난질이었다. 적어도 동아시아의 주요국들 전부를 대상으로 한 것만은 분명했다.

하아~ 자신이 찾아낸 것에 자부심을 느끼면서도 교수는 해소되지 않는 궁금증들 때문에 여전히 고개를 갸웃거릴 수밖에 없었다.

"도대체 누가 왜 저 지랄을 한 거지? 그것도 국가번호로 분류까지 하면서?"

850은 국제전화를 위한 북한의 국가 번호이다.

지난 7월 2일, 북한에도 좀비들이 배달된 것이다.

근

컨퍼런스 룸이 있는 강정 기지 작전 본부 4층 복도는 담배 연기가 자욱했다. 공조 시스템이 공기를 빨아들여 최첨단 필터로 여과시키기도 전에 삼삼오오 복도 의자에 모여 앉아 있는 수십여 명이 담배 연기를 뿜어 대고 있는 까닭이다. 금연 구역이었지만 그런 걸 지키는 사람들은 일반 직원들이나 청소를 하는 병사들뿐이었다.

"어, 채 장군 오셨구만. 들어가십시다."

육군 참모들에 둘러싸여 뻑뻑 담배를 빨아들이고 있는 채 장군을 보고 교수가 반가운 척 손을 들었다. 채 장군은 여유 있는 미소를 짓는다.

"예, 먼저 들어가십시오. 이것만 마저 피우고 들어가겠습니다. 아, 참 이걸 끊어야 되는데……."

"채 장군도 참. 힘들게 배운 걸 왜 끊어요. 허허."

교수가 문 안으로 사라지자 채 장군의 얼굴에서 가식적인 웃음이 지워진다. 그의 우측에 앉아 있던 중장 하나가 아니꼽다는 듯 말한다.

"참내… 군복이라고는 평생 한 번도 입어본 적 없는 새끼가 작전 회의에는 뭐 주워 먹을 게 있다고 기어 들어오는 건지……."

"내비 둬라. 민주주의 사회 아니냐."

채 장군은 필터를 잘근잘근 씹으면서 대꾸했다.

"하지만……."

조금 전의 중장은 그래도 뭔가 더 할 말이 남은 눈치였지만, 채 장군은 얼른 눈짓을 해서 그의 입을 막았다. 맞은편에서 해군참모총장 이승남이 일행을 이끌고 걸어오는 게 보였기 때문이다. 이승남 대장이 과장되게 큰 소리를 지르며 손을 쫙 벌렸다.

"아이구, 채 장군님. 허허허, 어떠세요? 뭐 불편한 거 없으시죠? 제가 특별히 배려해 드리라고 단단히 말을 해놓았는데, 아무래도 지방이라… 그리고 육군분들을 모셔본 경험이 없어서! 허허허!"

이승남이 껄껄거리는 동안 그 옆에 선 해병대 사령관은 눈알을 부라리며 채 장군과 그의 참모들을 노려본다.

겨우 별 세 개짜리가……

채 장군으로서는 기가 막힐 노릇이었다. 예전 같았으면 꿈에서도 생각해 볼 수 없는 일이다.

"아, 좋습니다, 이 총장님. 워낙에 그 배려를 잘해주셔서……. 야전에서 이만큼 나이를 먹었는데, 객지 생활이 불편할 리가 있겠습니까? 저보다야 오히려 이 총장님이 걱정입니다. 계룡대에서 편히 계시다가 낯선 잠자리이실 텐데."

말은 좋게 하는 듯하지만, 채 장군이 전달한 실제 의미는 '너도 원래 여기 없던 놈이잖아?'였다. 계룡대 3군 통합 기지라는 하나의 공간에 함께 있을 때만 해도 공식 서열 3위인 해군참모총장이 그의 앞에서 모가지에 기브스를 하는 일은 절대 없었다.

"아, 저야 그래도 기반이 여기니까 채 장군님 같지는 않죠. 채 장군님, 모자란 거 있으시면 부관들에게 말씀만 하십시오. 가능한 한 긍정적으로 검토하라고 제가 미리 언질을 해놓겠습니다. 허허허."

이 총장이 허세가 가득한 웃음과 함께 사라졌다. 숙청과 서열 재배치의 시간이 왔다는 것을 암시하는 듯한, 그런 웃음이었다.

채 장군의 부하 장성들은 이 총장의 뒷모습을 보며 분함을 못 이겨 부르르 떨었다.

"뭐어? 긍정적으로 검토를 해? 밤송이를 까라면 까겠습니다 해도 모자랄 판에 감히 뉘 안전이라고……. 하아~ 저, 저걸 어떻게 해야 합니까, 장군님?"

그러거나 말거나 채 장군은 초연한 표정으로 새 담배에 불을 붙이고 잠시 침묵했다. 이 모든 사달의 원인은 이 외딴곳에 긴급 대책 본부를 차렸을 때부터 이미 예견된 셈이다. 그러니 탓하려면 미리 알아채고 대처하지 못한 그 자신을 탓해야 한다.

4·3 사건 이후 근 70년이 되어가도록 제주도에는 육군이 배치되지 않아왔다. 해안 경비는 전경이 맡았고, 강정 기지가 완공되기 전까지는 공군과 해병 소수만이 배치되어 있었다. 일본을 가상 적국으로 인정하지 않았기 때문에 상륙전에 대한 대비는 제로에 가까웠던 것이다.

바꿔 말하자면 제주는 전국 8도에서 유일하게 육군의 파워가 미치지 않는 땅이다. 불과 보름 전까지는 그런 것 따위 아무래도 상관이 없었다. 어차피 정치, 경제가 모두 반도 내에 집약되어 있고, 3군 사령부까지도 한자리에 몰아넣어 됐기 때문에 육지를 지배하는 자가 모든 것을 지배하고 있었기 때문이다. 그런데 신경조차 쓰지 않던 이 조그만 섬에 들어온 것이 채 장군을 옭아매는 감옥이 되어버렸다.

"…어쩌겠어."

채 장군이 자조적으로 웃으며 말했다.

"이 세상에서 가장 쓸모없는 것이 운용할 병력이 없는 장군이니까……. 후우우~"

킹메이커는 철저했다. 하루에 이 섬 안으로 들어올 수 있는 육군 병력을 블랙 호크 네 대로 제한했고, 그나마 북쪽 해안에 내려야 하며, 한 번에 두 대 이상씩은 안 된다. 그리고 긴급 물자 수송 같은 임무를 마치면 들어왔던 병력들은 고스란히 다시 뭍으로 돌아가야 한다. 긴급 물자라야 구조한 정치인들이나 고급 식재료 따위가 전부지만……

좀비 사태가 벌어지고 사나흘의 시간이 흐른 뒤부터는 감시의 수준이 한결 더 철저해졌다. 슬쩍 떠보기 위해 대형 수송 헬기가 허가를 받지 않은 채 이쪽으로 기수를 틀기라도 하면 곧바로 이지스함에서 감지하고 경고를 보낸다. 물론 이쪽에서 떠나는 것도 마음대로 안 된다. 이런 이유들로 지금 제주도에는 육군 사병보다 장성이 더 많다는 말까지 나온다.

"혹시 오늘 회의에서 무슨 사달을 내려는 것 아닐까요, 장군님? 저놈들이 갑자기 이렇게 소집하는 꼴이 아무래도 영……"

참모 하나가 걱정스러운 표정으로 속삭인다. 군 명령 체계 내에 대규모 물갈이가 일어난다고 해도 이상하지 않은 분위기이기는 하다. 숙청 대상 1호일 게 분명한 채 장군은 고개를 저으며 킹메이커를 가리켰다.

"저기 윤 장관이 있는 한 이 자리에서는 아무 일도 안 일어나. 저놈은 겁이 많아서 혹시라도 피를 흘려야 하면 늘 빠져 버리거든. 그러니까 너무 걱정하지 마라. 슬슬 들어가자."

채 장군은 대리석 탁자 위에 아무렇게나 담배를 비벼 끄고 일어나 컨퍼런스 룸 안으로 들어갔다. 40여 명이 벌려 앉은 널찍한 회의실 내부에서는 벌써 보란 듯이 회의가 진행 중이었다.

육군 장성들 따위는 안중에도 없다는 식의 태도다.

"지금 보시는 이것이 컨트롤러입니다. 처음 동작을 개시할 때만 이 기기로 명령을 입력하면 그 뒤에는 GPS와 적외선 센서를 이용해서 아군을 따라 움직입니다. 100킬로그램의 장비를 싣고 하루 만에 15킬로미터를 이동할 수 있습니다."

가장 먼저 발표를 하고 있는 것은 국방과학연구소 ADD에서 파견 나온 연구원이었다. 그가 설명하는 물건은 충견이라 불리는 군용 4족 보행 로봇으로, 미군이 운용하는 무인 수송 로봇인 알파 독을 모델로 삼아 2010년대 초반부터 개발에 착수한 것이다.

그래봐야 기술적 한계 때문에 미제 오리지널의 절반에 해당하는 속도로 절반의 무게밖에는 나르지 못한다. 채 장군을 알아본 연구원이 꾸벅 목례를 한다. 채 장군이 고개만 까딱하고 자리에 앉자 연구원은 다시 설명을 재개했다.

"현재까지는 어디까지나 전장에서 물자를 수송하고 병사들의 개인 적재량을 분담하는 지원의 용도였지만, 전투의 대상이 인간에서 변종으로 바뀜으로써 패러다임의 전환이 필요했습니다. 그래서 저희 연구소에서는 연속 철야 작업을 통해 대대적인 업그레이드를 이루어냈습니다. 자, 처음 인사드립니다. 전투 4족 보행 로봇 관창입니다."

장황한 설명을 하며 중앙으로 걸어 나온 연구원이 흰 장막을 벗겨내자, 황소만 한 크기의 기계가 모습을 드러낸다. 컨트롤러의 조작에 따라 기계는 짧은 보폭으로 대여섯 걸음을 뗀 후 멈췄다.

몇몇이 가벼운 박수를 치기는 했지만, 대부분은 시큰둥한 얼굴로 지켜보고만 있었다. 냉담한 반응에도 불구하고 연구원은 페이스를 유지하며 말을 이었다.

"이번에 프로토타입 개발을 완료하고 이곳에서 먼저 선보이기 위해 여섯 대를 긴급히 공수해 왔습니다. 관창의 최대 장점은 살아 있는 병사들의 지원이 없이도 도로에 그어진 선을 따라 스스로 적진에 쇄도하여 근접 거리에서 적들을 섬멸할 수 있다는 데 있습니다. 구형 모델의 화물 적재 공간에 두 정의 각기 조준 가능한 K-3 기관총과 4,800발의 실탄을 적재하고, 움직이는 모든 것들을 목표로 상정하여 사격합니다. 또는 50킬로그램의 폭발물을 탑재한 채로 좀비 무리의 한가운데까지 접근한 후, 자폭할 수도 있습니다. 잘 아시다시피 황산벌 전투에서 백제군에 몇 차례나 돌진하여 전황을 역전시킨 관창이라는 이름처럼 이 전투 4족 보행 로봇은 수세였던 작금의 전세를 한 방에⋯⋯."

"구형이 100킬로그램까지 적재할 수 있었는데 신형은 50킬로그램을 싣는다고? 왜 그런 무게 차이가 나? ADD에서는 그런 걸 업그레이드라고 부르나?"

신나게 떠들던 연구원은 교수의 지적 때문에 말이 끊겼다.

"아, 그건⋯ 첨단 조준 장비와 센서, 그리고 신형 보조 모터 등의 중량이 추가되었기 때문에 그렇습니다. 관창은 어디까지나 독자적인 전투 수행이 가능한 일발 역전 병기로……."

연구원이 대답을 마치기도 전에 교수는 또 다른 걸 물었다.

"조준해서 기관총을 쏠 수 있다고 했잖아? 드론처럼 원거리에서 조종하는 건 아닐 테고, 도대체 뭐로 목표를 분간한다는 거야?"

"근접 초음파 센서입니다. 단순히 무인 주차 시스템 등에서 사용되는 기술을 차용하는 데 그치지 않고, 여기에 움직임을 감지하는 알고리즘을 더했습니다. 따라서 고정적인 사물, 예를 들어 주차되어 있는 자동차나 건물, 도로 표지판 등은 목표에서 제외됩니다."

"한마디로 가만히 있는 건 안 쏜다는 말이잖아. 뭐, 좋아. 놈들은 누가 시키지 않아도 엄청 열심히 움직이기는 하니까. 그런데 근접이라는 게 대체 얼마의 거린가?"

"초음파 빔 앵글을 좁히면 직진성은 좋아지지만, 대신 감지 범위가 좁아집니다. 기관총 한 정이 각도를 바꿔가며 가장 효율적으로 작동할 수 있도록 하기 위하여 저희 연구소에서는 각 총에 두 개의 센서를 부착하는 것으로……."

"아, 왜 자꾸 말을 길게 늘어뜨려? 몇 미터냐고? 목표물 인지 가능한 거리가?"

"…8미터입니다."

"8미터? 지금 8미터라고 했어?"

교수는 믿어지지 않는다는 말투로 짜증을 부린다.

"그러니까 다시 정리를 한 번 해보자고. 저 관창인지 뭔지가 좀비 떼를 찾아서 걸어가. 그것도 험로는 안 되고, 선이 그어진 도로 위에서만 움직일 수 있어. 그러다가 8미터 안쪽에 뭔가 움직이는 게 있으면 사격을 시작해. 그런데 좀비 떼랑 10미터만 떨어져 있는 경우에는 앞에 뭐가 있는지도 모르고 그냥 지나쳐서 가는 거야. 한마디로 이건 바짝 붙기 전까지는 아무 의미도 없는 기계라는 말이지. 그렇지? 어군 탐지기보다도 못한 거 아니야, 이거?"

"기술의 차원이 다릅니다. 그리고 일단 근접하고 나면 두 정의 경기관총이……."

교수는 손을 들어 연구원의 말을 끊고는 입구를 지키고 서 있던 해병 둘에게 지시를 내렸다.

"어이, 너, 너. 이리 와봐. 저거 옆에 서."

그러고는 다시 연구원에게 관창을 가동시켜 보라고 했다. 연구원은 어쩔 수 없이 컨트롤러를 주물렀다.

위잉— 위잉—

관창은 밖으로 꺾인 네 발을 움직여 걷기 시작했다.

"자, 너희 이제 저 위에 매달려 봐."

네?

갑작스러운 명령에 해병들이 망설이자 교수는 다시 한 번 명령을 내렸다.

"저 기계 위에 매달려서 당겨보라고. 왜? 무서워?"

교수의 도발을 받은 해병들은 곧바로 관창의 화물 적재 칸 위로 뛰어올랐다. 적재 표준량보다 무거운 무게가 한꺼번에 한 방향으로 실리자 관창의 중심은 금세 왼쪽으로 기울었다. 그런 상황에서 두어 발짝을 내딛더니, 다리가 휘청대다가 이내 중심을 잃고 넘어져 버린다.

위잉— 위잉—

네 발이 허공에서 버둥거리는 관창의 모습은 흡사 싸구려 장난감과 비슷했다. 연구원도 민망한지 얼른 컨트롤러로 시동을 껐다. 자리를 박차고 일어난 교수가 관창의 후면을 구둣발로 걷어차며 소리를 지른다.

"장장 5년이야! 그리고 들어간 돈만 2,670억이었어! 2,670억을 쏟아부어서 나온 게 이거야? 사람 둘도 지탱 못하는데, 뭐 어쩌고 어째? 근접해서 움직이는 표적을 섬멸해? 어떻게 섬멸을 한다는 거야? 좀비들이 이놈만 보면 물러나서 길을 터줄 것 같은가? 응? 젠장, 긴급하게 보고할 것이 있다고 해서 가져온 게 이거야? 내가 하던 일도 멈추고 급히 참석한 회의의 이유가 이거였냐고?"

"허허허, 한 교수님도 참⋯ 진정하시지요. 뭐, 젊은 사람들이 서두르다 보면 실수할 수도 있는 거죠. 게다가 저기 계신 채 장군님께서 적극적으로 추진하셨던 사업이기도 하고 말이에요. 하지만 그러면서도 이거 연구개발 예산이 어딘가로 새어 나가지 않았나 하는 느낌은 저에게도 드는군요. 엄정해야 할 예산집

행이니까 만약 유용의 혐의가 있다면 그 부분은 따로 감사를 하든지 하면 되겠고요."

교수를 진정시킨 것은 킹메이커였다. 하지만 킹메이커는 '감사'라는 단어를 길게 끌어 발음하며 채 장군을 향해 시선을 돌렸다.

흠, 채 장군은 아무렇지도 않은 듯 헛기침을 하며 그 시선을 무시했다.

국방과학연구소 예산 사용을 가지고 나를 치시겠다? 좋아, 마음대로 해 봐. 하지만 장부나 자료가 남아 있어야 감사든 뭐든 하는 거지…….

채 장군의 마음을 읽기라도 한 듯 킹메이커는 또 특유의 말투로 이죽거린다.

"허허, 하지만 이런 때에 서류 감사를 할 여유 같은 건 없겠지요. 결국 죄지은 놈들은 이런 세상이 와서 쾌재를 부를 수도 있겠다는 생각이 듭니다. 그렇지 않습니까, 채 장군님?"

"크흠, 뭐, 똑똑하신 분들이 잘 알아서 하시겠지요. 저같이 무식한 놈이 뭘 알겠습니까?"

채 장군은 군이 억지웃음을 짓지 않았다. 웃어주고 싶은 마음도 없다.

"그건 그렇고… 채 장군님, 또 서울에서 건물을 부쉈다면서요? 허허, 지난번에도 강남역 사거리에서 대형 폭발을 일으켜서 한 블록을 거의 날린 지 얼마나 됐다고 또… 왜 육군들은 그렇게 조심성이 없는 건지 모르겠네요. 폭발물 사용을 최대한으로 줄이고 실탄으로 대응하라는 명령이 잘 전달이 안 된 겁니까?"

계속해서 긁어 댄다. 이번에는 생존자들을 이송할 때 유탄을 발사했던 걸 문제 삼고 있다. 그가 더 이상 사유 재산 보호에 연연하지 말라는 명령을 내린 것은 사실이다. 이 눈치, 저 눈치 보느라 아무것도 못하고 있는 게 도무지 성미에 맞지 않았던 것이다.

마음 같아서는 생존자들 따위 어떻게 되든 지금 당장 네이팜으로 경기도 북부부터 싹 불태워 밀어버린 후에 탱크로 남진하고 싶다. 아무리 사방에서 곡소리가 나도 북괴의 남하를 핑계로 삼으면서 전방의 병력들을 전부 동원하지 않았던 것은, 바로 그한 방을 위한 준비였으니까. 채 장군은 온화한 얼굴로, 하지만 단호한 말투로 대꾸했다.

"제주도에 계신 분들이야 전혀 실감을 못하시겠지만, 저희 애들은 지금 목숨을 걸고 싸웁니다. 아무리 구치소에서 수감자들을 차출해 건설 작업을 돕게 시킨다고는 하지만, 철책을 치고 수송차를 모는 군인 애들은 여전히 위험에 노출되어 있습니다. 시답지 않은 건물 몇 개 보존하자고 걔들을 싹 다 좀비 밥으로 주자는 말씀은 아니실 거라고 믿겠습니다."

"시답지 않은 건물 몇 채가 아닙니다. 저희가 집계한 바로는 어제까지 군에서 민간 기업에 입힌 재산 피해가 3조 4천억 원이 넘습니다. 물론 수도권 내에서만 그렇다는 말씀입니다."

우측 말석에 앉은 양복쟁이 하나가 서류철을 뒤적이며 끼어들었다. 채 장군이 고개를 갸웃거리며 묻는다.

"넌 어디 소속이야? 한 번도 본 적이 없는데?"

"태양 그룹 재무실 제2차장입니다. 민관 합동 대책 본부 경제 고문 자격으로 이 회의에 참가했습니다."

아나, 이거…….

채 장군은 어처구니가 없어서 잠시 주변을 두리번거렸다. 그러고는 곧바로 양복쟁이를 향해 명패를 집어 던졌다.

"당장 안 나가, 이 개새끼야? 여기가 어디라고 잡상인 새끼가 버르장머리 없이 기어 들어와서 주둥이를 나불거려? 고문? 야! 뭐해! 당장 저 새끼 안 끌어내고!"

명령이 즉각 수행되지 않은 것 때문에 더 흥분한 채 장군이 옆자리의 명패까지 들어 올리자 해군참모총장이 마지못해 눈짓을 했고, 해병들은 그제야 양복쟁이를 데리고 나갔다.

"허허, 채 장군님. 암만 그래도 잡상인이라뇨. 민 없이는 군도 없다는 걸 잊으시면 안 되겠죠. 우리가 이렇게 모이는 것도 다 국민들을 위한 것 아니겠어요?"

킹메이커가 빙글거리며 딴죽을 걸어온다. 채 장군도 곧바로 받아쳤다.

"그렇게 민이 소중하신 분들이 대피소 만드느라 건물 몇 개 부서진 걸 걱정하시는군요. 몰랐습니다. 근데 그 잘난 민간 연구소인지 뭔지에서 열흘 정도만 지나면 좀비들의 운동 능력이 떨어질 것이라 예상되니 일단 기다리라고 하시던 박사님들은 다 어디로 가셨습니까? 제가 직접 헬기에 태워서 강남역 사거리에 모셔다 드리려고 했는데……."

이 순간을 계기로 해서 안 그래도 껄끄럽고 냉기가 흐르던 회의의 분위기는 더욱 싸늘하게 식어버렸다. 그리고 그 살얼음처럼 얄팍한 표면 아래로는 언제 모든 것을 태울지 모르는 불길이 이글이글 타올랐다. 그다음 발표자로는 공군의 대령 하나가 나섰다.

"제가 말씀드리고 싶은 전략은 간단합니다. 그리고 비용도 그리 많이 들지 않습니다. 좀비들의 운동 성향을 이용한 것입니다."

그런 후, 대령은 태블릿 컴퓨터 크기 정도의 장비 하나를 꺼내 보였다.

"여기에는 GPS와 간단한 송신장치가 들어 있습니다. 나머지 부분은 거의 배터리입니다. 아시다시피 좀비들은 원을 그리면서 이동합니다. 상공에서 좀비들의 무리를 관찰한 파일럿들이 일관되게 보고해 온 사항입니다. 가장 가운데에 커다란 규모의 원이 톱니바퀴처럼 돌고, 그 주변에 보다 적은 규모의 좀비들이 작은 원형으로 모여 위성처럼 돕니다. 그리고 이것이 전체적으로 회전하면서 이동합니다. 문제는 이 거시적인 이동의 궤도가 대체적으로는 원형이지만, 예외의 경우가 종종 발생한다는 데 있습니다. 그래서 현재 우리 군은 언제 어느 지점에 얼마나 큰 규모의 좀비 떼들이 위치해 있는가 하는 점을 정확하게 알지 못합니다. 예측을 하고는 있지만 빗나가는 일이 많아서 큰 피해를 초래하기도 했습니다. 이동 중에 전사자가 느는 이유도 여기에 있습니다."

"너 지금 나한테 하는 말이야? 육군이 무능하다고 하는 그런 소리야?"

갑자기 발끈한 채 장군 때문에 공군 대령은 당황해서 얼굴을 붉혔다.

"그, 그렇지 않습니다, 장군님. 제아무리 철저히 대비되어 있는 병력들이라고 해도 예기치 않은 습격에는 약점을 보인다는 원론을 말씀드리는 것뿐입니다. 이 전략은 창끝처럼 날카로운 아군의 공격력을 적재적소에 투입하기 위한 것입니다. 이 장치……."

대령은 다시 한 번 장비를 들어 올렸다.

"저는 이 장치를 고양이 방울이라고 부릅니다만, 이 고양이 방울을 좀비 개체에 고정시킵니다. 그리고 방울을 부착한 좀비를 헬기와 같은 수송수단을 이용해 가장 중앙에 위치한 큰 규모의 좀비 원 속에 투입시킵니다. 모든 대규모의 좀비 집단 속에 이렇게 하나씩의 방울을 달아둔다면 우리 군에서는 놈들의 이동 경로와 방향, 속도 등을 모두 파악할 수 있고, 나아가서는 향후 진로까지도 예측이 가능합니다. 물론 그러면 엄청난 전략적 우위를 점할 수 있습니다. 지금부터 화면을 통해 보실 것은 제가 파주에 연락해서 미리 방울을 달아놓은 좀비들의 최근 3일간 움직임입니다. 규모는 오, 꽤나 대규모에 속하는 무리입니다."

스크린 위에는 파주와 일산의 지도가 떠올랐고, 곧 삐뚤빼뚤한 빨간 선이 거리를 아무렇게나 누비고 다닌 기록이 그 위에 겹쳐졌다. 파주 출판 단지에서 출발하여 일산을 대각선으로 가로지르고 마지막에는 고양까지 도달해 있었다.

"제가 아까 말씀드렸던 것처럼 이놈들은 거시적 경로마저도 원을 그립니다. 지금 여기에서는 단순히 지그재그인 선처럼 보이지만, 이것을 확장시킨다면 서울 북부와 포천까지가 포함된 커다란 원의 형태가 된다는 것을 확인하실 수 있을 겁니다. 다시 말씀드리자면, 이 규모 오짜리 무리들은 지금 시속 4킬로미터의 평균 속도로 며칠 동안에 걸쳐 서울을 향해 동진하고 있는 것입니다."

좀비들의 거대한 웨이브가 서울을 덮칠 것이라는 경고와 함께 대령은 몇 가지의 정보를 더 전했다.

하지만 불행한 사실은, 이 귀가 솔깃할 만한 아이디어에 대해 방 안의 사람들 중 아무도 별 주의를 기울이지 않았다는 점이다. 채 장군과 킹메이커, 두 패로 나뉘어 신경전을 펼치고 있었기 때문에 일개 대령이 나불대는 소리 따위는 그들의 귀에 들어올 여유가 없었다.

이후 몇 가지의 보고가 더 이어진 뒤, 회의는 끝이 났다. 회의를 마치며 킹메이커가 마이크를 잡았다.

"비록 우리가 지금 예기치 못한 위기 상황을 겪고 있지만, 우리 민족의 저력은 이까짓 작은 위협보다 훨씬 더 크고 강력하다고 믿어요. 그러니 물론 이겨내고 극복할 수 있을 겁니다. 그런데 그런 과정에서 가장 중요한 것은 아군끼리 숨기는 사실이 없어야 한다는 점이겠지요. 아주 중요한 뭔가가 있을 때 그걸 뒤로 빼놓거나, 혼자만 알고 있으려고 몰래 감춰놓는 일은 없어야죠. 그런 사람은 한 식구라고 부를 수 없을 거 아니겠어요? 그건 배신자죠. 그리고 조직 내의 배신자는 반드시 처벌을 받아야 할 거예요. 채 장군님, 어떠신가요? 제 의견에 동의하시나요?"

킹메이커가 노회한, 그러나 사악한 지혜로 번들거리는 눈동자를 들어 채 장군을 바라본다. 채 장군은 고개를 뻣뻣이 들었다.

"그런 건 그야말로 기본 중에 기본 아닙니까?"

"그렇죠? 그럼 오늘 회의는 여기에서 마치는 걸로 하죠. 더 모이실 일이 있으면 추후에 개별적으로 연락을 드리겠습니다."

회의가 끝나고 모두 컨퍼런스 룸을 나서는 동안 국방과학연구소에서 파견 나온 연구원은 해병들의 도움을 받아 쓰러진 관창을 다시 일으켜 세우기 위해 애를 먹고 있었다. 고양이 방울 전략의 결제를 받지 못한 대령은 안타까운 표정으로 장성들의 뒤를 따라 퇴장했다.

흥, 해군과 공군 똥별 놈들의 뒤통수에 대고 콧방귀를 뀌어준 뒤 방을 나서려던 채 장군은 뒷걸음질을 치던 연구원과 부딪치고 말았다.

털썩, 스마트폰이 바닥에 떨어지고 채 장군은 화난 표정으로 연구원을 노려본다.

"죄, 죄송합니다, 장군님. 여기에 있습니다."

연구원은 얼른 스마트 폰을 주워 소매로 닦은 뒤, 두 손으로 채 장군에게 돌려주었다. 무슨 일인가 싶어 뒤쪽을 돌아보던 킹 메이커 쪽 일행들이 비웃음을 던지고 다시 제 갈 길을 간다.

채 장군은 그들과 반대쪽을 택해 서쪽 엘리베이터를 타고 아래로 내려왔다. 구역질 나는 놈들과 한자리에 너무 오래 있었다. 신선한 공기가 필요하다.

"장군님, 아무래도 저쪽에서 눈치를 챈 것 같습니다. 회의 마지막에 그 너구리가 한 말도 그렇고."

로비 앞에서 담배에 불을 붙여준 참모 하나가 걱정스러운 얼굴로 채 장군에게 귀엣말을 한다. 채 장군은 연기를 내뿜으며 고개를 끄덕였다.

"그래, 내 생각에도 새어 나간 것 같아. 어떤 개새끼가 흘린 거지? 흥, 약아빠진 새끼들. 눈치 하나는 기가 막히게 빠르군. 그래도 그거는 못 넘겨주지."

그렇게 말하며 채 장군은 부하들이 열어놓은 문을 통해 밖으로 나갔다.

3

휘이이잉―

아침보다 한층 더 강해진 바람이 빗방울까지 실어서 세차게 몰아치고 있다. 채 장군이 말한 '그거' 란 며칠 전 삼척에서 회수한 미군의 핵탄두다. 원래 비핵 선언 국가인 대한민국 영토 내에 있어서는 안 되는 물건이나 어쨌든 지금은 그의 손에 들어와 있고, 채 장군은 그걸 아무에게도 양보할 의사가 없었다. 물론 미국은 예외지만……

그에게는 킹메이커나 교수가 가지고 있는 미국과의 커넥션이 전혀 없다. 하지만 그가 미국에게 되돌려 줄 선물로 핵을 보유하고 있는 이상, 아주 작은 하나의 연결 고리만 생겨나면 킹메이커나 교수에 못지않은 미국의 좋은 친구가 될 수 있을 것이다. 언젠가 이 세상이 다시 정상화될 때 핵은 미국과 그 사이의 우정을 쌓아줄 중요한 기초가 될 것이라고, 채 장군은 믿었다.

"날씨도 참 지랄 맞네. 야, 차 가져오라고 해."

채 장군은 투덜거리며 스마트폰의 전원을 켰다. 저 더러운 놈들은 작전 본부 내 핸드폰 사용 금지라는 수칙을 육군들에게만 지키라고 강요하고 있다. 운전병이 도무지 나타나지 않아 채 장군의 이마에 세로로 주름살이 생기기 시작할 때쯤, 뒤쪽에서 그를 부르는 목소리가 들렸다.

"여어, 채 장군님. 아직 계셨네요. 다행입니다. 저희랑 점심이나 같이하시죠?"

해군참모총장 이승남과 해병대 사령관이다. 이승남은 뭐가 그리 좋은지 계속 빙글거리며 다가와 채 장군의 옆에 선다. 그는 뒤쪽에 무장한 해병들을 쭈욱 도열시키는 것으로 무력시위를 하고 있다. 채 장군의 참모들이 발끈하지만, 저항할 방법은 없다. 말이 좋아 권유지, 이쯤 되면 명령이나 다름없다.

"점심? 벌써? 난 아직 생각이 없는데……."

채 장군은 여전히 느물거림을 잃지 않고 그 자리를 벗어나 보려 한다. 하지만 이승남은 그의 앞을 막으며 말했다.

"아, 아, 이러지 마시고 같이 가십시다. 서귀포 쪽에 다금바리회를 기가 막히게 하는 집이 있어서 제가 다 예약을 해놓았습니다."

"뭘 그렇게 멀리 갈 필요가 있습니까? 영내에도 식당이 있는데."

채 장군이 달가워하지 않자 이승남이 씨익 웃는다.

"오붓하게 따로 드릴 말씀도 있어서 그렇습니다. 오, 마침 차가 왔네요. 타시죠."

해군참모총장은 전용 에쿠스의 문까지 직접 열어주며 승차를 권한다. 어떻게 해서든 함께 나가겠다는 것이다.

그래, 갑시다. 까짓것.

채 장군은 껄껄 웃으며 상석을 차지해 버렸다. 순간, 자신이 부하들에게 했던 말이 불현듯 떠올랐다. 킹메이커는 언제나 피 흘리는 자리에서 빠진다.

"어딥니까? 그 다금바리회 기가 막히는 집이?"

헤드 레스트에 머리를 기댄 채 장군이 물었다. 왼쪽으로 들어와 앉은 이승남이 한쪽 입꼬리를 올린다.

"이제 금방 가시게 될 건데 몇 분 미리 듣는다고 뭐가 달라지겠습니까? 저희가 알아서 다 좋은 데로 주선해 뒀습니다."

"신비주의구만! 그런 것도 좋지!"

해병대 사령관이 조수석에 오른다. 당황해하는 채 장군의 참모들을 남겨두고 에쿠스가 출발하자, 두 대의 지프가 따라와 앞뒤를 호위한다. 호위 차량들은 기관총과 같은 중무장을 하지 않은 채였다.

사실 뻥 뚫린 2차선은 별도의 호위조차 필요해 보이지 않을 만큼 평화로워 보인다. 차량 통제가 엄격히 이루어지고 있는 제주의 모든 도로는 말 그대로 한적했고, 가끔 눈에 띄는 차량들이라야 거의 대부분 정부 관계자나 군인들임을 증명하는 스티커를 붙인 것들이었다.

후드드득—

굵어진 빗방울이 앞 유리를 때린다. 가까워진 태풍 때문에 대낮인데도 하늘빛은 어두웠다.

"저런 작은 군함들은 동해 발전소 있는 쪽으로 좀 지원을 보내주지. 어제 삼척 같은 경우만 해도 해군의 지원이 있었으면 버틸 수 있었잖아. 내륙이랑 이어진 제주도 앞바다까지 이렇게 철통같이 지킬 필요가 있나? 어차피 아군들이 주둔하고 있어서 안전한데 말이야."

태풍을 피하기 위해 항구에 정박하고 있는 참수리급 고속 경비정들을 보던 채 장군이 혼잣말인지 부탁인지 구분하기 어려운 이야기를 중얼거렸다. 그러거나 말거나 이승남은 야릇한 미소를 지으며 아무 대꾸도 하지 않았다.

10여 분을 내달려 서귀포 시내에 도착한 자동차는 몇 개의 코너를 돈 뒤, 3층으로 된 일본풍의 건물 앞에 멈췄다.

"라쇼몽? 뭐, 어디서 쪽발이 이름을 가져다가 붙였어? 여튼 겉만 봐서는 굳이 이 비바람을 뚫고 와서까지 먹어야 할 만한 데는 아닌 것 같구만."

지프에서 내린 병사들이 뛰어와 문을 열고 우산을 받쳐 주자 채 장군은 투덜대며 차에서 내렸다. 식당 안에 들어서자 먼저 와 기다리고 있던 병사 넷이 경례를 한다. 그들 외에 다른 손님은 없었다.

"쉬어, 쉬어. 에~ 그 사람들, 밥 한 번 참 요란하게 먹자고 하네."

채 장군은 성큼성큼 앞서 걸어가 중앙의 테이블 가장 좋은 자리에 털썩 주저앉았다. 유리문 너머 그들 일행이 타고 온 지프와 에쿠스가 보이는 자리다.

"나 전화 한 통 해도 되나? 지금 생각이 났는데, 약속해 놓은 걸 깜빡했네……."

채 장군이 주머니에서 스마트폰을 꺼내 켜자 이승남이 웃는 얼굴로 다가와 그의 손을 지그시 누른다.

"누구인지는 몰라도 채 장군님을 기다리는 거라면, 영광으로 여기면서 기쁘게 시간을 보내고 있을 겁니다."

해병대 사령관의 사나운 눈초리가 전화는 허용되지 않는다는 메시지를 확실하게 전한다. 채 장군은 끄음~ 고개를 끄덕이며 널찍한 테이블 한쪽 구석에 스마트폰을 던져 두었다.

이승남이 자리에 앉아 손짓을 하자, 식당 내부를 지키고 있던 병사들은 자리를 피하기 위해 후문으로 나간다.

"근데 말이지, 사실 나도 이런 자리 한 번쯤은 마련하려고 했었소. 이 총장도 알다시피 우리 지금 아슬아슬하게 버티고 있잖습니까? 먹물들이야 무슨 생각을 하면서 저렇게 느긋한지 몰라도, 우리 군끼리는 좀 더 협심해서 하루라도 빨리 대규모 섬멸 작전을 시작해야 할 것 같아서 말이지."

셋만 남게 되자 채 장군이 테이블 위로 몸을 기울이며 은밀하게 말한다. 이승남은 피식거리며 받았다.

"섬멸 작전요? 어떤 겁니까?"

"뭐, 그야 내가 지금껏 열 번도 넘게 이야기했던 건데… 뭐, 또 한 번 이야기하지. 돈 드는 일도 아닌데. 네이팜이야. 네이팜으로 수원부터 그 북쪽으로는 싹 다 밀어버리고 거기에서 시작하면 되는 거야. 그래도 살아남은 것은 탱크로 깔아뭉개면서 내려오면 될 거고. 음, 우리가 가진 설비를 지금부터 풀로 돌려도 그만한 수효의 네이팜을 만들려면 아마 꽤나 시간이 걸릴 테니까 한시라도 서두르는 게 이득이지."

"채 장군님."

이승남이 말을 끊는다.

"채 장군님께서는 왜 그렇게 불바다를 좋아하십니까? 서울이
육이오 직후로 돌아가야 마음이 후련하시겠습니까? 그리고 아
직도 그 지역에 남아 있다고 추정되는 생존자만 이백만이 넘습
니다. 그 사람들은 대체 어떻게 하시려고요?"

"난 일단 우리가 현실을 냉정하게 인정해야 된다고 봐. 서울?
경기? 거기는 이미 끝이 난 거야. 그렇지 않소? 지금 그 두 군데
에 있는 좀비들의 수만 대충 천오백만이야, 천오백만. 상상이나
갑니까? 엄청나지. 역사상 그 어떤 군대도 한 지역에서 천오백
만을 사살해 본 경험이 없어. 그 혹독하다던 레닌그라드에서 죽
은 사람들을 다 더해봐야 이백만이 될까 말까야. 그런데 천오백
만이 한꺼번에 아래로 밀고 남하하면 그걸 어떻게 할 거야? 당
해낼 수 있나? 못해. 절대로 못한다고. 핵이라도 쓴다면 모를
까. 생존자가 이백만이라고? 그게 무슨 의미인 줄 아시오? 걔들
이 있는 자리를 천오백만이 휩쓸고 지나오면, 그 이백만도 좀비
가 돼서 우리가 상대해야 하는 적의 수가 천칠백만으로 불어나
버린다는 뜻이야. 우리 군이 늑장을 부릴수록 죽여야 하는 좀비
는 더 늘어나면 늘어나지, 절대 줄지를 않는다고. 아니, 나머지
라도 어떻게든 살아봐야 할 거 아니야. 그러니까 지금이라도 보
호하고 있는 생존자들은 남쪽으로 이송하고, 싹 다 불을 질러서

태워 버려야 돼."

채 장군은 과장된 몸짓으로 열변을 토하면서 천오백만이라는 수를 강조했다. 이승남은 무표정한 얼굴로 고개를 살살 저으면서 정종을 따랐다.

"채 장군님 비관주의는 정말 못 당하겠군요. 좀비들이 기계처럼 일사불란하게 한날한시를 기해서 일제히 남하한다? 그런 일이 없을 거라는 것쯤은 우리 모두 다 잘 알고 있잖습니까? 그리고… 그렇게 해서 사태를 정리할 수 있다고 해도 그 뒤에 대체 뭐가 남습니까? 채 장군님, 사람은 이민을 받아 머릿수를 채울 수 있지만, 기간 시설들은 절대 이민 오지 않습니다. 건물 하나, 도로 한 칸, 이런 것들은 전부 돈이 생으로 들어가지 않으면 어느 날 갑자기 뚝딱하고 생겨나는 게 아니란 말입니다."

"훗, 이민? 어디에서 온다는 거야? 잘 생각해 봐. 주한미군들까지도 우리에게 통보 한 번 없이 일제히 철수했어. 천하의 미군이 전 세계 유일한 분단국가이자 혈맹에서 병력을 빼낸 뒤, 보름이 지날 동안 아무런 조처를 하지 않고 있다고. 거기까지도 문제가 생긴 게 아니라면 이런 일이 일어날 리가 없겠지. 미국이 그렇다면 나머지 나라들은 어떻겠어? 난리도 아닐 테지. 사실 당신들도 그 정도는 다 추측하고 있잖아? 왜 자꾸 손바닥으로 하늘을 가리고 싶어 하는 거야? 내 말이 틀리다면 증거를 보여줘. 육군은 근처에 얼씬도 못하게 하지만, 당신들은 아리랑 5호가 보낸 위성사진 가지고 있을 거 아니야."

독자적으로 군사위성을 운용하지 않기 때문에 의존할 수 있는 정보는 그 정도뿐이다. 이승남은 대답 대신 정종 잔을 건넸다. 채 장군이 술잔을 기울이는 동안 다금바리회가 나왔다. 커다란 접시 가운데 대가리만 잘라서 세워놓은 다금바리는 입을 꿈뻑거리며 자신이 조금 전 회 쳐진 신선한 고기임을 증명하고 있다. 이승남이 입을 열었다.

"채 장군님, 오늘 평소답지 않게 말씀을 굉장히 길게 하시네요. 하긴 뭐, 힘이 없으니 말이라도 많이 하고 싶어지는 거겠죠. 하지만 저는 그런 말들 전부 동의할 수 없습니다. 어차피 이렇게 된 마당이니까 앞으로는 얼마나 지켜내는가와 좀비들이 전부 처리된 후, 재건의 여력이 있는가의 싸움이 될 겁니다. 전 세계가 새로운 출발을 앞두고 있는 시점인데, 국가 기간 시설을 파괴하려 들다니, 어리석은 것도 정도가 있는 겁니다……. 그리고 지금 중요한 이야기는 그게 아닙니다. 더 큰 문제는 이렇게 위중한 시국에 적전 분열을 일으키려는 세력들이 군 내부에 존재한다는 사실입니다. 혹시 짚이는 거 있으십니까?"

아니…….

채 장군은 몸을 뒤로 젖히고 고개를 저었다.

"대체 무슨 소리인지 알아듣게 이야기를 해줘야 할 것 아니오."

이승남이 또 피식거린다. 웃음보가 터져서 질질 새기라도 하는 모양이다.

"윤 장관님은 그래도 마지막으로 고백할 기회를 주고 싶어서 일부러 회의까지 소집하셨는데, 끝까지 배신을 하려고 드는군요. 채 장군님, 당신 영 몹쓸 사람이구만."

갑자기 웃음기를 걷어낸 이승남은 킹메이커를 거론하며 테이블을 탁, 내려쳤다.

"삼척에서 미군 물건 챙긴 거 우리가 모를 것 같아? 우리에게도 다 눈과 귀가 있는데 그런 게 비밀로 남을 것 같았나 보지? 그걸 혼자 몰래 가져가서 뭘 어쩌겠단 거야? 응? 정말로 서울 한복판에서 그걸 터뜨려야 당신 속이 시원하겠어? 길게 말하지 않겠어. 그 상자 지금 어디 있어? 어디에다 숨겨뒀어?"

역시 누군가가 흘렸다. 어떤 개새끼가 비밀을 누설한 거지?

채 장군은 속으로 이를 갈았지만, 끝까지 능청을 부린다.

"크크크, 그거? 그 상자? 미군 물건? 야, 왜 핵탄두라는 말을 못하고 빙빙 돌려 말하는 거야? 그게 무슨 금지어라도 되는 거냐?"

약이 오른 이승남은 더 목소리를 높였다.

"그래, 인정했지? 나라가 이런 위기에 처해 있는데 사리사욕을 위해서 귀중한 병력을 맘대로 움직여? 그것도 정권에 반하는 목적을 위해서? 이 반역자 새끼! 야, 이 새끼 체포해!"

이승남의 말이 끝나기가 무섭게 2층에서 헌병들이 워커 소리를 요란하게 울리며 뛰어 내려왔다.

"채양균! 반역 및 국가 전복 시도 혐의로 체포한다. 너는 이 시간부로 이등병으로 강등됐다. 군복 벗어!"

양쪽에서 헌병들이 달려들어 그의 계급장을 떼고 옷을 잡아 뜯는다.

투둑, 단추가 떨어져 나간 옷들이 양쪽으로 벌어지고, 탁자 위에 올려두었던 모자는 바닥에 구른다. 이승남은 콧구멍을 벌렁거리며 그 광경을 구경하고 있다.

"이 총장……."

포승줄을 든 헌병이 다가오자 채 장군은 애원하는 말투로 입을 열었다. 양팔이 헌병들에게 붙잡혀 있어서 꼼짝도 하지 못하는 그의 얼굴은 이제 그저 노인으로만 보인다.

"나 아직 이거 한 점도 못 먹었어……. 이 총장이 그래도 나 생각해서 사 준 건데 입은 대보고 가고 싶어. 어차피 지금 들어가면 이런 거 다시는 못 먹을 거 아냐. 점심 대접해 준다고 약속했었잖아……."

"시끄러워, 이 새끼야! 이등병 새끼 주제에 어디 해군참모총장님께 반말을 찍찍 지껄여!"

지금껏 말없이 노려보고만 있던 해병대 사령관이 벌떡 몸을 일으키며 채 장군에게 물을 끼얹는다.

촤악—

물벼락을 맞은 것에도 아랑곳 않고 채 장군은 향해 다시 한 번 애원의 눈길을 보냈다. 별이 번쩍이는 껍데기를 벗겨내자 갑자기 비굴해진 채 장군의 모습을 보면서 이승남은 새어 나오는 웃음을 도저히 참을 수 없었다. 그렇게나 오랫동안 꿈꿔오던 순간이 지금 현실이 되었다.

천하의 채양균이 이미 죽은 목숨을 자신에게 애걸하고 있다. 접시 위에 놓인 채 뻐끔대는 다금바리 대가리와 다를 바 없는 신세가 된 것이다. 이런 좋은 구경거리는 시간을 충분히 두고 지켜보고 싶은 것이기도 했다.

"채 장군, 당신 말이 맞아. 내가 점심 대접한다고 했으니 숟가락 내려놓을 때까지는 책임져 줘야지. 어이, 물러나. 잠시 놔드려."

헌병들에게서 풀려난 채 장군은 물수건으로 얼굴과 젖은 옷을 닦아내고 젓가락을 들었다. 침울한 표정으로 회를 집으려고 했지만, 손이 부들부들 떨리는 통에 자꾸 떨어뜨린다.

밖에 세워둔 지프에서는 병사들이 캔버스 탑을 벗겨내고 있었다. 채 장군은 한숨을 내쉬었다. 이렇게 비가 쏟아지는 날 굳이 오픈카를 만드는 이유로 머릿속에 떠오르는 것은 한 가지밖에 없다. 포승줄에 묶은 자신을 퍼레이드하듯 끌고 다니며 망신 주겠다는 야비한 발상이다.

흥분 때문에 젓가락은 더 떨리고, 두 번, 세 번 집어도 계속해서 회는 떨어진다. 그리고 이승남의 비웃음 속에 네 번째로 한 점을 집어 들려는 순간, 뒷문이 벌컥 열리며 누군가가 뛰어 들어왔다.

4

"억, 뭐……!"

'뭐야?' 라는 말이 헌병의 입에서 떨어지기도 전에 소음기를
단 총구에서 불이 뿜어진다.

퓨욱— 퓨욱— 푸슉, 푸슉, 푸슈슉—

뒷문으로 뛰어 들어온 네 명의 남자는 순식간에 헌병 넷을 해
치웠다. 당황한 이승남은 뒤를 돌아보았다.

내 경호 병력들……

그의 병사들은 골목으로 난입한 괴병력들과 전투 중이었다.
마지막 저항으로 발사한 총성이 하늘을 채운다.

타타타타—

그러나 맞은편 건물 옥상에서 소리도 없이 날아온 총알들은
이내 그들의 가슴과 식당 유리문을 꿰뚫었다. 식당 입구는 먼저
쓰러진 병사들의 피로 붉게 물들어 있다.

푸슉— 푸슉—

주방과 홀 안쪽에서도 잇달아 총성이 울려 댄다.

"끄으으……."

가슴에 두 발이나 맞고도 아직 숨이 붙어 있는 헌병이 신음을
토한다. 검은 재킷을 입은 사내 하나가 그 곁을 무심히 스쳐 가
며 얼굴에 권총을 발사했다.

퓨욱—

헌병은 이내 숨을 거두고 조용해졌다.

"전부 처리했습니다, 장군님."

검은 재킷의 남자가 바닥에 떨어져 있던 채 장군의 모자를 집어 각을 잡은 뒤 건네며 보고한다. 그는 오늘 새벽 고무보트에서 가장 먼저 내렸던 사내다. 그리고 일전에 삼척에서 이 병장의 조인트를 걷어찼던 소령이기도 하다.

"늦었잖아, 이놈들아."

"주변 건물 제압에 시간이 좀 걸렸습니다."

"뭐… 그래도 아슬아슬하게 합격점 안에 들기는 했다."

러닝셔츠 바람의 채 장군은 모자를 푹 눌러쓰고 근엄한 표정을 지었다. 순식간에 전세가 역전되어 버린 이승남 일행은 겁에 질린 눈을 바쁘게 굴린다. 뒷문과 앞문을 통해 꾸역꾸역 들어와 그 둘에게 총을 겨누고 있는 사복 입은 남자들은 어느새 열 명이 넘었다.

"아참~! 저 새끼는 필요 없어."

젓가락을 다시 들던 채 장군이 갑자기 생각났다는 듯 해병대 사령관을 지목했다. 말이 떨어지자마자 해병대 사령관이 몸을 일으켜 보려 했지만, 검은 재킷의 반응이 더 빨랐다. 검은 재킷은 한 발을 내디디며 권총 소음기를 그의 관자놀이에 대고 방아쇠를 당겼다.

푸슉―

머리가 터져 나가면서 뇌수와 피가 테이블 위에 흩뿌려졌다.

덜덜덜. 뜨거운 피를 뒤집어쓴 해군참모총장은 사시나무 떨 듯 온몸을 부들거린다.

"저놈이 고집 피우는 바람에 그동안 해병 애들은 써먹지도 못했잖아. 다금바리라……."

채 장군은 피가 점점이 튄 회를 한 점 집어 올렸다. 그의 젓가락은 더 이상 떨리지 않았다. 두툼한 살을 질겅질겅 씹으며 이 승남을 노려보던 채 장군이 입을 열었다.

"승남아, 대체 무슨 생각이야? 이 채양균이 그렇게 호락호락한 사람이 아니잖아. 너도 대가리라는 게 달려 있으니까 나만 없으면 네가 육군을 통제할 수 있으리라고 생각했을 것 같지는 않고… 누군가 하나를 허수아비로라도 내세울 계획이었을 텐데, 그게 누구였어? 에이, 왜 그래? 우리 사이에 무슨 비밀이 있다고. 말해봐. 육군 중에 누가 너희랑 내통을 했던 거야? 대체 어떤 개새끼가 핵 이야기를 너희한테 나불거렸어?"

이승남은 이를 딱딱, 부딪치며 눈을 내리깔고 있다. 대체 왜 이 숙청이 실패한 것인지, 이 장소에 어떻게 저런 놈들이 저렇게 많이 나타난 것인지를 생각하고 있는 모양이다.

홍, 채 장군은 콧방귀를 뀌고서 바지 주머니를 쑤석거려 전화기를 꺼냈다.

"여보세요, 박 중장? 어, 나다. 흠, 전화 받을 수 있는 것 보니까 너희는 아직 안 건드렸나 보구나. 야, 잠깐 내 말부터 들어. 글쎄, 궁금한 건 나중에 물어보라고. 우리 애들 다 데리고 지금 빨리 기지 밖으로 나가. 가능한 한 멀리 가서 무조건 숨어 있어. 내가 따로 연락할 때까지. 그래."

탁.

통화를 마친 채 장군이 전화기 폴더를 접어 앞에 내려놓는다. 이승남의 눈에 의문부호가 떠올랐다.

두 개의 전화기…….

채 장군이 아까 만지작거리던 스마트폰은 분명히 테이블 구석에 있다. 하지만 지금 꺼낸 저 폴더 폰은 대체 뭐란 말인가……. 그의 마음을 읽은 채 장군이 빙긋이 웃는다.

"아아! 저거? 저 스마트폰은 내 전화 아니야. 뭐? 이상하다고? 분명히 회의실에서 연구원이 나한테 주워 준 거 봤는데, 그렇지? 그거 다 그놈이 쇼한 거야. 새끼, 연기 잘하더구만. 사실 난 이게 진짜 전화기인지 아닌지도 잘 모르겠어. 하여튼 이거만 가지고 있으면 내 위치가 정확하게 추적된다 하더라고. 그러니까 애들이 뒤를 따라왔을 테지. 허허."

뒤에 버티고 선 사내들을 자랑스럽게 가리킨 채 장군이 금방 목소리를 위압적으로 바꾸었다.

"그 정도 떨었으면 됐잖아. 이제 윤 장관에게 전화해서 나 체포했다 하고, 따로 은밀히 좀 만나자고 해. 그놈의 미군 물건 위치를 알아냈으니 알려 드리겠다고."

이승남은 망설였다. 킹메이커가 이들의 손에 들어가는 건, 아니, 보다 정확히 말하자면, 이들의 총에 머리가 뚫리는 건 상관 없다. 하지만 그렇게 첫 단추가 끼워지는 순간, 채 장군 저 악마 같은 인간의 계획은 궤도 위에 오르게 될 것이다.

해군과 공군의 주요 인물들을 차례차례 불러내서 해치우거나 포섭할 것이고, 그들을 꾀어내는 미끼로는 자신을 사용할 것이다.

조직 전체를 와해시키는 배신자… 더러운 배신자가 되고 싶지 않은 본능에 가로막혀 이승남은 쉽게 통화 버튼을 누르지 못했다. 그런 방법 말고 어떻게 다른 수를 써서 살아날 수는 없을까… 이승남은 필사적으로 머리를 굴렸다.

총소리가 울렸는데… 누군가 신고를 했다면 지원 부대가 와 주지 않을까?

그러나 저놈들이 주변 건물들을 제압했다고 했으니, 이미 다 죽여 버렸을지도 모른다.

"저, 전화는 안 하기로 되어 있습니다. 직접 방문해서 보고하는 걸로……."

"허허… 승남아, 아무리 상황이 어려워도 우리 최소한의 자존심은 그대로 좀 가지고 가자. 너를 기지 안으로 보내 달라고? 그게 무슨 되도 않을 소리야? 대장 계급 그대로 달고 살 수 있도록 해주겠다는데도 영 싫은가 보네. 아, 이해해. 끄나풀이 된다는 게 영 자존심이 허락하지 않지? 그럼 내가 그 자존심의 부담을 좀 덜어줘 볼까?"

검은 재킷이 스마트폰을 집어 와 건네자, 그것을 받아 든 채 장군이 말했다.

"이게 단순히 GPS일 뿐이면 굳이 이렇게 크게 만들 이유도 없었겠지. 이 총장, 아까 우리가 본 그 4족 보행 로봇 기억나? 구형보다 적재량이 오히려 50킬로그램이나 줄었다고 한 교수가 ADD 연구원한테 막 지랄을 했었던 거. 근데 생각해 봐. ADD에 암만 똑똑한 애가 없다고 해도 신형을 만들면서 적재량을 반씩이나 뚝 떨어뜨릴 리는 없잖아. 그거 적재량은 예전 모델 그대로야. 그런데 왜 50킬로그램이라고 줄여 말했냐고? C4를 50킬로그램 채워놨거든. 괜히 적진에 침투시키면 일발 역전을 이룰 수 있는 병기니 뭐니 했던 게 아니야."

에에?

이승남이 어이없어 하자 채 장군은 담배 연기를 내뿜으며 빙글거린다.

"C4라고, 이 새끼야. 관창 하나당 복합 장갑 패널처럼 위장해 둔 C4가 50킬로그램씩 붙어 있다고. 그게 아까 몇 대가 들어왔다고 했는지 기억나? 하긴, 아까 네 대가리 속에는 나를 포승줄에 묶어서 끌고 다닐 생각밖에 없었을 텐데 뭘 기억하겠어? 내가 이야기해 줄게. 여섯 대야. 제주도에 이미 여섯 대가 들어와 있어. 그리고 그중에 세 대는 작전 본부 안에 가져다 놨고. 네 생각에는 그 건물이 C4 150킬로가 터져도 멀쩡하게 서 있을 것 같냐? 어때? 이제 모두의 생명을 구하기 위해서 전화를 할 마음이 좀 들어? 윤 장관 하나의 목숨이랑 바꾸면 그게 더 윤리

적이긴 하잖아?"

이승남은 얼굴을 감싸 쥐고 생각에 잠겼다.

폭탄이라고? 블러핑일까? 아니면 정말로…….

진실이 무엇이든 간에 정말 채 장군의 말처럼 양심의 부담은 한결 덜어진다. 더 많은 사람을 살리기 위해서…라는 변명이 마련되자 살고 싶은 욕망이 몇 배나 더 강하게 느껴졌다.

"제 지위는… 어떻게 됩니까?"

마음을 거의 굳힌 이승남이 조심스럽게 물었다. 채 장군은 두 팔을 벌린다.

"이 총장, 나는 마음이 좁은 사람이 아니야. 네가 나한테 욕했던 거? 난 벌써 다 잊었어. 해군에는 참모총장 이승남이 필요해. 그러니까 국군 서열 3위인 그 지위는 그대로 가지고 가. 다만, 너는 이제부터 거주 이전의 자유는 없지. 여기 정리가 끝나면 강정 기지는 육군이 관리한다. 네가 더 이상 실수만 하지 않으면 제명 다 누리고 잘살 수 있을 거니까 너무 걱정하지는 말고. 자, 이제 빨리 전화해! 나도 시간 붙들어 매놓은 사람 아니야."

이승남은 고개를 끄덕이고 전화기를 꺼내 번호를 눌렀다. 검은 재킷이 귀를 바짝 대고 통화 내용을 같이 듣는다.

"예, 장관님. 접니다. 채 장군 체포했습니다. 군복 벗기니까 곧바로 기가 죽어서 인정했습니다. 저, 그 건 때문에 드리는 말씀입니다만, 따로 좀 뵐 수 있겠습니까? 살려준다는 약속을 장관님이 직접 대면하고 해주셔야 그 상자 행방을 말하겠다고, 채 장군이 하도 고집을 부려서 말씀입니다. 기지 내로 끌고 다니기에는 아무래도 사람들의 눈이 많아서……. 예, 예, 그럼 거기에서 뵙겠습니다."

전화를 끊은 이승남이 한숨을 내쉰다.

"한 시간 뒤에 보잡니다. 지금 마무리 지어야 할 일이 있다고."

"잘했어. 야, 우리도 출발해."

채 장군의 명령이 떨어지자 모두들 재빨리 움직인다. 문밖의 병력들은 어느새 군복으로 갈아입고 승차할 준비를 마쳤다. 지프의 지붕도 도로 씌워놓았다. 에쿠스에는 운전병과 검은 재킷, 채 장군, 그리고 이승남의 순서로 앉았다.

이곳으로 올 때와 똑같은 대형으로 두 대의 지프와 한 대의 에쿠스가 이동한다. 하지만 올 때에 타고 있던 사람들 중 살아남은 것은 단둘뿐이다. 다른 대원들은 멀찍이 떨어져서 그 뒤를 따랐다.

"…장군님, 이 일 마무리 지으면 저 병사 하나 차출해 오고 싶습니다. 허락해 주시겠습니까?"

달리는 차 안에서 검은 재킷이 채 장군을 돌아보며 말했다. 단추가 날아가 버린 군복을 대충 여미던 채 장군이 건성으로 대답한다.

"그런 걸 뭘 나한테 일일이 말하냐? 그냥 네가 알아서 빼다가 써."

"그게, 삼척 원전 방어 부대 놈인데, 거기 책임자가 대령으로 특진 예정자여서 제가 마음대로 하기에는……."

"훗, 대령이 대대장이야? 그놈의 특진이 군대 족보를 개족보로 만드는구만. 새끼, 생긴 것답지 않게 섬세한 척하기는. 알았다. 까짓것, 내가 명령서 한 장 써주면… 근데 가만. 삼척 원전이라고 했어?"

"네, 그렇습니다. 경비병으로 있는 이등병인데, 잘만 키우면 앞으로 장군님 큰일 하실 때 요긴하게 쓸 수 있을 것 같았습니다."

"아, 너는 그 시간에 물속에서 노 젓느라 소식을 못 들었겠구나. 거기 오늘 새벽에 함락됐어. 전멸이야. 왜? 아쉬워? 똘똘한 놈이었어?"

채 장군의 이야기를 들은 검은 재킷이 무표정하게 고개를 끄덕인다.

"그런 데서 썩기는 아까운 놈이었습니다."

5

"…헉!"

깜짝 놀라 잠에서 깨어난 진우는 벌떡 일어나 총구를 사방으로 정신없이 돌렸다. 다행히 주변에는 아무것도 없다. 만약 잠들어 있던 도중에 좀비가 근처를 지나기라도 했다면 꼼짝없이 죽었을 것이다.

"뭐, 뭐야… 얼마나 뻗어 있었던 거야? 윽! 콜록, 콜록."

뼈까지 추위가 사무쳐 오는 것 같아서 견딜 수가 없다. 진우는 폐가 터져라 기침을 하면서 등에 덮고 있던 담요 자락을 끌어 올렸다.

이상하다. 분명히 계속 움직이는 중이라고 생각했었는데, 어느새 잠이 들었던 것일까…….

폭우가 쏟아지는 산속을 계속 걸었었다. 밤새도록 내내 비를 맞은 탓에 푹 젖은 옷을 바람이 스칠 때마다 피부가 찢겨 나가는 것 같았다. 텅 빈 배에서는 꼬르륵 소리가 나고, 몇 미터 앞도 제대로 보기가 어려웠다. 그렇게 얼마를 헤매던 중에 이 펜션을 만났다.

펜션! 음식! 먹을 것!

구세주라도 만난 것 같은 마음에 내달려 왔지만, 가까이 다가와 보니 이미 예전부터 영업을 하지 않은 것처럼 보이는, 폐쇄된 펜션이었다. 당장에 귀신이 나와도 이상하지 않을 것처럼 낡은데다 귀퉁이가 부서진 문들은 바람에 제멋대로 휘둘리며 쿵쿵거렸고, 깨진 유리창을 통해 들여다보이는 방 안에 있는 물건이라고는 곰팡이가 피어 있는 꼬질꼬질한 담요 정도뿐이었다.

진우는 일단 추위를 막기 위해 담요부터 뒤집어쓰고 모든 방문을 조심스레 열어보았다. 좀비는 없구나… 하고 안도의 한숨을 쉬며 돌아서는 순간, 그는 의식을 잃고 쓰러졌었다.

"으흐으으으~ 으으으~"

젖은 옷을 입은 채 잠이 들었던 터라 체온은 더 낮아졌고, 진우의 입에서는 계속해서 덜덜 떠는 신음이 새어 나왔다. 조금만 더 오래 꿈속에 머물러 있었더라면 굳이 좀비의 힘을 빌리지 않더라도 저체온증 때문에 저세상에 갈 뻔했다. 고란내가 나는 담요를 한 장 더 덮어서 봐도 별로 나아지는 것 같지 않다. 너무나 추웠다.

불! 불이 필요하다.

진우는 다시 한 번 펜션을 샅샅이 뒤져 창고에서 녹이 잔뜩 슨 바비큐용 그릴과 반 봉지 정도 남은 차콜, 그리고 라이터 기름을 발견했다.

"젠장, 숯불만 있고 구워 먹을 수 있는 건 하나도 없네……."

서둘러 방으로 돌아온 진우는 그릴에 차콜을 붓고, 그 위에 라이터 기름을 끼얹었다. 그러고는 덜덜 떨리는 손으로 지포라이터에 불을 붙였다. 원래는 중위의 물건이지만, 필요할 것 같아 배낭 안에 담아 왔다. 습기를 잔뜩 먹고 있던 차콜이라도 라이터 기름의 힘을 얻으니 금방 불이 붙는다.

"이거… 얼마나 오래가지?"

불안해진 진우는 다 떨어져 가는 싱크대 문짝을 뜯어내 밟아서 땔감을 만들었다. 때가 켜켜이 찌든 벽지도 북북 찢어 불 속에 던져 넣었다. 멀쩡한 창문이 없었기 때문에 환기에 대한 걱정은 하지 않아도 될 것 같았다.

휘이이잉~

강풍이 몰아칠 때마다 그릴 속의 불꽃은 날아갈 듯 춤을 춘
다. 더러운 담요를 머리끝까지 덮어쓴 채 덜덜거리며 한참 동안
그릴의 불을 쬐던 진우는 수통에서 물을 한 모금 들이켰다.

차츰 손발에 감각이 돌아온다. 군복과 신발도 아까에 비하면
한결 물기가 가셨다. 이후에도 벽에 머리를 기댄 채 간간이 땔
감을 넣어주던 진우는 빨간 불빛을 보면서 중얼거렸다.

"아~ 그래도 이제 좀 살 것 같다."

체온이 회복되자 이번에는 허기가 고통을 주기 시작했다.
12시간 이상 아무것도 들어간 게 없는 배는 계속 꼬르륵대며
음식을 달라고 보챈다. 아껴가며 수통의 물을 마셔 봐도 공복
감은 가시지 않고 점점 더 심해져 온다. 진우는 쓰린 배를 움켜
쥐고 배고픔에 대한 생각을 떨쳐 버리려고 애를 썼다.

다른 걸 생각하자, 뭔가 기분이 좋았던 걸…….

펜션이라는 공간은 자연스럽게 진우에게 작년 여름의 추억을
떠올리게 만든다. 세 친구와 함께 놀러 갔던 일, 그들과 함께 계
곡에 발을 담그고 마셨던 시원한 맥주, 저녁에 별을 보며 구워
먹은 두툼한 삼겹살, 소시지… 삼식이가 꼬셔온 여자애들이 깔
깔대며 입안에 넣어주던 상추쌈…….

저절로 고인 침이 넘어가며 목젖이 꿀꺽댄다. 배고픔을 잊을
수 있을까 해서 시작한 공상인데, 오히려 음식 생각만 더 간절

해졌다.

"한심하다. 가족도, 친구도 아니고, 상추쌈이 생각나다니. 이렇게 슬퍼도 뭐가 먹고 싶어지는구나……."

싱크대 문 조각을 그릴 속에 넣고 불을 뒤적이며 진우는 혼잣말을 했다. 분대원들 모두 살아 나와서 함께 있는 거라면 얼마나 좋을까. 아니, 단 한 사람만이라도 구해낼 수 있었다면…….

새 분대로 급조되어 처음 서먹서먹하던 날 밤에 다 같이 합심해서 장교들을 엿 먹이고 포스터를 훔쳐 오던 그 순간으로 돌아가고 싶어진다.

젠장…….

진우는 머리를 감싸 쥐고 스스로를 자책했다. 다들 나만 믿고 있었는데… 마지막까지 나만 믿고 있었는데 아무도 살리지 못했다.

'건방진 생각 작작 하고 정신 차려, 이 새끼야. 너도 지금 살아도 살아 있는 게 아니야.'

한참을 더 괴로워하던 진우는 자신을 다잡기 위해 벌떡 일어섰다. 먹을 것……. 당장 얼어 죽을 위기는 넘겼으니 이제 배에 뭔가를 채워야 한다. 하지만 이 네 동짜리 펜션 안에 남아 있는 먹을 것이라고는 창고 안에서 죽어 있는 생쥐의 시체뿐이라는 건 이미 확인했다.

밖은… 잡초가 무성하게 자라난 근처의 텃밭에 뭔가 남아 있지는 않을까…….

진우는 고개를 내밀어 주변을 살폈다.

휘이이이이~

열어둔 문 너머로 보이는 야산에는 떨어진 나뭇잎들이 사방으로 날리고 있다. 비바람이 거세지면서 굵은 나뭇가지들까지 정신없이 춤을 춘다. 산속의 허름한 펜션은 금방이라도 무너질 것처럼 덜컹대고 삐걱거렸다.

점점 그 위력이 거세지는 태풍을 감안할 때, 시간을 더 끌었다가는 몇 시간 동안 꼼짝없이 이곳에 갇히게 될 상황이다.

몇 시쯤 된 걸까……

시간을 확인하기 위해 손목을 들어 올린 진우는 그제야 자신의 시계가 망가졌다는 걸 발견했다. 언제 유리가 깨졌는지는 모른다. 달리다가 돌부리에 걸려 넘어졌을 때, 혹은 발전소에서 좀비들과 뒤엉켜 싸우던 때, 그게 아니라면 강 일병이 팔을 다쳤을 때 함께 몸을 날리던 순간……

그 어느 경우에 부서졌다고 하더라도 전혀 이상하지 않다. 진우는 물이 뚝뚝 떨어지는 싸구려 전자시계를 풀어 배낭에 넣었다.

"이 주위에 다른 펜션 같은 건 또 없나? 하다못해 민가라도……"

지금 당장 눈에 보이는 곳은 없다. 하지만 어차피 이런 숙박업소는 주변에 물이 흐르는 계곡을 믿고 만들어지니까, 이곳 하나만 동떨어져 있을 것 같지는 않았다. 문가에 서서 망설이던 진우는 그릴에 나뭇조각을 더 채워둔 다음, 담요를 머리 위로 끌어 올리며 빗속으로 뛰어나왔다.

허술한 나무 게이트를 지나 30여 미터쯤 더 달리자, 경사진 아스팔트 도로가 나타난다.

좋아!

진우는 속으로 외쳤다. 도로가 닦여 있다는 것은 누군가 더 많은 사람들이 이 근처에 살고 있었다는 말이다. 저까짓 펜션 하나를 위해 공무원들이 이 긴 길을 내주지는 않을 테니까……

양방향의 길 중에서 망설이지 않고 내리막 쪽을 택한 이유는 간단하다. 물이 가까워질수록 매점을 만날 가능성도 커진다. 게다가 지금 당장은 오르막길을 뛰어오를 만한 체력이 없기도 했다.

콰콰콰콰~!

아름드리나무가 양쪽으로 늘어선 구간을 벗어나자, 도로 오른편에 계곡이 모습을 드러냈다.

콰콰콰콰—

소름이 끼칠 만큼 사나운 물소리다. 몇 시간째 쏟아진 비 때문에 불어난 누런 흙탕물이 회오리치며 쏟아져 내려온다. 부러진 나무토막, 도로 표지판… 상류에서 떠내려온 여러 가지 물건들이 시야에 들어오기 무섭게 저 아래로 빨려 들어가듯 사라져 버린다. 비록 높이의 차이는 있지만 바로 몇 미터 옆에서 물가의 흙과 돌들이 부서져 나가고, 작은 나무들이 뿌리째 뽑혀 쓸려가는 광경은 오싹한 것이었다.

"저건……."

떠내려오는 것들 중에는 좀비도 있었다. 흙탕물 위로 가끔씩 머리를 솟구치던 녀석은 그 짧게 스쳐 가는 순간에도 진우를 향해 고개를 돌렸다.

그롸아…….

놈이 아가리를 벌리려던 순간 한차례 세찬 물살이 밀려왔고, 좀비는 물속에 잠긴 채 사라져 갔다.

"여기까지 물이 차오르면 안 되는데……."

진우는 정신없이 날리는 담요 자락을 붙잡고 다시 뛰기 시작했다. 마음이 급해진다. 그가 불을 피웠던 펜션부터 계곡 입구까지는 꽤나 먼 길이었다. 물기로 미끄러운 도로를 10분쯤 달려가다 보니 불평이 절로 난다.

"젠장, 저렇게 외딴 데다가 집을 지어놨으니 당연히 망하지. 대체 무슨 생각이었던 거야."

이럴 거면 차라리 다시 돌아가서 위쪽을 찾아볼까 하는 마음이 강해졌을 때, 왼편 나무숲 사이로 목재 지붕이 눈에 들어왔다. 제발 이번에는! 진우는 간절하게 빌면서 진입로를 향해 몸을 틀었다.

할렐루야!

비록 펜션은 아니지만, 멀쩡한 상태의 농가가 나타났다. 지은지 얼마 되지 않은 신식 주택이다. 진우는 내부를 엿보기 위해 창가에 붙어 섰다. 커튼이 드리워져 있어서 안쪽이 보이지는 않왔다. 그러나 이 비바람 속에서도 썩은 냄새가 진동을 한다.

빠각!

진우는 총을 겨눈 채 발로 걷어차서 잠긴 문을 열어젖혔다. 그러고는 잠시 그 자리에 서서 플래시로 안쪽을 비췄다. 텅 빈 집이었다. 천천히 안쪽으로 들어선 진우의 눈에 방석 옆에 놓인 싸구려 박하사탕 봉지가 들어온다. 진우는 벌벌 떨리는 손으로 급하게 껍질을 까서 입안 가득 쑤셔 넣었다. 그런 후, 사탕을 우물거리며 주방으로 가 닫혀 있는 모든 서랍을 열었다.

식기와 조리 도구부터 배달 음식점 전단지 묶음까지… 온갖 자질구레한 것들이 튀어나온 후에 양념류가 나온다. 간장, 고춧가루, 후춧가루, 미림, 참기름… 설탕을 제외하면 지금 그에게는 있으나 마나 한 물건들뿐이다.

"젠장, 이런 거 말고! 당장 먹을 수 있는 거."

냉장고 문을 열자 초록색 진물이 줄줄 흐르는, 썩어버린 야채와 고기가 모습을 드러낸다. 악취의 진원이 여기였나. 윽! 진우는 서둘러 문을 닫아 버리고 기침을 했다. 곰팡이가 코로 잔뜩 들어온 것 같다.

"도대체 뭘 먹고 산 거야, 할머니……."

진우는 벽에 걸려 있는 할머니의 사진을 향해 투덜거렸다. 집 주인일 것이라 보이는 사진 속의 할머니는 알록달록한 꽃밭 가운데에서 환하게 웃고 있다.

방문들을 열다가 드디어 창고 방을 발견했다. 말통에 든 콩,

잡곡, 쌀, 벽에 걸려 있는 말린 나물들, 박하사탕, 호박엿 사탕, 그리고… 라면! 너무도 반가워서 신성해 보이기까지 하는 라면이 테이프도 뜯지 않은 박스째로 그를 기다리고 있었다.

"으으으~ 아아아~"

박스에 달려든 진우는 실성한 사람처럼 신음을 흘리며 종이를 북북 찢었다. 그러고는 한 봉지를 꺼내 스프도 뿌리지 않고 생으로 와득와득 씹었다.

…맛있다. 이제부터 한평생 생 라면 부순 것만 먹어도 좋다고 할 만큼 맛있다. 몇 번을 컥컥거리며 급하게 라면 한 봉지를 다 쑤셔 넣은 진우는 입안에 든 걸 다 씹어 삼키기도 전에 두 번째 봉지를 찢었다. 이번에는 스프를 뿌릴 여유가 생겼다. 두어 입을 더 베어 먹고 목이 멘 진우는 마실 것을 찾기 위해 고개를 두리번거렸다.

그보다 20년은 더 나이를 먹었을 것처럼 보이는 구식 찬장에는, 역시 만들어진 지 30년은 넘었을 게 분명한 촌스러운 유리컵들이 보란 듯이 전시되어 있었다. 그 옆으로 몇 병의 소주, 그리고 한쪽 구석에 커다란 유리병 한 개가 놓여 있다. 인삼을 넣고 담근 인삼주였다. 얼마나 오래 그 속에 있었는지는 모르지만, 팔뚝만큼이나 굵은 인삼이다.

"우와~"

진우는 망설임 없이 봉인을 뜯고 잔에다 술을 따랐다. 코끝으로 전해지는 향기가 꽤나 그럴듯하다. 한 모금을 들이켜니 짜릿

한 기운이 위장까지 한 번에 퍼진다. 밤새도록 차가운 비와 바람을 맞느라 뻣뻣했던 목도 조금은 부드러워지는 것 같다.

좋은데? 딱 두 잔만 더 마셔야지…….

진우는 만족한 웃음을 지으면서 곧바로 다시 잔을 채웠다. 여유롭게 천천히 스프를 잔뜩 뿌린 생 라면을 씹고, 인삼주를 기울였다. 이건 수통에 담아 가져가면 앞으로도 요긴할 것이다.

어느 정도 허기가 가시고 술 덕분에 몸에서 열도 오르자, 진우는 펜션으로 돌아가기 위해 라면을 챙겼다. 급한 마음에 조금이라도 무게를 덜어보려고 배낭을 가져오지 않았기 때문에, 이 농가 주인의 장바구니를 빌렸다.

때가 꼬질꼬질한 나일론 가방에 라면과 사탕, 인삼주, 그리고 라면을 끓일 냄비와 젓가락까지를 꽉 채워 들고 나오는데, 갑자기 소름이 돋아난다.

"이런!"

당황한 진우는 장바구니를 놓고 재빨리 K—2를 고쳐 쥐었다.

털썩!

현관의 단단한 돌 위에 떨어진 인삼주 병은 박살이 난다.

그롸아아—

대체 어디에 숨어 있었던 것인지 좀비가 텃밭의 이랑 사이로 달려오고 있다. 흘러나온 내장을 덜렁거리며 달려드는 작은 몸집의 좀비. 진우는 망설이지 않고 곧바로 방아쇠를 당겼다.

타앙—

비를 뚫고 날아간 총알이 좀비의 오른쪽 머리통을 박살 낸다. 충격을 이기지 못해 빙그르 돈 좀비는 멀쩡한 왼쪽 얼굴을 위로 한 채 바닥에 고꾸라졌다.

"하아~ 하아~ 이런 젠장⋯⋯."

좀비가 조금 전 보았던 사진 속의 할머니라는 걸 깨달은 진우는 잠시 숨을 헐떡이며 그 썩어버린 얼굴을, 희게 변한 눈동자를 빤히 쳐다보고 서 있었다.

기분이 더럽다. 좀비였다는 점을 빼면⋯ 남의 집에 마음대로 들어가서 도둑질을 하다 들킨 뒤, 성질을 내며 달려드는 집주인을 죽여 버린 것이다. 그것도 쪼글쪼글한 할머니를, 한쪽 팔도 잘려 나가 없는 할머니를⋯⋯.

박살이 나서 현관 위를 흥건하게 적시고 있는 인삼주가 진우에게 더욱 자책감이 들도록 한다. 저 할머니가 아끼느라 평생 마시지 못하던 것을 자신이 뜯고 마시는 것도 모자라 아예 병을 깨버렸다⋯⋯.

욹! 진우는 올라오는 구토를 꾹 눌러 참고 다시 창고 방으로 들어가서 멀쩡한 라면들을 챙겼다. 아무리 엿 같고 더러워도 먹지 않으면 죽는다. 그리고 그는 죽고 싶은 생각이 조금도 없다.

할머니 좀비가 더 이상 움직이지 못하는데도 여전히 느낌이 좋지 않은 걸 보면 부근에 아직 좀비들이 더 있다는 이야기다. 빨리 이 자리를 벗어나야 한다.

"이상하다. 아까 들어갈 때에는 왜 못 느꼈었지?"

자기의 감에 대해 어느 정도 자부심이 있던지라 바로 근처에 좀비가 있었는데도 전혀 눈치를 채지 못한 것이 이상했다.

배가 너무 고파서 다른 데엔 신경이 쓰이지 않았던 걸까?

왔던 길을 거슬러 올라가던 진우는 샛길 안으로 쑥 들어가는 누군가의 뒷모습을 보았다. 이 빗속에서 러닝셔츠만 입고 빠르게 걸어가는 사람. 아무래도 살아 있는 건 아니다. 좀비다.

이것들이 대체 왜 이렇게 몰려들지? 나한테 좀비를 불러 모으는 재주가 있는 건 아닐 테고…….

진우는 가방을 사선으로 고쳐 메고 총을 겨눈 채 조심스레 걸음을 옮겼다. 놈이 들어간 길은 조금 전 그가 불을 피웠던 펜션으로 이어져 있다. 젠장! 웬만하면 피하고 싶은데, 펜션에 배낭을 두고 왔으니 돌아갈 수밖에 없다. 게다가 거기엔 어렵게 어렵게 피워둔, 소중한 불도 있다.

"흠! 킁킁!"

펜션이 가까워졌을 때, 바람의 방향이 바뀌면서 진우의 코에 매캐한 냄새가 들어온다.

이건!

당황한 진우는 달리기 시작했다. 펜션 뜰 안에 들어서자 자욱하게 피어오른 희뿌연 연기가 그를 맞는다.

"안 돼!"

진우는 절망적으로 외치며 뛰었다. 그가 불을 피워뒀던 방에는 좀비 세 마리가 들어 있다. 조금 전 그가 보았던 러닝셔츠 차림의 좀비를 제외한 나머지 두 마리는 대체 무슨 생각인 건지 온몸에 불이 붙은 채 방 안을 서성이고 있었다.

엎어진 그릴에서 쏟아져 나온 차콜과 불붙은 나뭇조각들이 싸구려 장판을 녹이면서 불길을 옮겼고, 벽지와 싱크대, 합판으로 만들어진 계단에까지 불이 번진 상태였다.

"야! 이 개새끼들아!"

비명에 가까운 진우의 욕설을 듣고 좀비들이 고개를 돌린다. 그러고는 곧바로 그를 향해 달려왔다.

치이이익—

타오르던 좀비들의 몸이 비에 닿으며 수증기가 뿜어져 나온다. 진우는 빠르게 총구를 돌리며 세 마리를 처리했다.

좀비들의 몸이 바닥에 쓰러지기도 전에 진우는 펜션 건물을 향해 뛰었다.

배낭! 내 배낭! 탄창이 들어 있는 배낭!

그의 머릿속에는 불이 붙은 배낭 생각뿐이었다. 이미 불길은 엄청나게 거세져 있지만, 그는 온몸이 푹 젖은데다 젖은 담요를 뒤집어쓰고 있다. 이 정도면 괜찮을 거야, 라는 생각에 한 발을 방 안에 들여놓는 순간, 화르륵— 타오르는 불길의 열기가 그의 얼굴을 덮친다.

진우는 반사적으로 몸을 뺀다. 도저히 뛰어들 수 없을 만큼 뜨겁다. 그리고 방 안에는 메케한 유독가스가 가득 들어차 있다. 한 번 살짝 들이마신 것뿐인데 기침이 멈추지 않을 만큼 독한 냄새다.

"하아~ 하아~ 쿨럭! 쿨럭!"

담요를 벗어 이리저리 후려치며 불길을 잡아보려던 진우는 결국 포기하고 바닥에 주저앉아 버렸다. 불과 2미터… 그 짧지만 도저히 닿을 수 없는 거리 너머에는 온갖 필요한 물건들과 목숨 같은 탄창이 든 그의 배낭이 잿더미로 변해 있다. 진우는 분한 마음을 이기지 못해 바닥을 내리쳤다.

왜! 도대체 왜 이렇게 경솔했을까? 왜 배낭을 바닥에 내려놓고 길을 나섰을까? 그까짓 몇 킬로그램을 덜어서 뭐 얼마나 편해지겠다고…….

하지만, 도대체가… 이럴 수가 있나? 이렇게 비가 오는 날, 불이 나서 전 재산을 홀랑 날리다니. 이게 대체 말이 되느냔 말이야!

너무 분하고 화가 나서 견딜 수가 없다. 진우는 이마를 찌푸린 채 고개를 젖히고 한참을 움직이지 못했다. 쏟아지는 비와 바람은 더 거세졌다.

휘이이~ 히히히히~ 죽어라~ 이쯤 했으면 죽어라~ 그냥 얌전히 죽어버려~ 그러면 편해진다~ 어차피 넌 못 살아~ 버티면 버틸수록 너만 힘든 거야~ 히히히히히~

하이바 틈으로 울리는 바람 소리가 그렇게 약을 올리며 깔깔대는 것 같다.

"이런다고 내가 포기할 것 같아?"

마침내 눈을 번쩍 뜬 진우는 시커먼 구름을 향해 소리를 질렀다.

"이 정도로는 약해! 더 센 걸 가져와! 우습게 보지 말라고!"

슥, 소매로 얼굴의 빗물을 훔친 진우는 다리에 힘을 꽉 주며 돌아서서 걷기 시작했다. 할머니 좀비의 집으로 향하는 샛길은 어느새 물이 질퍽한 진창으로 변해 있었다.

이제 그에게 남은 건 전술 조끼에 끼워둔 세 개의 탄창, 대검, 중위에게서 압수한 권총, 그리고 함께 수천의 좀비들과 맞서왔던 믿음직한 K-2, 그것뿐이다.

진우는 K-2의 총신을 쓸어 물기를 닦아냈다. 이걸로 버틸 것이다. 이걸 다 쓰기 전에 나는 보란 듯이 집으로 돌아갈 것이다. 이걸로 버틸 수 있다……

진우는 마음을 다잡기 위해 똑같은 말을 수백 번 되뇌고, 또 되뇌며 걸었다.

6

사무실 소파에 몸을 묻은 채 이따금씩 고개를 끄덕이며 교수의 설명을 들은 뒤, 킹메이커가 말했다.

"흠~ 배에 적힌 일련번호라… 한 교수님은 용케 그런 생각을 다 하셨네요. 82-08… 그래요, 확실히 그런 숫자였던 것 같습니다. 08이라는 건 우리가 모르는 01이나 07도 있었다는 의미일까요? 역시 의도를 가진 누군가가 다수 국가를 대상으로 해서 동시 다발적으로 풀었던 거군요. 어쩐지, 너무 빨리 퍼졌다 했더니……."

아리랑 3호가 보내온 믿기 힘든 사진들도 이제는 납득이 간 다. 가로세로 1미터 이내 크기의 물체는 구분하기 어려울 만큼 의 해상도여서 주간의 풍경에서는 큰 차이를 발견할 수 없지만, 야간 사진을 보면 세상이 바뀌었다는 것이 확연하게 드러난다. 해안선의 대도시와 연해를 따라 빛의 띠를 환하게 이루던 조명 이 1/5 수준으로 줄어들었다. 도쿄, 상하이, 런던, 뉴욕… 예외 는 없었다.

어차피 리셋이 이루어졌으니 이제부터는 좀비 소멸 후 누가 빨리 재건하느냐에 따라 세계의 정세가 개편될 거라던 태양 그 룹 경제 연구소의 말이 솔깃하게 들리는 건 그런 까닭이다. 물 론 그때에도 세계의 중심은 어디까지나 미국일 거라고 킹메이 커와 교수는 굳게 믿었다.

"위성 6호는 아직도 교신이 안 된답니까?"

교수가 답답하다는 표정으로 물었다. 킹메이커는 고개를 끄 덕인다. 좀비 사태가 터지고 난 다음에야 알게 되었지만, 다목 적 실용 위성 6호는 이미 지난 5월부터 제 기능을 하지 못하는 상태였다. 그런데 두 달이 넘도록 보고도 하지 않은 채 쉬쉬하 고 있었던 것이다.

"젠장맞을 놈들!"

교수가 항우연의 엔지니어들에게 저주를 퍼붓는다. 하지만 그들 대부분이 좀비로 변해 사살된 마당이니, 처벌할 수 있는 대상도 남아 있지 않다.

"미국도 어려운 모양입니다. 동부, 서부 가릴 것 없이 해안의 불빛 크기가 더 작아졌어요."

킹메이커의 말에 교수도 한숨을 내쉰다.

"그래도 다행입니다. 채 장군을 체포했으니 육군 내에 한동 안 혼란이 생길 테고, 그러면 자기들끼리 서로 물고 뜯느라 바빠서 다른 데 신경을 쓸 틈이 없을 테니까요⋯⋯. 후우~"

군에는 기대를 하지 않는다. 지난 수십여 년간 대한민국 국군 은 독자적으로 사단 이상 규모의 전투를 수행해 본 적도 없다. 그러니 미국의 지원과 지휘 없이 이 대규모 사태를 정리하라는 요구는 당연히 무리한 것이다.

현재 그들이 바랄 수 있는 것이라고는 스스로를 소위 전문가 라고 하던 나부랭이들이 공통적으로 주장했던 것처럼, 외부에 서 에너지를 공급 받지 못하는 좀비들이 스스로 멈춰주는 것뿐 이다.

"빠르면 한 달, 아무리 늦어도 가을을 넘기기 전에는 놈들의 동력원이 끊어질 겁니다."

대부분의 전문가들은 그렇게 말하고 있었다. 하긴 며칠 전까 지 좀비라고는 본 적도 없는 놈들이 무슨 근거로 전문가를 자처 하는지는 모르겠지만⋯⋯.

그러나 가을쯤 되면 적어도 미국은 자국의 좀비 문제를 해결

할 테고, 그때에는 도움의 손길을 이쪽까지 뻗쳐 줄 것이다. 그러니 일단 권력의 정상에서 버티는 게 중요하다.

"장관님, 두 시 이십 분 전입니다."

비서실에서 걸려온 전화가 킹메이커에게 해군참모총장과의 약속을 일깨워 준다.

"음, 알았어. 준비하지. 그리고 지금 이 총장에게 연락 넣어 줘요, 약속 장소를 쉐라톤으로 바꾼다고……."

전화를 끊은 킹메이커는 양복 재킷을 걸쳤다. 직전에 약속 장소를 변경하는 것은 외부에서 누군가를 만날 때 그가 가끔 사용하는 수법이다. 물론 그는 처음부터 가짜 약속 장소와 쉐라톤, 두 군데 모두에 병력을 배치해 두었다.

자신의 경호 병력은 배치하되, 타인의 병력이 끼어들 가능성은 배제시키는 것. 그것이 그가 지금까지 뒤통수를 맞지 않고 살아남아 온 비책 중 하나다. 현재 자신의 편에 서 있는 이승남이라고 해도 예외는 없다.

"약속 장소를 바꾼답니다. 쉐라톤으로 오라고 하는데… 혹시 눈치채 버린 걸까요?"

전화를 끊은 이승남이 떨떠름한 표정으로 말했다. 채 장군은 그럴 줄 알았다는 듯 콧방귀를 뀐다.

"눈치는. 그냥 그게 그 새끼 특기야. 하여간에 겁이 더럽게 많거든."

"지금이라도 저희 애들 빼서 그쪽으로 전부 이동시킬까요?"

검은 재킷에서 해군 장교복으로 갈아입은 앞자리의 소령이 묻는다. 킹메이커가 처음에 알려준 약속 장소 부근에는 40여 명의 특임대원들이 침투해서 저격 포인트를 잡아두고 있었다. 물론 그런 노력들은 이제 다 허사가 되어버렸다.

"됐어. 벌써 윤 장관, 그 새끼가 깔아둔 애들이 사방에 널렸을 텐데, 이 빗속에 그런 짓을 했다가는 공연히 더 눈길만 끈다. 플랜 B를 내봐."

"제가 송 중장에게 비화기로 연락해서 쉐라톤을 치라고 하겠습니다. 그러면 간단하게 정리되지 않습니까?"

송 중장은 강정 기지 사령관이자 해군참모차장이다. 이승남의 말에 채 장군이 헛웃음을 친다.

"이봐, 간이 큰 거야, 아니면 생각이 없는 거야? 걔가 그렇게 위험한 명령을 순순히 들을 거라고 생각해? 자네 라인도 아니잖아."

"라인은 아니지만 상관 명령이니까⋯⋯."

"그 말을 바꿔서 생각해 봐. 지금 타깃은 원래 나였어. 나랑 내 라인. 이 타깃들 정리하면 국군 서열이 확 바뀔 뻔했지. 그런 마당에 승남이 자네만 없애면 자기가 저절로 해군 넘버원이자 군 서열 전체 넘버원이 될 텐데? 날 봐! 라인이라고 코흘리개 데려다가 별까지 달아줬더니 쪼르르 달려가서 고자질하는 새끼가 있잖아."

그 말에 이승남도 납득을 하고 고개를 끄덕인다. 하긴, 송 중장으로서는 채 장군의 편에 서버린 자신을 위해 싸워봐야 거의 득 되는 것이 없다. 대의명분으로 보나, 실질적인 득실을 따져 보나 킹메이커의 손을 들어주는 게 나을 것이다.

"얼마 정도의 손실까지 감수하실 계획이십니까?"

잠시 생각을 정리한 소령이 물었다. 채 장군은 곧바로 답을 했다.

"건곤일척의 승부니까 다소간의 희생은 어쩔 수 없겠지. 아니야, 확실하게 다시 이야기하는 게 낫겠군. 정권을 차지할 수 있다면 손실은 관계없다."

"그러시다면 저에게 계획이 있습니다."

소령이 은밀하게 눈빛을 빛내며 설명을 시작했다.

☆　♥　☆

15분 후, 이승남의 에쿠스와 두 대의 지프는 중문 관광 단지 가장 안쪽 깊숙한 곳에 위치한 쉐라톤에 도착했다. 정문에서 경비를 서고 있던 여덟 명의 해병은 이승남을 확인하고 경례와 함께 그들을 통과시켜 주었다. 개방적인 열대풍으로 꾸며진 전방 주차장을 통과해서 진입로를 지나자 도넛 모양으로 생긴 호텔 로비 정차 공간이 나타난다.

시속 10킬로미터 미만으로 천천히 진입하는 동안 소령은 계속 사방을 두리번거리며 병력 배치를 파악하기 위해 노력했다.

일단 정문을 지나고 나면 로비에 도착할 때까지 별다른 화력이 없다. 물론 로비 입구는 소대 병력의 해병들로 단단히 막혀 있고, 그 옆에는 또 따로 트럭 한 대가 완전무장한 병력을 꽉 채워 대기 중이다.

"미친 새끼로구만. 전쟁이라도 하는 줄 아나……."

겁이 많은 놈이라 어느 정도의 호위 병력을 동원했을 것이라는 것쯤은 익히 짐작하고 있었는데도, 막상 그 광경을 실제로 보고 나니 저절로 욕이 나온다. 어림잡아 계산해 봐도 이승남이 몰고 다니는 병력의 4배수 이상을 배치시켜 놓았다. 투덜대는 채 장군을 소령이 달랜다.

"걱정하지 마십시오, 장군님. 저 정도는 예상 범위 내에 있습니다. 그리고… 이 총장님, 이 작전 종료 시까지 얘는 총장님 등만 바라보고 있을 겁니다. 그러니까 꼭 적극적으로 협력해 주시기를 바랍니다."

운전석에 앉은 병사의 하이바를 치며 소령이 말했다. 혹시라도 허튼수작하는 기미가 있다면 당겨 버리겠다는 뜻이다. 이승남은 고개를 끄덕였다.

"어차피 윤 장관에게 전화를 건 시점부터 나도 한 배를 탄 거야. 돌이키지 못한다는 건 잘 알고 있어."

지프에서 내린 병사들이 에쿠스 문을 열자 이승남, 채 장군의 순서대로 내렸다. 뒷좌석에 함께 앉아 있던 소령은 왼쪽 문으로 내려 합류해서 채 장군의 포승줄을 쥐었다.

"어서 오십시오, 총장님."

경비 책임자인 것으로 보이는 해병 하나가 다가와 경례를 한다. 팔각모에는 중령 계급장이 달려 있다. 중령은 러닝셔츠 차림에 포승줄로 묶여 있는 채 장군을 위아래로 훑으며 비웃는 표정을 지었다.

"아, 그래. 장관님은?"

"벌써 기다리고 계십니다."

"그런가. 우리도 서둘러야겠군."

이승남이 모르는 척 병력을 거느리고 이동하려 들자, 중령이 공손하게 만류한다.

"저, 총장님. 죄송한 말씀입니다만, 호텔 내부는 비무장이 원칙입니다."

"뭐어?"

휴대용 금속 스캐너를 가지고 다가서는 병사들을 본 이승남이 걸음을 멈추고 과장된 반응을 한다.

"이 새끼가! 네가 암만 해병이라도 나는 엄연히 네 직속상관이야. 그런데 나한테 무장 해제를 명령해? 이런 정신 나간 새끼! 김 중장한테 전화 넣어서 뭐라고 하는지 좀 듣고 싶어? 응?"

"이렇게 하시는 동안에도 장관님은 계속 기다리고 계십니다."

이미 두 시간 전에 머리가 날아가 버린 해병대 사령관까지 들먹이며 성질을 부려봐도 해병 중령은 별로 흔들리는 기미가 없다. 킹메이커에게서 약속을 단단히 받고 나름 큰 꿈을 꾸고 있는 모양이다.

"뭐, 좋아. 어차피 나는 무장도 하지 않았고, 애들은 여기 두고 가면 되겠지. 이제 만족하나? 정충교 중령? 자네 이름이 아주 오래 기억될 것 같구만."

한참 성질을 부리던 이승남이 마침내 납득하는 시늉을 한 것은 차에서 내린 지 5분여나 지난 뒤였다. 지금쯤이면 시간 차를 두고 출발한 두 번째 팀, B팀이 부근까지 도달했을 시간이다. 그리고… 2시 10분에 터뜨리기로 되어 있던 관창이 해군 기지 작전 본부 내에서 폭발할 시간이기도 했다.

콰아아앙―!

강정 기지에서 터진 50킬로그램의 C4는 태풍의 소음을 뚫고 2킬로미터 이상 떨어져 있는 쉐라톤에까지 그 폭발을 알렸다. 그리고 곧바로 건물 유리창 사이로 검은 연기가 뿜어져 나왔다.

"뭐! 뭐야?"

이승남이 필사의 연기를 하는 동안, 특임대원들이 그와 채 장군의 몸을 덮고 주변을 경계한다. 그리고 제2, 제3의 폭발이 이어졌다. 내부에서 터진 150킬로그램의 C4는 지어진 지 2년밖에 되지 않은 현대식 건물을 순식간에 폐허처럼 만들었다. 소령이 외쳤다.

"총장님, 엎드리십쇼! 위험합니다!"

"뭐… 이게 지금 무슨……."

예상 밖의 굉음과 연기에 놀란 해병 중령은 도무지 정신을 차릴 수 없었다. 포탄이 날아오는 소리가 들리지 않은 걸로 미루어 포격은 아니다.

콰콰아아앙~!

이번에는 B팀의 유탄발사기에 의해 정문 초소가 산산조각으로 터져 나간다. 충격파가 차창을 흔들고 부상당한 경비병들의 비명 소리가 혼란을 더 가중시켰다.

타타타타타타―

B팀은 호텔 주차장 안쪽을 향해 50여 발을 난사했다. 당연히 그들의 총구는 채 장군이 위치한 쪽으로부터 먼 곳을 겨눴다.

"뭐야, 이 개새끼들! 습격이다!"

가장 먼저 반격에 나선 소령과 특임대원들이 정문을 향해 응사했다. 물론 어떤 일이 일어날는지 미리 다 알고 있었기 때문에 제일 빠르게 반응할 수 있던 것이다.

슈우우웅―

두 번째 유탄이 날아와 주차되어 있던 빈 차를 박살 낸다.

특임대원들은 얼른 호텔 기둥 뒤로 몸을 숨겼다. B팀이라고 해봐야 도로 위에 버티고 선 것은 불과 여덟 명이 탑승한 두 대의 차량, 그중 네 명만이 사격하는 것이지만, 효과적인 제압사격술 덕에 이쪽에서는 고개를 드는 것조차 쉽지 않았다.

소령은 자신의 부하들이 얼마나 배운 대로 잘해내고 있는지 소리를 들으며 즐겼다. 이승남이 해병 중령을 향해 입에 거품을 물고 악을 썼다.

"장관님 지하로 대피시켜! 빨리! 여기도 안전하지 않다!"

그가 이성을 되찾아 합리적인 판단을 내리기 전에 더 흔들어 둬야 한다. 바로 옆 트럭에서는 대기하고 있던 해병대 병력들이 하차해 트럭을 엄폐물 삼아 정문을 향해 사격을 시작했다. 호텔 로비 안에 있던 병력들까지도 달려 나와 총구에서 불을 뿜는다. 하지만 후발대 차량들은 이미 그 자리를 뜬 상태였다.

박살이 난 정문과 검은 연기를 내뿜는 작전 본부 건물을 번갈아 보고 있던 중령에게 이승남이 다시 닦달을 했다.

"정신 차려! 애들 여기 지키게 하고 자네는 일단 장관님부터 피신시키란 말이야! 내부에도 병력이 있지? 어디야? 스카이라운지?"

물론 스카이라운지에는 1개 분대가 배치되어 있다. 그런데… 어딘가 상황이 이상하다. 중령은 고개를 끄덕이면서도 계속 머리를 굴렸다. 뭔가 명확하지 않다.

뭐지? 뭐가 이상한 거지?

꺼림칙한 부분이 있는데, 그걸 딱 꼬집어 말할 수가 없다.

"숙여!"

소령의 외침과 거의 동시에 총알이 빗발치듯 쏟아진다. C팀이 도착한 것이다.

타타타타타—

두 번째 팀으로부터 병력 배치에 대한 정보를 충분히 받은 터라 이번에는 제법 정교하게 조준 사격을 가해서 순식간에 해병대 트럭이 벌집이 됐다.

타타타타타타—

C팀 20여 명은 이미 초소가 날아가 버린 정문 주변의 담을 엄폐물로 삼고 야무지게 총알을 퍼부어 댄다.

퓨욱— 퓨퓨퓨욱—

근처에 주차되어 있던 고급 관료 차량의 방탄유리에 벌집 모양의 탄흔이 남겨지고, 대리석 조각이 어지럽게 날린다. 로비 앞에 비를 막기 위해 지어놓은 길고 넓은 천장 구조물이 각도를 제한하기 때문에 수류탄을 던지기도 어려운 상황이다. 게다가 거리도 50미터가 넘는다.

"끄아아아~"

수류탄을 던지기 위해 측면으로 뛰어나가던 해병이 허벅지에 총을 맞고 바닥에 뒹군다. 동료들이 재빨리 달려가 그를 끌어들였다. 대량의 사상자는 아직 나오지 않았지만, 이 사건을 기점으로 호텔 경비대의 사기는 뚝 떨어져 버렸다.

무엇보다도 대체 누가 공격을 하고 있는 것인지, 병력은 얼마나 되는 것인지 따위의 기본적인 정보가 없다는 것이 가장 그들을 혼란스럽게 한다. 열심히 본부와 교신을 해보려던 무전병이 고개를 설레설레 젓는다. 아마 조금 전의 연쇄 폭발 때문에 본부 내 통신망이 장애를 일으킨 모양이다.

"트럭을 버려! 위험해!"

잇달아 날아오는 유탄 때문에 차량 엄폐물은 더 이상 의미가 없어졌다.

애애애애앵~ 애애애애앵~

총성을 듣고 부근의 검문소에서 출동한 차량들이 사이렌을 요란스럽게 울리며 달려오는 소리!

호텔 기둥 뒤에 숨은 병사들의 얼굴에 잠시 안도의 빛이 돈다. 그러나 그것도 잠시. 곧바로 엄청난 폭음과 함께 불붙은 지프가 높다란 담 위에까지 솟구치는 모습이 보인다. B팀이 길목에 장치해 놓은 트랩이 폭발한 것이다. 외부 지원은 없다!

"여기는 저희가 맡겠습니다! 총장님은 내부로 피신하십쇼!"

해군 장교 복장을 입고 있던 특임대원 하나가 머리 위로 총을 난사한 뒤 돌아보며 외쳤다. 소령이 고개를 끄덕인다.

"맞는 말입니다! 중령님! 안으로 모셔야 합니다! 여긴 너무 위험합니다!"

해병 중령의 귀에도 그 말은 그럴듯하게 들린다. 자신이 경호 책임자로 있는 상황에서 해군참모총장, 별 네 개가 목숨을 잃는다면 출세는 물 건너가고 군 경력은 거기에서 끝이 난다.

타타타타—

총알은 쉴 새 없이 날아온다. 저놈들은 탄창도 갈지 않고 쏴대는 것 같다.

"엄호해! 엄호! 이동한다!"

그의 말에 해병들이 일제히 몸을 일으키고 정문 담을 향해 총알을 퍼부어 댔다. 그사이 중령은 이승남 일행을 이끌고 호텔 로비 안으로 뛰어드는 데 성공했다.

"하아~ 하아~ 괜찮으십니까? 맞으신 곳은 없습니까?"

중령은 엘리베이터 버튼을 연타하며 이승남을 향해 물었다. 네 개의 엘리베이터 중 처음부터 세 개를 잠가놓았기 때문에 움직이는 것은 이것뿐이다. 이승남은 대범한 표정을 지으며 고개를 끄덕였다. 로비 안쪽의 안내 데스크에서는 여직원들이 울먹이며 수화기 너머의 경찰에게 하소연을 하고 있었다.

훗, 그년들 어지간히 순진하군. 경찰이 어찌할 수 있을 상황으로 보이나?

채 장군은 속으로 웃었다. 경찰에서 아무리 강정 기지 쪽으로 전화를 돌려봐도 이미 아수라장이 돼버린 해군 본부는 외부 지원에 신경을 쓸 여력이 없다. 다행히 태풍이 몰아쳐 주면서 공중 지원 가능성이 아예 사라져 버렸기 때문에 이런 작전이 가능해졌다.

건물 하나랑 정권이랑 바꾸는 장사라면 백 번이라도 해야지…….

채 장군은 이 작전이 만족스러웠다. 요즘 같은 때 물자도 귀해서 재건하려면 적지 않은 시간이 필요할 테지만, 허무하게 죽어버리는 것보다야 훨씬 낫다.

"위에는 병력이 얼마나 배치되어 있습니까? 독자적으로 탈출 작전을 수행할 만한 무장을 하고 있습니까?"

"아아, 1개 분대니까… 음?"

엘리베이터가 15층을 지났을 무렵에야 해병 중령은 상황이 기묘하다는 것을 깨달았다. 외부 전망 엘리베이터에 탄 여덟 명 중 그 자신과 곁의 상병 하나를 제외한 여섯이 외부인이다. 게다가 무장해제도 하지 않았다.

내가 뭘 한 거지? 암만 정신이 없었어도 그렇지, 내 부하들을 외부에 남겨두고…….

스카이라운지가 있는 22층까지는 아직 여유가 있다. 그전에 잠시 멈춰 서서 정리를 좀 해야 할 필요가 있다. 중무장을 한 사람이 너무 많다. 중령은 일단 엘리베이터를 세우기 위해 20층 버튼을 눌렀다.

띵—

20층에 멈춰 선 엘리베이터의 문이 열리자, 중령은 열림 버튼을 꾹 누르고 가능한 한 침착함을 가장해서 말했다.

"잠시 내리시죠. 드릴 말씀이 있습니다."

중령의 목 뒤로는 식은땀이 흐른다. 엘리베이터에 함께 타고 있는 유일한 그의 같은 편, 상병은 상황을 이해하지 못했는지 특별히 경계하고 있지 않다.

하긴… 일반 사병에게 장교들의, 그것도 별 단위의 파워 암투가 벌어지고 있다는 것을 알려주지도 않고 스스로 파악하라는 건 무리한 요구이다.

"눈치챈 것 같습니다."

소령이 채 장군을 향해 말했고, 채 장군은 고개를 끄덕였다.

여기까지 올라오는 내내 소령의 눈치만 보고 있던 특임대원들은 해병 상병에게 달려들어 소총을 내려치며 목을 뒤로 꺾었다.

"이! 이 새끼들!"

해병 중령이 권총집에 손을 대는 것보다 처음부터 준비를 마치고 있던 소령이 더 빨랐다.

탕— 탕, 탕—

세 발의 총성이 호텔 복도를 흔든다. 카펫 위에는 중령의 몸에서 쏟아져 나온 붉은 피가 흥건하게 흐른다.

"탄창 확인해."

위험이 모두 사라진 것을 확인한 후, 특임대원의 몸 뒤에서 빠져나온 채 장군이 묶는 시늉만 해뒀던 포승줄을 바닥에 던져 버리며 말했다.

"이제 역도들을 처단하러 가자. 다들 타깃 얼굴은 알지?"

"눈 감고 그릴 수도 있을 겁니다."

엘리베이터를 봉쇄해 놓은 소령이 자신 있게 대답했다. 어젯밤 출발하기 전, 모두에게 킹메이커와 교수의 사진을 나눠 주고이 새끼들의 목을 따야 한다고 몇 번이나 강조했었다. 새벽 내내차가운 바다에 몸을 적시며 노를 젓는 동안 특임대원들은 그들에 대한 이유 없는 증오를 증폭시키고 또 증폭시켰을 게 뻔하다.

"좋아. 이 작전 완료만 하면 다들 2계급 특진이다."

바다에 떨어진 해병 중령의 권총을 주워 들며 채 장군이 빙긋웃었다. 소령이 들고 있던 007 가방을 열자 광학 조준 장치까지

장착된 MP—5가 모습을 드러낸다. 이승남에게는 무장이 허용되지 않았다.

치이잇— 치이잇—

중령의 허리에 채워진 무전기가 계속 울려 댄다. 암구호를 모르기 때문에 그냥 내버려 두는 편이 낫다. 한 번에 스카이라운지까지 올라갔더라면 좋았을 테지만, 여기까지 병력 손실 없이 온 것만 해도 절반의 성공이다.

"방을 하나 확보할까요? 작전 끝날 때까지 피신하시겠습니까?"

"그만둬, 뒤에서 따라갈 테니까. 어차피 여기까지 온 이상 모든 게 모험이다."

사사삿—

네 명의 특임대원은 서로를 엄호하며 교차해서 계단을 향해 뛰었다. 총소리가 울렸으니 뭔가 사달이 났다는 것쯤은 위쪽에서도 짐작하고 있을 것이다.

"윤 장관님, 윤 장관님, 구조대입니다!"

20층 계단 입구에 선 특임대원은 위쪽을 향해 킹메이커의 이름을 불렀다. 조금이라도 반응이 있다면 곧바로 방아쇠를 당길 심산이었다. 하지만 반응도, 인기척도 없다. 그들은 계단이 꺾이는 지점에서마다 같은 수법을 사용하며 천천히 전진했다.

22층을 한 층 남겨놓은 지점에서 킹메이커를 불렀을 때, 누군가 아주 살짝 고개를 내밀었다.

파팡— 파파파팡—

특임대원의 총성이 복도를 울리고, 잠시 후, 젊은 병사의 시체가 계단 아래로 굴러 떨어졌다.

투투투투— 투투투투—

위쪽에서 대응사격이 쏟아진다. 특임대원들은 목을 움츠린 채 벽에 바짝 붙어서 어지럽게 날리는 총탄들이 멈추기를 기다렸다.

핑—

도탄에 팔을 스친 특임대원이 짧은 비명을 지른다. 단조로운 총소리. 겹치지 않는 걸 보면 분명 혼자서 쏘는 것이다. 1개 분대가 있다는 걸 확인했는데 정작 지형적 이점이 있는 장소에는 보초를 두 명만 따로 떼어서 배치해 두었다. 이렇게 엉망으로 병력을 운용하는 걸 보면 군인이 지휘를 하는 게 아니라 양복쟁이들이 제멋대로 명령을 내리고 있는 모양이다.

기세 좋게 울려 대던 총성이 뚝 그쳤다. 온 신경을 청각에 집중시키고 있던 소령은 머릿속으로 초를 계산했다. 아무리 철저하게 훈련 받은 병사라고 해도 탄창을 교환하고 다시 사격을 시작하는 데 2초는 걸린다. 사선으로 총을 비틀어 탄창을 날리며 온갖 재주를 부려봐도 그보다 줄어들지는 않는다. 실전 경험이 없다면 물론 그 시간은 더 늘어날 것이다. 반면, 자신은 계단의 코너를 돌기만 하면 된다.

투투투투투—

다시 총성이 시작되기까지 3초 정도가 지났다. 탄창을 갈아 끼우기 위해 몸을 숨기는 시간까지 계산에 넣으면 결코 나쁘지 않은 솜씨였다. 다시 30발이 소진되고 일순간 적막이 흐를 때, 미리 대기하고 있던 소령은 그 짧은 틈을 놓치지 않고 계단 위로 뛰어올랐다.

코너를 돌자 난간 사이로 해병의 군화가 들어온다. 어차피 다른 부분까지 시야가 확보될 필요도 없다. 레이저 도트가 다리에 걸리자마자 소령은 즉시 방아쇠를 당겼다.

투투투— 투투—

끄아아아~!

막 재장전을 마치고 총구를 아래로 내리려던 해병은 다리에 총알 세례를 받고 굴러 떨어졌다.

쿵—!

박살이 난 다리 때문에 제대로 중심을 잡지 못하고 구르던 병사는 목이 부러져 숨을 거두었다. 이제 계단은 모두 정리됐다.

너! 너! 소령이 손가락으로 특임대원 두 명을 지목한다. 지명 받은 두 대원은 재빨리 뛰어 올라와 방화문 앞에 섰다. 한 대원은 수류탄 고리에 손가락을 건 채 대기하고, 다른 한 대원은 문의 손잡이를 잡은 채 손가락으로 카운트를 시작했다.

셋, 둘, 하나.

문을 당기자마자 몸을 숙이고 있던 다른 대원은 수류탄을 까서 힘차게 바닥에 굴렸다.

투투투— 투투투—

다시 문이 닫힐 때까지 그 짧은 시간 동안 문틈 사이를 향해 총알이 빗발치듯 쏟아진다.

윽! 운이었는지, 실력이었는지는 모르겠지만, 그중 한 발이 수류탄을 던진 특임대원의 눈을 관통했다. 그는 비명도 제대로 지르지 못하고 벽에 날아가 부딪치며 쓰러졌다.

콰쾅—!

복도에서 수류탄이 폭발했고, 그 충격이 계단 전체를 흔들며 전해진다.

"한 번 더 열어."

사망한 대원에게서 수류탄을 떼어 온 소령이 명령했다. 2차 투척은 더 먼 곳을 목표로 했다. 이번에는 대응사격조차 이루어지지 않았다.

콰아앙—!

문이 흔들리며 틈 사이로 먼지가 쏟아진다.

때르르르릉—

고열을 감지한 화재경보기가 울리기 시작했다.

"가자!"

소령은 MP—5를 겨누며 앞장을 섰다. 두 방이나 수류탄 세 례를 받은 덕에 스카이라운지 내부에는 멀쩡히 서 있는 사람을 찾아보기 어려웠다.

촤아아아아—

머리 위에서는 스프링클러가 뿌려지고, 깨진 유리창을 통해 몰아치는 고층의 바람 때문에 고급 테이블보들이 춤을 추며 휘날리고 있다.

으으으~ 신음 소리를 내며 몸을 뒤척이는 사람을 볼 때마다 두 특임대원은 사정없이 방아쇠를 당겼다. 그것이 어린 해병이든, 양복쟁이 관료든, 서빙을 하기 위해 대기하다가 봉변을 당한 웨이트리스이든 간에 차별을 두지 않았다. 겉모습에 속아 고민하다가 역으로 이쪽의 머리가 날아갈 수도 있다.

바 뒤쪽에 숨어 오들거리던 바텐더를 끝으로 홀이 완전히 정리된 것을 확인한 소령이 천천히 걸음을 옮기다가 우뚝 멈춰 섰다. 그러고는 뒤쪽으로 수신호를 보냈다. 채 장군과 이승남을 호위하고 있던 병사가 그들을 데리고 다가왔다.

"찾았습니다."

소령이 비켜서자 온몸이 너덜너덜해진 채 바닥에 뒹굴던 킹메이커가 모습을 드러낸다. 찢겨 나간 머리 가죽에는 성성하던 백발 대신 붉은 피가 점철되어 있다.

"술 가져와!"

채 장군이 명령을 내리자 호위하고 있던 병사가 바 뒤쪽으로 뛰어 들어가서 아직 멀쩡하게 남아 있는 병 중 하나를 집어 왔다. 그러는 동안 채 장군은 의자 하나를 끌어 왔다. 의자 위에 떨어져 있던 살점과 내장을 밀어 처버리고 그 위에 걸터앉은 채 장군은 담배에 불을 붙이고 느긋하게 연기를 내뿜었다. 차가운 바람 사이로 몰아치는 빗방울들도 청량하게만 느껴진다.

꾸르르릉—

시커먼 하늘 사이로 천둥이 울린다.

"윤 장관! 길었어. 자그마치 15년이야."

위스키를 병째 나발 불고 나서 채 장군이 킹메이커를 향해 말했다.

끄으으으~ 킹메이커의 입에서 신음이 흘러나온다.

"15년 동안이나 네 뒤치다꺼리나 하며 살았지. 개똥도 모르는 새끼가 그저 주둥이만 살아서 나불거려도 실실대며 비위를 맞춰주고 말이야. 민주주의라는 게 참 좆같더라고. 아, 지금도 네 말투만 생각하면 자다가도 벌떡벌떡 일어나. 존댓말로 깐족거리는 그 재수 없는 말투 말이야. 알아?"

채 장군이 워커 바닥으로 손톱을 짓이겨도 킹메이커는 별 반응을 하지 않았다. 이미 가해진 고통에 비하면 그 정도는 자극에도 끼지 못하는 모양이다.

"VIP는 내가 잘 모실게. 너는 그냥 편하게 가면 돼. 골치 아픈 너희 두 새끼만 사라져 주면 이 나라는 아무 걱정 없어."

채 장군은 뜯겨져 나온 킹메이커의 손톱을 멀리 걷어차 버렸다. 이것으로 상황은 모두 평정됐다. 날아가 버린 작전 본부의 통신 시설을 복구하거나 하는 일들은 며칠이 소요되겠지만, 일단 그 단계만 지나면 전군이 일사불란하게 그의 손아귀 안에 들어올 것이다.

킹메이커와 교수는 쿠데타를 일으키려던 세력에 의해 살해당한 것이고, 그 범인은 아까 죽여 버린 해병대 사령관으로 몰아가면 된다. 의문을 갖는 놈들도 있겠지만, 그래봐야 진실은 완벽하게 묻히고, 불평은 화장실에서 수군거리는 정도를 넘지 못한다. 어차피 이 두 놈만 없으면 양복쟁이들은 아무런 힘도 쓰지 못하는 오합지졸이니까.

"…두 새끼? 크크크, 크흐흐흐흐~"

이제껏 아무 말도 않던 킹메이커가 한마디를 내뱉고는 미친 듯이 웃어 대기 시작했다. 흐느끼는 것처럼도 보이는 웃음이었다. 그 웃음의 의미를 알아차린 채 장군이 빽! 소리를 쳤다.

"두 번째 타깃 어디 있어? 한 교수, 이 새끼 찾았나?"

박살 난 테이블 사이를 뒤지며 돌아다니던 대원이 고개를 젓는다. 피떡이 된 양복 차림의 시체들을 몇 구 찾아냈지만, 그중에는 교수가 없다. 화장실까지 샅샅이 뒤져 봐도 마찬가지다.

"흐흐흐흐흐~ 흐흐흐흐~ 쿨럭, 컥! 컥!"

킹메이커의 음산한 웃음이 계속될수록 채 장군의 불안감은 커졌다. 불알 두 쪽처럼 늘 당연히 붙어 다닌다고만 생각했는데, 오늘처럼 중요한 자리에 어째서 이놈 혼자만 모습을 드러냈단 말인가……. 도무지 이해가 되지 않는다.

"한 교수 어디 있어? 말해!"

채 장군은 킹메이커의 머리통을 잡고 바닥에 찧으며 고함을 질렀다. 손톱이 뜯겨 나간 손으로 채 장군의 손을 할퀴어 대며 킹메이커는 마지막 기운을 다해 웃었다.

"크흐흐흐흐~ 당신 능력으론… 집권은 무리야."

퍼억!

화를 이기지 못한 채 장군은 권총을 휘둘러 말을 끝맺기 전에 킹메이커의 대갈통을 후려갈겼다.

퍽— 퍽—

손바닥 껍질이 벗겨질 만큼 여러 차례 힘차게 내려쳐서 카펫이 피범벅이 된 다음에야 채 장군은 헐떡이며 몸을 일으켰다.

"여기에는 없는 것 같습니다."

채 장군의 격앙된 감정이 조금 가라앉기를 기다려 소령이 보고했다.

"그래, 후우~ 아무래도 그 새끼는 다른 데 있는 모양이다."

피투성이 손으로 얼굴을 쓸며 채 장군이 말했다. 모두의 얼굴에 당혹감이 스쳐 간다. 이렇게 되면 작전은 실패다. 정복자가 된 것이라 믿었다가 순식간에 수배자 신세로 전락해 버린 채 장군의 얼굴에 고통이 서린다.

"일단 피하셔야겠습니다. 두 번째 타깃이 생존해 있다면 이 자리는 위험합니다."

"그렇겠지. 젠장, 너한테 면목이 없구만. 이제부터 플랜 C로 간다."

"플랜 C?"

이승남이 고개를 갸웃거리자, 채 장군이 대답한다.

"아래에 있는 해병대 애들부터 싹 다 쓸어서 함께 데리고 간다. 한 명이 아쉬운 마당이니까 요긴할 거야. 숨어서 때를 봐야지."

⁂ ⁂ ⁂

"으윽~ 쿨럭! 쿨럭!"

교수는 자신을 누르고 있는 소파를 밀어내고 겨우겨우 몸을 일으켰다. 방 안에는 연기가 자욱하다. 양복 소매에 불이 붙어 있다는 것을 깨달은 교수는 서둘러 재킷을 벗어 던졌다. 의식을 잃은 채 얼마나 누워 있었던 것일까. 고막에서는 계속해서 위이이잉— 하는 소리가 울린다.

이봐! 이봐! 아무도 없어? 힘껏 외쳤지만 자신의 귀에는 들리지 않는다. 그저 위이이잉— 하는 커다란 울림만 계속될 뿐이다. 조금 전까지 마주 앉아 이야기를 나누던 태양 그룹 간부는 쏟아져 내린 콘크리트 더미에 몸의 절반이 뜯겨진 채 눈을 홉뜨고 죽어 있다.

"이런 젠장! 이게 대체 뭐야!"

형광등이 박살 나서 컴컴해진 방 안을 더듬거려 겨우 복도로 빠져나왔다. 복도 역시 사방이 검은 연기로 덮여 있다. 소화기를 든 병사들이 이리저리 바쁘게 뛰어다닌다.

뭐지? 폭격이라도 당한 게 아니라면 이 지경이 될 수가 있나?

밀려오는 어지럼증을 이기지 못하고 교수는 바닥에 털썩 주저앉았다.

지지직— 지직—

번쩍거리는 형광등을 멍하니 보고 있던 교수의 귀에 조금씩 소리가 되살아나 들려오기 시작했다.

'소화 호스 연결해!', '4층에서 터졌어!', '대피시켜!' 다들 정신없이 떠들어 대고 있다. 합선 때문에 사방에서 불길이 일어난다.

젠장, 저 개새끼 때문에 하마터면 죽을 뻔했군……. 교수는 이미 죽은 사람을 향해 눈을 흘겼다.

킹메이커와 함께 호텔로 향하려던 때, 교수는 자기가 명령을 해놓고 몇 시간째 방치한 병사들이 떠올랐다. 밤을 꼴딱 새웠던 놈들. 교수는 금방 따라가겠다는 말로 킹메이커를 먼저 보낸 뒤, 전산실로 향했다. 그냥 전화로 해산을 명해도 되는 일이었지만, 결과물을 눈으로 확인해 보고 싶었다.

그렇게 복도를 걸어가던 교수를 태양 그룹 간부가 붙잡고 늘어졌다. 아까 회의에서 거론됐던 고양이 방울 GPS를 현장에 꼭 투입하고, 그 정보를 자신의 기업에게도 공유해 달라는 것이었다.

가는 것이 있으면 오는 것이 있어야 한다. 그 대가로 무엇을 제공해 줄 수 있는가에 대해 흥정을 하던 중, 갑자기 폭음과 함께 사방이 흔들렸고, 천장에서 돌무더기가 쏟아져 내렸다.

"쉐라톤에도 병력을 보내야 돼! 거기서도 지금 교전 중이래! 폭발도 있었다는데!"

여군 정보 장교가 다급한 목소리로 외치며 뛰어 올라온다. 교수는 자신의 귀를 의심했다.

교전? 교전이라니? 제주도에 누가 있어서 교전을 벌인다는 말인가.

겨우 몸을 일으킨 교수는 창틀에 의지해 가며 천천히 서쪽 별관을 향해 걸어갔다. 힘겹게 한참을 걸어서 창가에 선 교수는 안도의 한숨을 내쉬었다. 무슨 헛소문이었는지는 몰라도 멀리 보이는 쉐라톤은 은빛 유리로 된 자태를 뽐내며 건재해 있다.

"미친년, 어디서 이상한 소리를 듣고 와서……."

담배를 문 교수가 바지 주머니에서 라이터를 꺼내 불을 붙이고 다시 고개를 들었을 때, 쉐라톤의 최상층 스카이라운지에서는 검은 연기가 뿜어져 나오고 있었다.

툭, 교수의 입이 벌어지며 담배가 떨어져 구른다.

죽었구나…….

직감적으로 깨달을 수 있었다, 킹메이커가 살해당했다는 것을. 그리고 지금 이 나라에서 그런 미친 짓을 저지를 만한 힘을 가진 놈은 단 한 명밖에는 없다.

이승남! 이 미친 새끼!

교수는 이를 부드득, 갈았다.

4장

변곡점

1

바람이 너무 거세져서 도저히 작업을 계속 진행하기가 어려워졌다.

덜컹— 덜컹—

높게 쌓아놓은 펜스들이 강풍에 흔들리며 거슬리는 소리를 낸다. 신입과 제니는 물론, 팔에서 피가 질질 흐르는 보안관까지 합세해 몇 시간 동안 진땀을 빼가며 풀어놓은 펜스들이다.

"아무래도 더 이상 안 되겠어. 지금까지 한 것들만 묶어놓고 일단 바람을 피하자."

먼지를 피하기 위해 눈을 가늘게 뜨며 유빈이 말했다. 이건 그냥 강한 바람이 아니었다. 예보 같은 건 딴세상 이야기가 돼

버린 지금은 까맣게 모르고 있었지만, 태풍이, 그것도 꽤나 큰 태풍이 몰려오는 게 분명하다.

두 줄로 차곡차곡 쌓아 올린 강철 펜스들이 회오리바람에 말려 날아다닌다면, 그저 귀찮은 정도로 끝나는 문제가 아니라 큰 부상을 입게 될 수도 있다. 어차피 이런 강풍 속에 펜스들을 연결해서 다리를 놓아봐야 얼마 버티지 못하고 부서질 것이 분명했다.

"뭐로 묶지? 하아~ 일단 좀 잡고 있어. 내가 금방 슈퍼에 가서 끈이라도 가져올⋯⋯."

간만에 허리를 쭈욱 펴며 벌판 쪽을 둘러보던 삼식이가 외마디 소리를 질렀다.

"억! 저, 저거 뭐야!"

모두는 삼식이와 같은 방향으로 고개를 돌렸다. 벌판 위에서 좀비 한 마리가 어기적거리며 걸어오고 있었다. 거리는 불과 20여 미터. 레이저 와이어와 한참 씨름을 하다가 넘어왔는지 무릎과 오금이 너덜너덜하게 찢겨 나가 있다. 물론 그래서 걷는 속도도 느리다.

"씨, 씨발⋯⋯."

겁먹은 신입이 스패너를 떨어뜨리는 속도와 거의 동시에 알루미늄 배트를 집어 든 보안관이 구름다리를 넘어 내달려 나갔다. 사람들이 가까워지자 흥분한 좀비 역시 떨어져 나가기 직전의 다리를 혹사해 가며 속도를 높여 뛰어온다.

보안관은 인정사정없이 놈의 대갈통을 향해 풀스윙을 날렸다.

쩌엉—!

알루미늄 배트가 찌그러지고 좀비는 핑그르르 두어 바퀴를 돌고 나서 바닥에 쓰러졌다. 하지만 이내 다시 몸을 추슬러 일어난다. 한 방만 제대로 들어가면 두개골이 박살 나던 해머와는 파괴력이 다른 모양이다.

그라아아—

꿇어앉은 놈의 입에서 포효가 울려 나오기 시작하자 온몸에 소름이 돋는다. 그 소리가 다른 동료들을 끌어들일까 봐 두려운 것이다.

"시끄러, 이 개새끼야!"

보안관은 허리 높이로 한 번 더 있는 힘껏 배트를 돌렸다.

빠각—!

좀비의 목이 반대 방향으로 꺾여 돌아가며 뒤통수가 앞으로 왔다. 이미 죽은 것 같지만, 확실하게 하고 싶어서 그 뒤통수를 재차 후려쳤다.

뻐억—!

얇은 뼈가 빠개지는 소리. 좀비는 더 이상 움직이지 못하고 앞으로 고꾸라진다.

"우와, 놀래라. 도대체 왜 아무도 몰랐지? 이렇게 가까이 다가올 때까지."

삼식이가 가슴을 누르며 말했다. 이유는 간단하다. 아무도 보초를 서지 않았으니까. 다들 벌판 쪽으로 등을 진 채 경전철 역의 펜스 볼트를 푸는 일에만 너무 열중하고 있었으니까.

"후우~ 이 새끼는 어째서 이 멀리까지 온 거야? 다들 불난 주변에 모여드는 거 아니었어?"

이마의 식은땀을 훔치며 보안관이 중얼거린다.

"펜스를 뚫어놓은 곳이 있으니까… 그리로 빠져나온 것 같아. 워낙 많이 뭉쳐들 있었잖아. 그렇게 저희들끼리 밀고 밀리다가 레이저 와이어 위에 넘어졌는지도 모르고. 어쨌든 한 마리가 있다는 건…….."

말을 하던 유빈이 입을 다물어 버렸다. 한 마리가 보였으니 보이지 않는 곳에 몇 마리가 더 있다 해도 하나도 이상하지 않다. 벌판 위에 얼마나 더 많은 놈들이 돌아다니고 있을지, 또 그 놈들이 다른 무리들까지 끌어들여서 이쪽으로 몰고 올지 생각만 해도 끔찍하다.

복지 센터와 경전철역 사이의 벌판은 그간 그들에게 있어 청정 지역이었다. 한 마리의 좀비도 본 적이 없어서 안심하고 다닐 수 있던 곳. 그런데 이 좀비가 방금 막 그런 곳을 횡단해 그들의 코앞까지 와 있었던 것이다.

"찜찜해서 안 되겠어. 벌판 쪽을 한 바퀴 쫙 돌아야겠다. 유빈아, 가자. 네가 운전 좀 해."

보안관이 코롤라 앞으로 걸어가며 손짓을 한다. 유빈은 삼식이에게 제니와 신입을 데리고 3층집으로 들어가 있으라는 말을 남긴 뒤, 자동차에 올랐다. 주인 여자의 시체가 욕실에 들어 있기는 해도 복도의 방범 문이 워낙 튼튼하기 때문에 지금으로서는 최선의 도피처이다.

"어, 저기! 저기 보인다. 저 새끼 잡자."

풀밭 위를 달린 지 몇 분 되지 않아 두 번째 좀비가 눈에 들어왔다.

"꽉 잡아!"

유빈은 좀비를 향해 방향을 튼 뒤, 속도를 올렸다.

그와—

자동차를 향해 고개를 돌린 좀비가 몸을 날리기도 전에 코롤라는 시속 70킬로미터가 넘는 속도로 좀비의 무릎을 덮쳤다.

콰직—

왼쪽 범퍼와 좀비의 무릎뼈가 동시에 작살이 났다. 차에 치인 좀비는 튕겨지듯 날아올랐다가 다시 풀밭 위로 곤두박질쳤다.

"다시 돌려! 끝장을 내야 돼!"

흥분한 보안관이 소리를 지른다. 유빈은 입술을 꽉 다물고 핸들을 꺾어서 U턴을 했다. 두 다리와 여러 군데의 뼈가 박살 난 좀비는 기묘한 자세로 네 발을 사용해 빠르게 기어오고 있다. 한 번 더 깔아뭉개야 한다.

위이잉—

액셀러레이터를 밟자 엔진이 앙탈을 부린다. 그 속도 그대로 좀비를 들이받았다.

터엉—

사람 체중만큼의 충격이 핸들을 통해 고스란히 전달되는 동안 머리가 박살 난 좀비가 뒤쪽으로 팅겨져 나가는 모습이 보인다. 보안관이 살기등등한 표정으로 배트를 들고 내렸다.

부우웅—

알루미늄 배트가 바람을 가르는 소리. 그리고 곧바로 좀비의 머리통은 부서졌다. 정수리가 쪼개지며 목뼈가 꺾이고, 압력을 이기지 못한 눈알이 튀어나온다. 수십 번을 보았지만, 늘 끔찍한 광경이다.

"가자! 이 방향으로 좀 더 직진해 봐. 소리가 들린 것 같아."

좀비를 끝장내고 돌아온 보안관이 앞을 가리켰다. 그다음은… 계속 같은 행동의 반복이었다. 한두 마리, 혹은 서너 마리씩 떨어져 나와 배회하던 좀비들을 발견하고, 냅다 속력을 올려 들이받고, 뼈마디를 작살내서 더 이상 움직이지 못할 수준이 되면 보안관이 내려서 야구 배트로 정리를 한다.

40분이 순식간에 흘러갔다. 그러는 동안 한두 방울씩 떨어지던 비는 점점 굵어져 폭우로 바뀌었고, 코롤라의 범퍼와 펜더는 엉망으로 훼손되어 버렸다. 헤드라이트는 깨지고, 사이드미러에도 금이 갔으며, 고속으로 시체를 깔아뭉개려다가 하마터면 전복될 뻔한 위기도 두어 번 겪어야 했다.

"하아, 하아~ 뭐 이렇게 많아? 젠장, 앞으로도 한참 돌아다녀야겠네."

막 좀비 세 마리를 더 끝장내고 돌아온 보안관이 조수석에 앉으며 투덜거린다. 보안관의 머리카락도, 옷도, 조수석 시트도, 우글쭈글해진 야구 배트도 모두 아주 흠뻑 젖어 있다. 계속 배트를 휘둘렀던 보안관의 숨이 가빠졌다. 유빈도 한숨을 쉬었다.

지친다. 좀비들이라는 걸 잘 알고 있지만, 계속해서 사람 모양을 한 것들을 치어 죽이고 그 충격을 고스란히 몸으로 느끼는 작업이 반복되면서 머릿속 어느 한구석의 퓨즈가 픽— 하고 끊어지는 것 같다.

이제는 불과 20여 미터 앞에 있는 것도 제대로 보이지 않을 만큼 시계가 불량해졌다. 속도를 최고로 해놓은 와이퍼가 아무리 열심히 움직여도 샤워기를 틀어놓은 것처럼 쏟아붓는 비를 이기지는 못했다:

"뭐해, 유빈아? 출발해."

유빈이 흘러내리는 물로 뿌예진 차창을 멍하니 보고 있자, 보안관이 씩씩거리며 재촉을 한다.

"하~ 보안관, 이제… 그만하자."

유빈은 한숨을 내쉬며 조용히 말했다.

뭐? 보안관이 묻는다. 몇 십 분 동안이나 피를 보고 흥분해 있었기 때문에 목소리가 높아져 있다.

"이제 그만하자니? 뭘? 이 새끼들 죽이는 거? 그러면 우리가 죽자고?"

"그게 아니야. 이렇게 사냥하고 다니는 거, 이제 그만해. 어차피 좀비들이 사방에 널렸는데 한두 마리 더 죽이고 다닌다고 해서 표도 안 날 것 같아. 무의미한 일이야."

"약한 소리 하지 마, 인마! 바로 근처까지 이 새끼들이 돌아다니는데, 그러면 가만히 보고 있자는 말이야? 벌판 위에 있는 놈들은 다 죽여놔야 돼! 그래야 우리가 안전해!"

"몇 마리를? 어차피 한 번 방향을 이리로 잡았으니까 저 새끼들은 계속 올 거야. 수천 마리를 다 때려죽일 수는 없잖아."

"왜 못 죽여! 포기하지만 않으면 결국엔 다 죽일 수 있어!"

보안관이 소리를 버럭버럭 지른다. 그는 화가 많이 나 있었다. 그 마음은 유빈도 이해한다. 어제 그 난리를 치고 죽을힘을 다해서 수백 마리를 태워 죽였더니, 오늘은 그 몇 배나 되는 놈들이 몰려왔다.

안전한 집으로 돌아가서 제니와 웃음 짓는 매일을 보내고 싶었을 텐데, 그 바람이 다 물거품이 돼버렸다. 게다가 이놈들이 이번에는 번화가 쪽으로까지 뻗어오려 한다.

누구에게나 속상한 상황이지만, 자신이 모두의 목숨을 책임지고 있다고 믿는 보안관에게는 특별히 더 받아들이기 어려운 현실일 것이다. 하지만 그런 울분을 무리에서 떨어져 나온 좀비 몇 마리의 다리뼈를 분지르고, 대갈통을 쪼개는 것으로 해소해봐야 결국 소모되는 것은 이쪽의 체력과 감수성일 뿐이다. 1킬로미터도 안 떨어진 곳에 수천 마리가 모여든 시점에서 이미 안전은 멀리 물 건너가 버렸다.

"돌아가자……. 애들이 걱정하고 있을 거야."

한동안의 정적을 깨고 유빈이 말했을 때, 보안관은 입술을 앙다문 채 아무 말도 하지 않았다. 유빈은 대답을 기다리지 않고 액셀러레이터를 밟았다.

씨이잉—

진창으로 변해가는 흙바닥에서 잠시 헛돌던 타이어는 이내 접지력을 확보하고 그가 모는 방향으로 차를 움직였다. 안개등까지 켜야 할 만큼 어느새 사방은 어두워져 있었다.

우우우우웅~

바람의 음산한 울음소리가 앞 차창을 흔들어 댄다.

"어휴……."

유빈이 산책로 바로 앞에 차를 세우자, 보안관이 한숨을 푹푹 내쉬다 문을 열고 내린다. 뭐라고 한마디를 하려다가 꾹 삼키는 것 같다. 구름다리를 건너고 지하 통로를 지나 번화가로 들어서는 동안에도 두 친구는 아무 대화 없이 몇 걸음의 차이를 두고 묵묵히 걸어갔다.

가로수의 가지들이 전부 한 방향으로 휠 만큼 강한 바람이 쉬지 않고 불어온다. 번화가 쪽으로 가기 위해 물이 발목까지 차오른 지하 차도를 빠져나오자 제니의 얼굴이 보였다.

"보안관 오빠… 유빈 오빠……."

삼식이와 함께 지하 통로 앞에서 기다리고 있던 제니가 보안관을 보자마자 얼른 뛰어와 우산을 씌워준다. 우산을 쓰고 있었다고는 해도 워낙 강풍이 함께 몰아치는 중이어서 둘 다 흠빡 젖어 있었다. 가격표도 떼지 않은 새 우산 손잡이를 건네는 제니의 손이 얼음처럼 차다.

"…왜 나와 있어, 추운데."

도끼눈이 되어 있던 보안관이 감정을 억누르고 물었다.

"그야… 걱정이 되니까. 괜찮아요? 다친 데는 없어요?"

"응. 들어가자."

"유빈 오빠도 괜찮아요?"

"응."

유빈은 무덤덤한 얼굴로 고개를 끄덕였다.

"그런데 왜 분위기가……."

제니가 걱정스러운 표정을 짓자 삼식이가 거든다.

"그러게. 너희 싸웠어?"

"애들이냐? 싸우기는 누가……. 얼른 들어가자. 춥다."

보안관이 말을 얼버무리며 성큼성큼 걸어 앞서갔다. 3층 집 안으로 들어와서도 쉽게 화가 삭여지지 않는지 보안관은 베란다 앞에 서서 담배를 피우고 있던 신입에게 버럭 화를 냈다.

"밖에 나가서 피워, 이 새끼야! 추워 죽겠는데 창문은 있는 대로 다 열어놓고!"

그러고는 방문을 쾅! 소리가 나도록 닫고 들어가 버린다.

"뭐, 뭐야? 갑자기 왜 저렇게 성질을 부려? 나는 배려한다고 문 열어놓고 피운 건데."

말은 그렇게 하면서도 조금 겁을 먹은 신입은 얼른 밖으로 꽁초를 던져 버리고 창문을 닫았다. 분위기가 이렇게 되다 보니 삼식이와 제니의 시선은 유빈이에게 쏠렸다. 제니가 건네준 수건으로 머리를 털던 유빈은 미간을 살짝 찡그렸다.

"그냥 속이 상해서 저러는 거야. 생각보다 좀비들이 많았어."

"에, 정말? 한두 마리가 아니야?"

"음, 그렇더라. 다 못 잡았어."

최대한 별것 아니라는 듯 말했지만, 말하는 유빈도, 듣는 세 사람도 금방 마음이 무거워졌다. 좀비의 더 많은 발길이 그들이 있는 방향으로 향하고 있는데, 그걸 돌리거나 멈출 능력이 없다. 그리고 그들은 이미 아침에 수천이나 되는 커다란 좀비 무리를 직접 눈으로 확인했다.

"그래서… 제일 가까이 와 있는 놈은 얼마나 근처에 있는데?"

신입이 물었다. 유빈은 고개를 저었다.

"몰라. 산책로에서 100미터도 안 떨어진 데에서까지 몇 마리를 잡았으니까 그 근처에 또 있다고 해도 이상할 건 없지. 근데 전부 눈으로 확인한 건 아니야. 아니, 못해. 너도 그 벌판이 얼마나 넓은지 알잖아."

"씨발, 좆 됐네. 내가 이럴 줄 알았어. 아무것도 안 하고 탱자 탱자 여유부리면서 노닥거릴 때부터 내가 이렇게 될 줄 알았다고! 씨발, 어떡할래? 이 비가 쏟아지는데 이제 도망도 못 친단 말이야! 진작 멀리 쨌어야지! 에이그, 모자란 새끼들!"

제멋대로 원망을 늘어놓은 신입은 담배와 소주를 챙겨서 학생 방으로 들어가 버렸다. 어차피 그런 놈이란 걸 알고 있으니 별로 화가 나지도 않고, 대거리할 필요가 느껴지지도 않았다. 그리고 녀석의 말속에 적어도 하나는 뼈아픈 진실이 담겨 있기도 했다.

분명 요 며칠… 시간이 있었다, 달아날 수 있는 시간이. 하지만 위험할지도 모른다는 두려움 때문에 쉽사리 낯선 곳을 향해 발을 떼지 못했던 것이다. 어제의 안일함이 오늘 아주 단단히 발목을 잡고 있다……

거기에 생각이 미치자 유빈은 스스로의 뺨이라도 후려치고 싶어졌다. 작은 램프 하나만 켜진 거실의 분위기는 어둡고 무거웠다.

"괜찮아. 도망가기로 마음만 먹으면 내일이라도 출발하면 돼. 그러니까 일단 옷부터 갈아입어, 유빈아. 너 감기 걸리겠다."

삼식이는 정말 아무것도 아닌 일을 말하는 듯 술술 쉽게도 이야기한다. 별생각 없이 저 해맑은 얼굴을 마주하고 들으면 '그렇구나' 하고 믿어버릴 만큼 설득력이 강하다. 모르긴 해도 아마 삼식이 자신 역시 그 말을 하는 것과 동시에 철석같이 믿어버릴 것이다.

"그런데 내일은 비가 그칠까요?"

장대비가 사선으로 사정없이 긋는 베란다 밖을 내다보며 제니가 물었다. 삼식이는 또 1그램의 고민도 거치지 않고 날름 답을 해준다.

"응, 그칠 거야. 이게 그냥 비라면 며칠 동안도 내릴 수 있지만, 태풍인 거잖아. 태풍은 원래 아무리 길어도 한 대여섯 시간이면 지나가. 그러니까 걱정하지 마."

"그러면 좋겠는데……."

어지간히 추운지 제니는 움츠린 채 두 어깨를 감싸 안고 가볍게 떤다. 하긴 계속 그 비바람을 맞으며 두 사람을 기다렸으니 이상할 일도 아니다.

"너도 옷 좀 갈아입어야겠다. 내가 가게에 나가서 옷 좀 집어 가지고 올까?"

"아니에요. 그냥 안방 장에 있는 거 아무거나 입을게요."

제니가 아줌마의 헐렁한 옷으로 갈아입고 나올 때, 갑자기 영감이 떠오른 삼식이가 보안관이 들어가 버린 작은방 문에 대고 과장스러운 목소리로 떠들어 댄다.

"우왓! 제니야, 여기서 바지 갈아입으면 안 되지! 암만 우리가 가까운 사이라도 그러면! 보안관, 제니 좀 말려!"

그러고는 문에 귀를 가져가 보았지만, 보안관에게서는 아무 대꾸도 돌아오지 않았다. 삼식이는 설레설레 고개를 저었다. 평소 같았으면 분명 '삼식이, 이 미친 새끼야! 왜 애를 이상한 사람 만들어?' 라면서 발끈했을 텐데, 저렇게 조용한 걸 보면 기분이 어지간히 상한 모양이다.

"아무래도⋯⋯."

유빈이 마룻바닥에서 엉덩이를 떼며 말했다.

"내가 없어야 보안관이 나왔을 때 분위기가 좀 편할 것 같아. 제니야, 네가 잘 달래서 밥도 같이 먹고 그래."

"오빠는 어디 가려고 그래요, 비가 이렇게 오는데⋯⋯."

"망이나 보다가 올게. 사실 좀비들이 어디까지 왔는지 걱정도 되거든. 비는 걱정하지 마. 가게에서 비옷 하나 집어 입으면 되니까."

"오빠⋯⋯."

유빈을 잡기 위해 제니가 손을 뻗는다. 하지만 삼식이에게 잡히는 바람에 그녀의 손은 유빈에게 닿지 않았다. 어째서 만류하는지 이해 못한 제니가 돌아보자 삼식이는 고개를 살랑살랑 흔든다. 그러는 동안 유빈은 문을 닫고 나가 버렸다.

"그냥 둬."

"왜요? 오빠 저러다가 병나요."

삼식이가 다가와 귀에 대고 속삭인다.

"있지… 남자들은 자기 밑천이 바닥나면 그게 제일 창피해. 그 창피한 걸 들키기 싫어서 자꾸 화가 난 척하고 혼자 있고 싶어 하는 거야. 어린애들도 아니고, 그게 뭔 유치한 짓이냐고 할지 모르겠지만… 어쩌겠어, 그렇게 생겨 먹은걸. 그러니까 두 놈 다한테 기분을 추스를 시간을 줘."

"하지만 이러다가 혹시 무슨 일이라도 나면……."

"그런 일은 없어. 쟤가 얼마나 약은데. 그리고 또 강해. 10년을 넘게 매일 얼굴을 보고 살아온 친구로서 하는 말이니까 믿어도 돼. 일단 밥부터 해놓고 이따가 눈치 봐서 보안관이나 불러내자. 너한테 이제 안심해도 좋다는 말을 못해준 것 때문에 저 놈도 어지간히 자존심이 상했을 거니까."

ㄹ

3층 집을 나선 유빈은 등산 용품 가게에 들러 젖은 옷을 갈아입고, 그 위에 판초 우의까지 뒤집어쓴 뒤, 다시 경전철역 쪽으로 걸음을 옮겼다. 그래도 여전히 추웠다. 빗방울은 더욱 굵어져 있고, 떼어놓은 펜스들이 바람개비처럼 날아다닐 만큼 강한 바람이 분다.

콰장창―!

펜스들끼리 부딪치며 요란한 소리를 냈다. 아직 낮이지만 가게에서 집어 온 플래시가 필요할 만큼 사방이 어두워져 있었다. 다행히 이 근처까지는 아직 좀비들이 오지 않은 듯하다.

"후우우~"

구름다리 앞에 서자 여러 가지 의미가 담긴 한숨이 절로 나온다. 발밑으로는 몰라볼 정도로 불어난 물이 콸콸 흐르고 있다. 하도 사나운 물줄기로 변해 있어서 이제는 그냥 산책로를 따라 흐르는 개천이라고 부르기도 민망할 지경이다.

산책로 위로 넘실넘실 넘쳐흐르는 물은 그에게 달아날 수 없다고 경고를 하는 것 같다. 좀비 세상이 닥친 첫날, 보안관이 바로 이 자리에서 개 아저씨를 발로 차 떨어뜨렸을 때가 떠오른다. 그때까지만 해도 이런 상황에 처하리라고는 상상도 하지 못했다.

"젠장……."

한계에 부딪친 것 같다. 아무리 생각해 봐도 도무지 그럴싸한 계획이 떠오르지를 않는다. 낙천적인 삼식이는 내일이라도 도망을 치면 된다고 제니에게 호언을 했지만, 사실 그건 아주 어려운 일이다.

어디로 몸을 피하면 여기보다 안전할지, 자신들은 알지 못한다. 당장 옆 동네에 어떤 규모의 좀비가 얼마나 자주 돌아다니고 있는지에 대해서도 까맣게 모르고 있는데…….

대피소… 쉘터…….

궁지에 몰리자 도움을 청하고 싶어지고, 그러자 예전에 보았던 삐라가 기억났다. 안전한 잠자리를 제공해 주겠다는 유혹적인 문구. 한데 거기 적혀 있던 대로라면 가장 가까운 대피소도 한강 부근까지는 가야 한다. 도로마다 꽉 막혀 있고, 언제 어디서 좀비의 대군과 만날지 모르는데 태릉에서부터 거기까지 걸어가려면 목숨이 열 개라도 모자랄 것이다.

"안 돼, 그건."

유빈은 이내 대피소라는 선택지를 머릿속에서 지워 버렸다.

그럼 다리를 끊을까? 이 다리만 없으면 개천 때문에 저쪽이랑 격리될 수 있을 텐데……

자꾸 바보 같은 욕심만 고개를 든다. 작지만 콘크리트로 지어진 단단한 다리를 소수 인력의 힘만으로 부술 수 있을 턱이 없다. 그렇게 유빈은 혼자서 머리를 쥐어짜며 폭우가 쏟아지는 어두운 벌판을 보고 서 있었다.

얼마나 그렇게 하고 있었을까. 뒤쪽에서 플래시 불빛이 흔들리며 다가온다. 유빈은 고개를 돌렸다.

"…혼자서 뭐해? 밥 먹으러 가자."

보안관이었다. 말투는 아직 완전히 풀어지지 않았지만, 그래도 이제는 어지간히 감정을 다스렸는지 편안해 보인다. 머리를 긁적이며 다가온 보안관이 바로 곁에 와 섰다.

"저 차 세워놓은 데까지 물이 차오르지는 않겠지?"

산책로까지 넘쳐 오른 물을 멍하니 보고 있던 보안관이 산책로 위쪽에 세워둔 코롤라와 오피러스를 가리키며 말했다. 수면과는 적어도 3미터 이상의 높이, 그리고 8미터 이상의 거리 차이가 있다. 유빈은 고개를 끄덕였다.

"음, 저기까지는 안 닿을 거야. 뭐, 한 일주일씩 쏟아진다면 또 모르지만."

"그럼 됐어. 들어가자, 배고프다."

보안관이 유빈의 어깨를 콱, 끌어안는다. 고릴라처럼 강한 힘에 휘청거린 유빈이 쥐고 있던 플래시를 떨어뜨렸다.

엇, 하는 사이 다리 아래로 떨어진 플래시는 빠르게 흐르는 개천에 집어삼켜져 떠내려가 버렸다. 그 모습을 본 유빈이 대수롭지 않게 물었다.

"그런데 이 개천, 이거 어디로 흐르는 걸까?"

딱히 그럴듯한 대답을 기대한 건 아니었다. 어차피 유빈이나 보안관이나 모두 이 동네 사람이 아니고 일하는 동안 잠시 머무는 신세였으니, 그가 모르는 건 보안관 역시 모른다고 보는 편이 맞다. 보안관이 깊이 생각하지 않고 대답했다.

"당연히 한강이겠지. 강북에 흐르는 물들은 다 결국엔 그리로 가는 거 아냐?"

그 말을 들은 유빈은 눈동자가 똥그래져서 보안관을 돌아보았다. 머리에 벼락이라도 내리꽂힌 것 같은 기분이다.

"…그래, 네 말이 맞아. 서울 전체를 가로지르면서 지나가는 강이니까… 어디서 뭐랑 합류하든 흐르는 물이라면 결국 한강이랑 만나게 되어 있어. 허어, 왜 지금까지 그 생각을 못했지?"

그가 하도 감격한 표정을 짓고 서 있자 보안관이 이상한 눈으로 바라본다.

"야, 유빈아. 너 괜찮아?"

유빈은 대꾸하지 않았다. 그간 아무 쓸모가 없는 것처럼 보여서 뇌의 아주 깊은 구석에 박아두었던 생각의 파편이 의미를 가지며 떠오른다.

11,200… 한강으로 흐르는 개천, 그 개천을 끼고 나란히 닦여진 산책로… 11,200…….

잔뜩 상기된 얼굴로 보안관에게서 플래시를 빼앗아 든 유빈은 구름다리를 단번에 건너 산책로 위에 섰다. 보안관이 당황스러워하며 쫓아온다.

"갑자기 왜 그래, 인마? 대체 무슨 일인지 말을 좀 해!"

"여기! 여기가 11,200이야! 이게 뭔지 이제 알 것 같아!"

뜬구름 잡는 대답을 한 유빈은 플래시로 도로를 비추었다. 예의 그 글씨가 보인다.

11,200

그리고 화살표. 유빈은 화살표가 그려진 방향을 향해 전속력으로 뛰었다. 하도 급하게 달리다 보니 하마터면 자신들이 쳐둔 레이저 와이어 트랩에 걸릴 뻔하기도 했다.

으이크! 깜짝 놀라 황급히 몸을 틀면서도 유빈은 달리기를 멈추지 않았다. 저만큼 멀리 뛰어가 다시 발밑을 살피던 유빈이 두 팔을 번쩍 들어 올리며 환호성을 질렀다.

"맞았어! 네 말이 맞았어, 보안관! 여기는 11,100이야!"

"나는 네가 뭔 소리 하는지 모르겠어!"

다시 달려온 유빈은 아, 하고 머리를 두드리더니, 두 팔을 벌려 산책로의 폭을 재본다. 그러더니 뭐가 만족스러웠는지, 보안관을 꼭 끌어안은 채 펄쩍펄쩍 뛴다. 딱 미친 사람 같았다.

"지도! 지도! 그래, 복덕방에 가면 거기에는 있겠다. 이제 하나만 더 확인하면 돼! 가자!"

이번에는 다시 왔던 길을 거슬러 뛰어간다. 얼마나 흥분했는지 경전철역부터 번화가 복덕방까지 숨도 거의 쉬지 않고 단숨에 내달렸다.

"하아~ 하아~ 너, 너 때문에 숨차서 쓰러지겠다. 이게 갑자기 다 뭔데? 11,200이니, 11,100이니, 그게 뭐 어쨌다는 거야? 하아~ 아, 이 새끼, 사람 답답하게 설명도 안 해주고…….."

덩달아 이리저리 뛰어다녀야 했던 보안관이 숨을 헐떡이며 투덜거린다. 그러는 동안에도 유빈은 지난번 떼어 온 것보다 더 큰 지도가 부착된 복덕방 벽에 바짝 달라붙어서 플래시와 손가락으로 지도를 훑으며 계속 중얼거렸다.

"이거 봐, 보안관. 응? 이거 봐. 여기 이 녹지… 이게 저 벌판이야. 그치? 그리고 이 골목이, 지금 우리가 서 있는 번화가고… 경전철역이 여기, 그럼 우리가 조금 전 뛰었던 산책로는…….."

손가락으로 지도 위의 도로를 따라가는 유빈의 표정에서는 광기마저 느껴진다. 그만큼 엄청나게 흥분해 있었다.

젠장, 찬바람을 너무 오래 맞아서 저놈이 머리가 어떻게 된 걸까?

보안관이 속으로 그런 생각을 하고 있을 때, 유빈이 말했다.

"찾았다! 이 개천, 중랑천으로 흘러 들어가는 거였어."

그러더니 책상 위에 놓여 있던 지도책을 넘겨 서울 지도를 찾았다.

맞았다. 그래, 맞았어…….

웅얼거리면서 손가락 마디로 길이까지 대보는 모습은 마치 광인처럼 어딘가 오싹하다.

"한강이 아니고?"

"아니, 결국 한강으로 가는 거지. 중랑천이 한강으로 합쳐지니까. 11,200 기억나지? 그게 이 길이야. 우린 이제 살았어, 보안관!"

지도의 아주 가느다란 선 하나를 짚으며 유빈은 감격에 찬 표정을 짓는다.

"아우, 답답하게 굴지 말고 좀 알아듣게 말을 하라고! 11,200이 뭔데?"

"산책로 끝까지의 거리지. 그리고 그 끝은 당연히 한강일 거고! 겨우 11킬로미터밖에 안 돼. 우리는 그냥 저 산책로를 따라서 쭉 가기만 하면 되는 거라고! 뻥 뚫린 길을 11킬로만 가면 바로 강 건너에 대피소가 있어!"

콰르르릉!

때맞춰 벼락과 천둥이 내리치자 극적인 효과는 몇 배나 증폭되었다. 잠시 멍해져 있던 보안관은 의심이 가득한 표정으로 물었다.

"잠깐만……. 저 산책로를 따라서 11킬로미터만 가면 한강이라고? 그걸 어떻게 그렇게 확신해?"

"이 지도에 나와 있잖아. 맨 아래에 이 작은 스케일 표 보이지? 이거 한 칸이 1킬로미터야. 아니, 이게 부르는 이름이 스케일 표가 아니었는데… 명칭이 뭐더라? 우리 초등학교 때 배웠잖아. 지도 보는 법."

"명칭 같은 건 됐으니까 그냥 설명이나 계속해 봐."

"그래, 알았어. 한강에서부터 중랑천, 그리고 우리가 있는 여기까지 이 거리. 봐봐, 11킬로미터 맞아. 내가 손톱으로 재봤어. 그리고 우리 산책로에 적혀 있는 숫자. 그게 11,200이었지. 내가 100미터쯤 뛰어가니까 거기에는 11,100이라고 박혀 있었고."

"그게 만약 다른 데로 가는 거리라면? 우린 이 산책로 동서남북도 잘 몰라."

"아니야. 저 벽에 붙은 지도를 봐. 그 위쪽으로는 그만큼 길게 뻗어 있지도 않아. 여기가 거의 끝에 가까워."

보안관도 생각에 잠겼다. 말이 되는 것 같다. 하지만 여전히 한 가지 어려운 난관이 버티고 있다.

"좋아, 유빈아. 네 말이 맞는다고 치자. 그런데 11킬로미터를 걸어가는 것도 문제야. 저 길 쭉 따라서 걷다가 만약에 좀비 떼라도 만나면 어떻게 할지도 생각해야 되는 거잖아. 걔들이 우리보다 훨씬 빨라. 달아날 방법이 있어?"

"아니, 우린 안 걸어가."

잔뜩 들떠 벽에서 지도를 뜯어내던 유빈이 대답했다.

"뭐? 그럼 어떻게……."

질문이 보안관의 입에서 떨어지기도 전에 유빈은 말을 계속 이었다. 소풍 떠나기 전날. 슈퍼에 과자를 사러 온 아이처럼 들 뜬 목소리였다.

"차를 타고 갈 거야. 간단해. 진입 못하도록 막아놓은 돌기둥 두어 개만 부수면 돼. 이제는 산책로에 자동차를 끌고 들어왔다 고 단속하는 사람도 없고, 불평할 사람도 없으니까. 넓이도 다 재봤어. 충분하고도 남아! 겨우 11킬로야, 보안관! 밟기 시작하 면 15분도 안 걸려!"

3층 집으로 돌아온 뒤에도 쉽게 흥분이 가라앉지 않은 유빈 은 밥도 먹는 둥 마는 둥하며 잔뜩 들뜬 목소리로 제니와 삼식 이에게 산책로를 따라 이동하는 계획을 설명했다. 소주 나발을 불었는지 그새 드르렁대며 깊은 잠에 빠진 신입은 그냥 내버려 뒀다.

"흐음, 너무 괜찮아서 구라 같은 이야기네. 저 앞의 산책로가 한강까지 뻗어 있다, 이거지? 근데 그런 걸 왜 만들어놨지?"

삼식이가 벌써 며칠째 감지 못한 머리를 긁적이며 물었다.

쿠르르릉—

밖에서는 천둥이 요란스레 울리고, 사나운 빗줄기는 베란다 통유리를 두드려 댄다. 바람 때문에 격하게 흔들리는 유리가 금방이라도 깨질 것 같다.

"뭐… 사람들 자전거 타거나 조깅하라고 만들어놓은 거 아닐까? 웰빙 시대잖아."

"그럼 한강까지는 간 다음에는 어떻게 되는 거예요? 거기에서 잠실까지도 꽤 멀어요. 강도 건너야 하고요."

바닥에 펴놓은 지도를 유심히 들여다보던 제니가 가늘고 긴 손가락으로 잠실야구장을 짚는다. 유빈은 이마를 찌푸렸다. 그에게도 아직 고민으로 남은 부분이었기 때문이다.

"확실하지는 않지만… 아마 거기까지 가면 배를 구할 수 있지 않을까? 하다못해 오리 보트 같은 것만 있어도 강은 건널 수 있으니 말이야. 그리고 대피소 부근에 가면 군인들이 보초를 서다가 구조해 줄 수도 있지 않나 하는 기대도 좀 있고."

"이 태풍이 불어닥친 다음에 배가 멀쩡할까? 누가 묶어놓지도 않았을 텐데……."

보안관의 말이 정곡을 찌른다. 플래시 불빛을 중심으로 머리를 모으고 앉은 네 사람은 가볍게 한숨을 내쉬었다.

딱 하루만 일찍 생각해 냈어도…….

유빈이 기죽은 목소리로 중얼거렸다.

"그런 것보다 말이지, 잠실에 정말로 대피소 같은 게 있기는 한 걸까? 말로만 있다고 해놓고 막상 가보면 아무도 없는 건 아니냐? 요즘 뭐 제대로 돌아가는 걸 본 적이 없으니까 도무지 믿음이 안 가네."

삼식이가 보다 근본적인 것에 대한 질문을 던졌다. 제주도에 숨어서 방송을 내보내는 주제에 며칠만 기다리라고 했던 놈들이니, 뭔 허튼짓을 했다고 해도 이상하지 않다. 그때 방송에 나왔던 여자 고위 관료는 아무리 길어도 일주일이면 사태를 수습할 거라고 했는데, 그 일주일은 벌써 지나갔다.

쾌장창―

어디선가 유리창이 깨지는 소리가 요란스레 귀를 때린다. 창문을 열어둔 건물들은 여지없이 강풍에 유리가 박살 나고 있는 것이다.

"음… 만약 정말로 가봤는데 아무것도 없으면 다시 돌아와야지, 뭐. 하지만 그래도 시도해 볼 만한 가치는 있는 것 같아."

그렇게 말을 하면서도 유빈은 이곳으로 다시 돌아오기 어렵다는 걸 잘 알고 있었다. 비록 아직은 소수에 불과하지만, 좀비들이 벌판 쪽으로 방향을 잡고 이동하고 있다. 그리고 벌판을 배회하던 놈들이 산책로만 건너면 곧바로 경전철역이다. 젖과 꿀이 흐르던 복지 센터 시절은 이제 막을 내린 것이다.

"한강까지 갔는데 아무것도 없으면 차라리 배를 고쳐서 타고 인천 앞바다까지 쭉 나가자. 그쪽에는 무인도도 꽤 많이 있거든."

삼식이가 뒤로 벌렁 누우며 중얼거린다. 의식의 흐름이 마구

진행되기 시작한 모양이다. 보안관이 어이없어 하며 묻는다.

"오리 보트 페달을 밟아서 바다까지 나간다고? 네가 무슨 사이클 선수냐?"

"헤엥~ 보안관, 너는 제니 옆에 태우고 못 가는 모양이구나?"

"나, 나야 당연히 갈 수 있지."

보안관이 곧 말려든다.

"그럼 우리도 갈 수 있어. 까짓것, 힘들면 좀 쉬었다가 밟고 그러지, 뭐. 어차피 물이 흐르는 대로 가는 거니까 그렇게 빡세지는 않을 거야."

"그렇게까지 해서 무인도로 가면 뭐가 좋아요? 말 그대로 아무것도 없잖아요. 어디에서 자고 뭘 먹고 살아요? 물도 없을 텐데."

제니도 망상대전에 동참해 버렸다.

아니, 애초에 도저히 무리라니까. 무인도를 찾아가려면 인천에서부터만 계산해도 파도 치는 바다를 20킬로미터는 가야 하는 거라고……

유빈은 얼굴을 쓸어내렸다. 하지만 나머지 세 사람은 이젠 완전히 진지해져서 오리 보트로 무인도 가기 작전에 대한 설전이 한창이다.

"아니야. 무인도라고 해도 실제로는 사람들이 사는 곳이 꽤 많거든. 낚시꾼들 재워주는 민박집이랑 마실 물도 있어. 또 어떤 섬에는 등대 건물도 있고. 내가 가본 무인도 등대는 엄청 큰 현대식 건물에 붙어 있었어. 이 집보다도 더 커. 그러니까 잠은 그런 데서 자면 되지. 그리고 낚시를 해서 물고기라도 잡아먹으면 되고."

촤악—

삼식이가 낚싯대를 던지는 시늉을 한다. 하지만 유빈이 아는 한, 저놈은 아직 실제로는 한 번도 낚시를 해본 경험이 없다. 휴우~ 제니가 시무룩한 표정을 짓는다.

"그렇게 원시인처럼 살아야 하는 거예요? 하아~ 죽을 때까지 양념도 하지 않은 생선 구이만 먹고 살아야 한다니, 뭔가 좀 슬퍼지네요."

"에이, 설마. 시간이 좀 지나고 나면 좀비든 뭐든 어느 정도 정리가 되겠지. 그러면 등대를 고치기 위해서라도 수리반이 올 테고. 우린 그때까지만 버티는 거야."

삼식이의 낙관론은 바닥이 보이지 않는다. 제니가 고개를 갸웃거렸다.

"만약에… 아무리 기다려도 아무도 오지 않으면요? 그럼 어떡해요?"

"그래도 최소한 언제 좀비들이 쳐들어와서 우릴 죽일까, 매일 마음 졸이면서 사는 것보다야 낫지."

어느새 대피소로의 이동 계획 논의가 무인도로의 이동 계획 논의로 변질되어 버렸다. 유빈이는 지도를 펄럭펄럭 흔들어 세 사람의 주의를 집중시켰다.

"야, 그럴 일 없어. 대피소가 분명히 있을 거야. 그러니까 로빈슨 크루소 같은 이야기는 그만해. 그런 것보다 뭘 가져갈지, 뭘 두고 갈지에 대해서나 생각해 보자. 차 두 대에 나눠 타고 간다고 해도 짐을 무한정 실을 수는 없는 거니까. 내일 산책로에서 물이 빠지는 대로 출발하려면 뭐부터 할지 미리 계획을 가지고 있어야 돼."

"밝기 시작하면 15분이면 간다더니……."

"거리는 11킬로미터밖에 안 되니까 짧아. 하지만 내가 어떤 인간인지 잘 알잖아. 나는 걱정이 많은 놈이라서 뭐든지 준비가 철저히 안 돼 있으면 불안하다고. 물이든 먹을 거든 적어도 사흘치는 챙겨 가고 싶어. 오피러스에 기름이 별로 없으니까 세녹스도 필요하고."

"흐음~ 그러면 아침부터 꽤 바쁘겠는데? 세녹스도 가지고 와야 하고, 짐도 계속 들어 날라야 하는 거잖아."

그렇게 해서 네 사람은 조금쯤은 낭만적이었던 무인도의 꿈을 놓아주고 다시 현실로 돌아왔다. 해야 할 일들과 그 일을 할 사람을 종이에 적고, 일의 순서를 조정하는 동안에도 계속해서 벼락이 번쩍거리고 사나운 바람은 유리창을 흔들어 댄다. 꼼꼼하게 따져 보니 해야 하는 일들이 꽤 많다.

회의를 끝냈을 때, 어느새 시간은 밤 열 시에 가까워져 있었고, 마지막 폭우를 쏟아부은 태풍은 서쪽을 향해 물러나는 중이었다.

"흐아암~"

보안관이 하품을 하며 졸린 눈을 비볐다. 어제 제니의 잠꼬대 때문에 설쳤던 잠이 지금 쏟아지는 모양이다.

"아, 난 도저히 더 못 버티겠다. 자야겠어. 다들 잘 자라."

그 말과 함께 거실 구석에 팔베개를 하고 누운 보안관은 이내 도롱도롱 숨을 몰아쉬며 깊은 잠에 빠져 버렸다.

"나는 옥상에서 담배 한 대 피우고 올게. 이제 비도 더 안 오는 것 같고… 너희, 맑은 공기 쐬고 싶지 않아?"

삼식이가 허리를 쭉 펴며 일어난다. 괜찮은 생각인 것 같아 유빈과 제니도 그 뒤를 따라나섰다.

흐으음~ 가슴 깊이 숨을 들이쉬자 청량한 밤공기가 폐에 가득 찬다. 세 사람은 난간에 기댄 채 아주 먼 곳까지 꽉꽉 들어차 있는 어둠을 바라보았다.

새 출발을 앞둔 밤, 설렘과 두려움이 빠르게 교차하며 마음을 어지럽힌다. 멀리 칠흑 같은 암흑 사이로 점점이 흩뿌려진 아주 조그만 불빛들이 눈에 띈다. 아직 살아남은 누군가가 저 먼 곳 어딘가에서 어둠과 추위를 이겨 보려고 피워둔 모닥불이리라.

"이제 슬슬 들어갈까? 우리도 들어가서 자둬야지."

삼식이가 담배 한 대를 다 피우고 나서도 어느 정도의 시간이 더 흘렀을 때, 유빈이 말했다. 제니가 싱긋 웃는다.

"저 지금 억지로 잠들면 또 어제처럼 막 소리 지르다가 깰 거

같은데……."

"어휴~ 그건 좀 봐줘라."

유빈이 두 손을 모아 비는 시늉을 했다.

"그러니까 조금만 더 있다가 내려가요. 여기 있으니까 마음이 차분해지는 것 같아서 좋아요."

"춥지 않아? 바람이 이렇게 부는데."

"좀 쌀쌀해지는 것 같기는 한데, 괜찮아요. 오빠가 재킷을 벗어서 덮어줄 테니까요."

그래서 유빈은 재킷을 빼앗겼다. 셔츠 차림이라도 팔짱을 끼면 버틸 만은 하다. 겨우 잠이 들었는데 비명 소리에 놀라 허겁지겁 깨는 것보다는 약간 추운 편이 나으니까. 애초에 긴팔 셔츠 하나만 입고 있던 삼식이는 이 뺏고 빼앗기는 일에서 다행히 무관했다.

"근데 아침에 그놈들 말이야."

두 번째 담배에 불을 붙이며 삼식이가 입을 열었다.

"대체 왜 그렇게 몰려온 거라고 생각해? 하루 만에 그 많은 놈들이 우연히 모여들었다고 생각하면 너무 뜬금없잖아."

여름답지 않게 제법 쌀쌀하게 부는 바람이 담배 연기를 사방으로 흐트러뜨린다. 잠시 생각하던 유빈이 대답했다.

"자동차들 모아놓고 불 질렀던 자리로 몰려간 거 보면 분명 불과 관련이 있는 것 같긴 한데… 정확하게 뭐에 끌리는 건지는 모르겠어. 불인지, 아니면 탄 냄새인지……."

"복지 센터 앞에 있던 놈들은 그럼 어떻게 이해해야 돼? 내 재떨이 주변에 무더기로 모여 서 있었던 놈들 말이야."

"꽁초에서 탄 냄새가 나니까, 그것 때문일까?"

"글쎄, 꽁초를 물에 버린 건데 탄 냄새가 났을까? 지독한 담뱃진 냄새 같은 거라면 몰라도. 역시 그놈들, 담배를 좋아하는 걸지도 모르겠어. 그럼 이렇게 피우면 안 되는 건데……."

말은 그렇게 하면서도 삼식이는 아주 맛있게 담배 연기를 빨아들였다. 제니가 묻는다.

"그걸 피우면 답답한 게 좀 풀려요?"

"응? 아니, 뭐… 딱히 그렇다고 볼 수는 없지만… 한 번 버릇이 들면 자꾸 생각이 나거든. 음… 아닌가? 네 말을 듣고 보니 스트레스 해소가 조금은 되는 것 같기도 하고."

"그럼 저도 하나 줘봐요."

"엑?"

유빈이 놀라서 돌아본다.

자, 삼식이는 곧장 담배 한 개비를 건네주고 불까지 붙여준다. 바람 때문에 꽤 한참이나 걸려서 겨우 불이 붙었다.

"푸웁~! 쿡! 쿨럭! 풉, 에~ 이게 뭐야?"

담배 연기를 빨아들인 제니는 이내 기침을 하고 얼굴을 찡그린다. 가볍게 눈물까지 맺혔다. 하하하, 삼식이와 유빈은 웃음을 터뜨렸다. 그래도 제니는 굴하지 않고 재차 담배를 입에 가져간다.

"그냥 옆에서 맡는 것보다 훨씬 맵네요. 쿨럭! 캑!"

입에만 연기를 담았다 뿜기를 두어 번 반복한 제니는 마침내 포기하고 담배를 4층 높이 아래 바닥으로 던져 버렸다.

"여기가 그리워지겠죠? 저 복지 센터, 슈퍼, 그리고 이 건물."

천천히 한 바퀴를 돌아보다가 멈춰 선 제니가 말했다. 그녀의 시선이 고정된 옥상 문 주변에는 깨진 유리 조각들이 어지럽게 널려 있다. 일전에 스포츠머리 일행 두 놈과 유빈이 사투를 벌였을 때의 흔적들이다.

"아마, 이보다 불편한 환경으로 가면 그렇게 되겠지. 더 나은 곳에서 살다 보면 금방 까맣게 잊을 거고."

유빈이 대답하자 제니가 고개를 젓는다.

"아니요, 여기는 정말 잊기 어려울 것 같아요. 돌이켜 보면 며칠밖에 되지 않는 시간이었는데, 정말 많은 일을 경험했어요. 나쁜 일들도 있었지만, 결과적으로 보면 굉장히 운도 좋았고요."

"뭐… 어쨌든 이렇게 살아남았으니까 굳이 따지자면 운이 좋은 편이었다고 해야겠지. 후우~ 그 운이 내일도, 모레도 계속 좋아야 할 텐데."

"무서워요?"

"응. 어떤 일을 겪게 될지 전혀 모르고 있으니까."

유빈은 솔직하게 대답했다. 이론적으로는 불과 11킬로미터만 쭉 뻗은 도로를 따라 차를 몰고 가면 한강까지 닿는다. 그리고 거기서 강만 건너면 대피소다.

배가 기다리고 있는 것은 아니지만, 다 큰 남자 네 명이 도구를 사용한다면 강을 가로지를 만한 도구쯤은 얼마든지 만들 수 있을 거라고 믿고 싶다.

하지만 현실은 분명 녹록치 않다. 이론 속에서처럼 모든 일이 척척 아귀가 들어맞지는 않을 것이다. 하수 펌프가 가동되지 않는 탓에 도로 위에 고여 있는 물만 해도 내일까지 다 빠져 주지 않으면 여러모로 귀찮아질 게 분명하다.

"그렇게 말하니까 지금 이 순간이 더 소중하게 느껴지네요. 조금만 더 있다가 내려가요."

재킷의 지퍼를 쭉 당겨 코를 덮을 만큼 끌어 올린 제니는 크게 숨을 들이쉬었다.

컹컹컹—

멀리서 개들이 짖어 댄다. 그렇게 밤이 깊어갔다.

3

다음 날 아침, 일곱 시가 조금 지나자 민구는 자유의 몸이 되었다.

"격리 수용 시간 만룹니다. 수고하셨습니다. 나오십쇼."

철창문을 열어준 보초병이 서명해 달라며 서류 세 장을 내민다. 민구는 뭔지 물어보지도 않고 대충 이름을 휘리릭 갈겨써 줬다. 읽어보나마나 여기 들어온 이상 어차피 해야만 하는 필수 과정일 테니까. 보초병은 도장이 찍힌 조그만 딱지를 쥐어 주었다.

"뭐요, 이건?"

"이 쪽지를 대민 지원 센터로 가져가 보이시면 개인용 생필품을 지급해 드릴 겁니다."

생필품이라고 해봐야 허접한 물건들일 테지.

민구는 귀담아듣지 않았다. 혹시 중요한 물건들이 들어 있다고 해도 일단 만배파 조직원들과 합류한 뒤에 애들을 심부름 보내 찾아오면 된다. 그런 것보다 24시간 동안이나 못 피운 담배 생각이 간절했다. 일단 가방을 찾은 뒤, 곧장 담배를 피우러 가고 싶다. 담배와 라이터는 가방에 넣어두라고 해서 철창 안에 들어가기 전 압수를 당했다.

"내 가방은 어디 있소? 여기 들어오면서 맡긴 것 말이오."

"그것도 거기에서 보관하고 있을 겁니다."

어쩔 수 없이 민구는 대민 지원 센터를 찾아갔다. 아직 아침인데도 대기 중에는 큰비가 내린 다음 날 특유의 눅눅하고 끈적한 열기가 가득했다.

어지간히 푹푹 찌려는 모양이군······.

민구는 와이셔츠 단추를 하나 더 풀었다. 산더미처럼 쌓아둔 구호품 박스들 덕에 대민 지원 센터는 쉽게 눈에 띄었다. 세 개를 이어 붙여둔 테이블 가운데에는 낙타처럼 생긴 군인 녀석이 가뜩이나 못난 얼굴을 잔뜩 찌푸리고 앉아 있다.

"가방을 찾으러 왔소."

민구는 테이블 위에 종이 쪽지를 내려놓았다. 낙타는 그의 말이 들리지 않는다는 듯 고개를 옆으로 돌린 채 그의 부하들과 잡담을 나누고 있다.

내가 사회에 있을 때는 말이야……

낙타는 겉멋이 잔뜩 들어간 목소리로 아무 쓸데없는 헛소리들을 엄청 재미있는 이야기인 것처럼 늘어놓고 있었다.

쿵쿵, 민구는 테이블을 가볍게 두어 번 노크했다. 낙타가 눈을 흘긴다.

"뭔데, 아저씨?"

"내 가방이 여기 있다고 들었는데."

홋, 낙타는 대답을 해 주지 않은 채 고개를 다시 부하들 쪽으로 돌렸다.

"야, 나는 말이지, 도저히 이해가 안 돼. 지금 같은 위기 상황에서 우리가 깡패 새끼들까지 보호해야 하나? 응? 아니, 이게 말이 되는 거냐, 이 말이야. 아무 때나 제멋대로 칼이나 휘두르고 다니던 깡패 새끼들까지 다 받아주느라 막상 선량한 국민들은 제대로 도와줄 수가 없다니까? 야, 내 생각엔 그런 새끼들은 눈에 띄는 대로 그냥 싹 다 잡아다가 좀비 먹이로 던져 줘야 한다고 봐. 아니면 총알받이로 쓰든가. 하여간 그런 것들은 살려

둘 가치가 없어! 좀비 세상 끝나자마자 또 나가서 죄를 저지른 다고. 근데 씨발, 윗대가리들은 그런 것들도 똑같이 구호품을 주고 보호를 해주라고 하네? 에이, 좆도! 이런 구호품도 다 국민 의 소중한 세금으로 산 건데 말이야. 쯧쯧쯧, 아쉬워. 내가 높은 자리에 있었으면 이런 기회가 왔을 때 아예 청소를 해버릴 텐 데……. 그냥 모가지를 탁—!"

낙타가 목소리를 높여 일장 연설을 쏟아내는 바람에 아침 식 사를 배급 받기 위해 근처를 지나던 사람들이 멈춰 서서 구경까 지 하고 있다. 민구는 무덤덤하게 말했다.

"다 지껄였으면 가방이나 내놔. 담배 피우러 가야 하니까."

"뭐어? 아저씨, 지금 뭐라고 그랬어? 뭐? 지껄여?"

낙타가 테이블을 쾅! 치면서 일어난다.

"가방."

민구가 낙타를 노려보았다.

민구의 사나운 눈빛에 움찔한 낙타는 자기도 모르게 한 발짝 물러났다. 그리고 그랬다는 것 때문에 더 화가 났다.

"아저씨! 독방에서 나오기 전에 사인한 거 그새 다 잊어 먹었 나 봐? 군인들의 지시를 잘 따르고 말썽을 일으킬 시 어떤 불이 익도 달게 받아들이겠다는 거에 사인했을 텐데?"

그러자 주변의 사람들이 웅성거린다.

저 낙타 닮은 군인, 저거 또 시작이다.

왜 저렇게 만날 사람들을 못살게 굴어?

아니, 근데 저 양복 입은 사람이 깡패래, 깡패……

여론이 2:1 이상의 비율로 자신에게 부정적으로 돌아가고 있음을 깨달은 낙타는 분을 이기지 못하고 소리를 질렀다.

"야, 가방 줘버려! 내가 진짜 참는다! 군인 신분으로 민간인을 깔 수가 없어서 참는다고!"

부하 병사가 구호품 상자와 사물함 열쇠, 민구의 가방을 테이블 위로 올려놓았을 때, 낙타는 갑자기 팔을 휘둘러 그것들을 밀어 쳤다.

콰당!

구호품이 바닥에 떨어졌다. 민구의 표정이 확 바뀐다.

후우, 민구는 성질을 가라앉히기 위해 가볍게 한숨을 내쉬었다.

여기까지 온 길을 생각해라… 육 회장을 만나는 게 우선이다……

그렇게 자신을 설득하자 화가 조금은 가라앉는다.

"오늘 용꿈 꿨다고 생각해라. 박스만 주워. 그러면 살려준다."

민구의 말에 낙타는 코웃음을 쳤다.

"참내… 뭐라는 거냐, 이 새끼? 큭큭."

그러면서도 낙타는 의자를 뒤로 조금 물려 민구와의 거리를 벌렸다.

"박스 주워. 더 말하지 않는다."

"당신이 손이 없어? 이까짓 게 뭐라고! 자! 당신이 직접 줍든가!"

낙타는 성질을 이기지 못하고 소리를 빽! 지르며 박스를 걷어차 버렸다. 그건 실수였다. 발에 부딪쳐 멈춘 박스를 잠시 보고 있던 민구의 눈에 살기가 스쳐 간다.

민구는 생각했다.

급소를 피해서 딱 두 대만 때리자. 앞니 네 개랑 코뼈 정도면 이 녀석의 버르장머리도 좀 바로 잡힐 테지……

군인을 때렸다가는 곧바로 추방당할지 모른다는 걱정이 들기도 했지만, 도저히 참고 봐줄 수가 없었다. 24시간 동안이나 담배를 피우지 못해 극도로 예민해져 있는 때문인지도 모르겠다. 민구의 허리가 꿈틀하면서 오른 주먹이 채찍처럼 휘둘러져 나온다. 낙타는 아무것도 모르고 있었다.

"제가 주울게요! 그럼 되잖아요."

갑자기 둘 사이에 뛰어든 계집애 때문에 민구는 깜짝 놀라 주먹을 거뒀다. 짧은 원피스, 긴 검은 머리. 어제 철제 계단을 올라오면서 눈이 마주쳤던, 그 바짝 마른 계집애다.

"넌 뭐야? 비켜. 떨어뜨린 건 저놈인데…."

박스를 주워 올리는 희고 가느다란 팔을 낚아채며 민구가 성질을 부린다. 겁먹은 눈으로 돌아보면서도 계집애는 입가에서 웃음을 거두지 않았다.

"하, 하하… 에이, 왜 그러세요. 이런 건 정말 아무것도 아니잖아요. 화내지 마세요."

"야! 너 그 손 안 놔! 테라 씨! 괜찮으세요?"

낙타와 시비하는 동안에는 뒤에서 그저 멀뚱멀뚱 보고만 있던 군인들이 갑자기 달려들어서 민구는 잠시 얼떨떨해졌다.

테라… 어쩐지 낯이 익다 했더니, TV에서 보던 얼굴이었군…….

"아… 괜찮아요, 오빠들. 저 이분, 아는 분이에요. 걱정해 주셔서 감사합니다."

테라는 군인들과 민구를 떼어놓고 박스와 가방, 사물함 열쇠까지 모두 챙겼다. 그리고 아직도 분이 안 풀려 낙타를 노려보고 있는 민구를 잡아끌었다.

"자, 자, 가요. 가요, 아저씨. 사물함 어딘지 알려 드릴게요."

평소의 민구였다면 상황이 이쯤 되었을 때 말을 들을 리가 없다. 하지만 지금 그는 테라의 손에 이끌려 순순히 그 자리에서 걸어 나오고 있다. 자기가 저지른 일을 잘 알기 때문이다.

"이만큼 멀리 왔으면 됐잖아. 내려놔. 그런 것보다… 너, 맞은 데는 괜찮아?"

민구가 물었다. 갑자기 몸을 날린 테라를 보고 멈추기는 했지만, 분명 주먹이 입술을 스쳤다.

"조금 얼얼해요. 이따가 부을지도 모르겠어요. 하지만 괜찮아요."

바닥에 물건들을 내려놓은 테라가 왼 입술을 살살 문지르며 싱긋 웃는다. 아랫입술 끝에 살짝 피가 맺혀 있다.

젠장, 이런 미숙한 실수를……

원할 때 제대로 주먹을 거두지 못했다는 것 때문에 기분이 상한 민구는 가볍게 한숨을 내쉬었다. 그걸 자책이라고 해석한 테라는 다시 미소를 지으며 말했다.

"이 정도는 아무것도 아니에요. 그러니까 미안해하지 마세요."

"왜 끼어든 거야? 뭘 바라는 건데?"

민구가 단도직입적으로 물었다. 그 무례함이 낯설었는지 커다란 눈을 깜빡거리던 테라가 대답했다.

"음, 어제요… 아저씨가 들어오시는 걸 봤어요. 여기에 많은 사람들이 있지만, 걸어서 들어온 사람은 단 한 명도 없었거든요. 여기까지 얼마나 고생스러웠을까 하는 생각이 들었어요. 그렇게 힘들게 싸우면서 겨우 왔는데 이까짓 작은 일을 못 참아서 하루 만에 다시 쫓겨나면 너무 억울하잖아요. 그래서요. 그냥 그것뿐이에요. 그럼……"

테라는 공손히 고개를 숙여 인사를 하고 뒤돌아 가버렸다.

이게 지금 뭐지? 바라는 게 없다고?

테라의 행동이 너무 낯설게 느껴져서 민구는 혼란스러웠다. 지금이라도 그녀를 멈춰 세워서 어떻게 하면 입술 터뜨린 값을 치르는 게 되느냐고 물어보려 할 때, 귀에 익은 목소리가 그를 부른다.

"까아~ 오빠아! 강 실장 오빠아~!"

만배파에서 관리하던 연예인 계집애가 그를 향해 소리를 지르며 달려오고 있다. 워낙에 똑같이 성형수술을 해놓은 탓에 먼 발치에서는 초희인지 가희인지 분간하기 어려웠다. 주변 사람들의 시선이 그들에게 쏠린다.

"오빠아~ 벌써 나왔었구나! 독방 앞에서 기다려야지 했었는데, 그만 깜빡 늦잠을 잤지 뭐야~ 오빠, 내가 어제 강 실장 오빠 도착한 거 보고 얼마나 좋아했는지 모르지? 내가 막 손 흔들었는데."

초희는 민구의 팔짱을 꽉 낀 채 가슴에 가져다 대며 아양을 부린다.

"몰라. 안 들렸어. 이것 좀 봐."

민구의 시선 끝에서 테라를 발견한 초희가 발끈한다.

"뭐야, 또 테라 저년이야? 흥, 여우 같은 년. 그새 벌써 강 실장 오빠한테도 꼬리를 치고 갔나 보네. 있지, 오빠. 저거 병신 됐다? 발가락이 뭉텅 하고 잘려 나갔더라고. 가까이서 보면 얼마나 징그러운지 모르지? 그런데도 좋다는 새끼들이 있으니 참⋯⋯."

"좀 닥쳐. 회장님은?"

초희를 떼어낸 뒤, 민구가 물었다.

"으응, 회장님이랑 우리 식구들 다 다른 데로 옮겨 갔어. 여기 말고 건대에도 또 이런 데가 있나 봐. 회장님이 나한테 신신

당부를 하고 가셨거든. 강 실장 오빠 꼭 올 거니까 잘 모시다가 꼭 뒤따라오라고. 그게 어젠데… 아마 며칠 동안은 기다려야 할 거야. 후훗, 생각해 보니까 그동안 강 실장 오빠는 내가 독점하는 거네?"

"다른 데로 갔다고? 왜?"

"군대에 끌려가지 않으려면 일단 피해야 한다나 뭐라나 했었는데… 어? 강 실장 오빠, 어디 가?"

민구가 가방을 챙겨 들고 성큼성큼 걸어가자 초희가 종종걸음으로 뒤따른다.

"담배 피우는 데 어디야?"

"그쪽 아니야, 오빠. 반대로 가야 해."

외야석 흡연 구역에 도착한 민구가 담배를 물자 초희는 재빨리 불을 붙여 주었다.

후우우~ 민구는 깊이 빨아들인 연기를 천천히 내뱉었다. 오랜만에 피우는 거라 가벼운 구토까지 일 정도다.

"강 실장 오빠, 근데 나 소원이 하나 있는데……."

바로 곁에 서서 담배를 뻑뻑 피우던 초희가 눈치를 살피며 입을 뗐다. 민구가 신경도 쓰지 않자 다급해진 초희는 바짝 몸을 붙이며 귀에 대고 속삭였다.

"있지… 건대로 가기 전에 테라, 그년한테 칼빵 좀 놔주고 가면 안 돼? 그 쌍년이 회장님이랑 우리 식구들 다 좆나게 무시하고 우습게 봤었단 말이야. 응? 오빠, 그년 그 꼴 난 얼굴 딱 세 번만 그어주라. 그러면 나 속이 다 후련할 것 같아. 몰래 긋고 화장실에 처박아놓으면 아무도 모를 거니까, 건대로 출발하기 직전에 하면 돼."

듣고 있던 민구가 초희를 빤히 쳐다본다.

"너 아침부터 약 먹었냐?"

"아잉, 오빠는 무슨 그런 말을 해요? 약도 없어. 기동이 오빠가 다 가지고 가서… 악!"

민구에게 머리채를 휘어 잡힌 초희가 겁에 질린 비명을 삼키고 몸을 움츠린다.

"이년이 지금 누구한테 심부름을 시키는 거야? 응?"

"오, 오빠… 강 실장 오빠, 잘못했어요. 너, 너무 반가워서 그만… 한 번만 용서해 주세요……."

싹싹 비는 초희를 밀어 친 민구는 두 개비째 담배를 꺼내 물었다.

젠장, 가뜩이나 이래저래 더러웠던 기분이 저 미친년 때문에 몇 배나 더 엿 같아졌다.

4

민구가 초희의 머리채를 잡고 밀어 친 그 아침에, 진우는 웃통을 벗은 채로 좀비 할머니의 집 텃밭을 파헤치고 있었다. 삽은 별채로 지어진 창고에서 가져온 것이다. 농사를 짓는 집답게 여러 가지 연장이 많았고, 할머니가 쓰던 것치고는 상태도 좋았다.

"후욱! 후욱!"

진우는 용을 써가며 열심히 삽질을 했다. 비를 잔뜩 먹은 땅이라 삽이 팍팍 박히는 건 좋은데, 자꾸 삽 끝에 진흙이 엉겨 붙는 바람에 계속 흙을 털어가며 작업을 하는 게 귀찮다.

틱, 사선으로 메고 있는 K─2가 가끔씩 삽에 부딪치지만, 이걸 몸에서 떼어놓을 수는 없다.

"야, 이 새끼야! 그렇게 하는 게 아니라 이렇게 손목을 쓰란 말이야! 이렇게! 팍! 팍! 봤냐?"

삽질의 요령을 설명하며 시범을 보이던 김 상병의 목소리가 들리는 것 같아 진우의 입에서 씁쓸한 미소가 흘러나왔다. 줄곧 노가다를 뛰다 들어온 신병에게 삽질의 기본을 가르쳐 줄 만큼 어딘가 허술하고, 뻥뻥거리는 걸 좋아하는 사람이었다. 그리고 그만큼 따뜻하고 인간적인 사람이었다.

"후우~"

어느 정도 팠는지를 살펴보기 위해 진우는 허리를 펴고 땀을 닦았다. 아침 이른 시간인데도 벌써 푹푹 찐다. 불을 피우지 않고는 도저히 버텨낼 수 없던 길고 긴 어젯밤이 거짓말인 것 같다. 하늘은 맑고, 해는 다시 뜨거워졌다. 여기저기 무너져 내린

흙더미들과 뿌리째 뽑혀 자빠져 있는 나무들만 아니라면 태풍이 지나간 흔적은 전혀 찾아볼 수 없었다.

"대충 된 건가……."

자신의 파낸 땅의 크기와 넓이를 살펴보며 진우는 종이 팩에 든 두유로 갈증을 달랬다. 좀비 할머니의 집에는 생수 같은 건 없었다. 사방에 샘물이 널려 있고 수도만 틀면 물이 콸콸 흘러나왔을 테니, 애초에 따로 물을 담아둘 필요가 없었을 것이다.

하지만 진우에게 그것은 생존에 심각한 위협을 주는 문제였다. 믿고 마실 만한 물이 없다. 그렇게 간절하던 때 찾아낸 것이 이 두유였다. 할머니가 12개짜리 박스에서 딱 하나만 빼 먹고 곱게 모셔두었던 것을 밤새 몇 팩이나, 그리고 지금도 생전의 할머니와는 일면식도 없는 어린 군인이 마시고 있는 것이다.

진우가 할머니의 집에서 챙긴 것은 두유만이 아니었다. 곁에 놓아둔 낡은 천 가방에는 라면과 쌀이 담겨 있다. 욕심 같아서는 눈에 띄는 먹을거리를 다 챙기고 싶었지만, 그렇게 무거운 짐을 가지고 이동할 수는 없기에 적당한 양만을 담았다. 하지만 그는 도둑놈이 되고 싶지는 않았다. 그래서 지금 그 음식들에 대한 값을 치르는 중이다.

"끄응차~!"

이불보로 감싼 좀비 할머니의 시체를 조금 전 파둔 구덩이 쪽으로 끌어당겼다. 조그만 할머니의 시체를 옮기는 것뿐이지만, 밤새 제대로 잠을 이루지 못한데다가 아침부터 삽질을 하느라 기진맥진한 덕에 진우의 입에서는 저절로 용쓰는 소리가 새어 나온다.

할머니의 시체가 눕혀진 자리 바로 곁에는 그녀가 얼마 전까지도 정성들여 돌봤을 채소들의 뿌리가 제멋대로 널려 있다. 진우는 부지런히 삽을 놀려 퍼둔 흙을 다시 덮었다. 그렇게 한참을 진땀 흘려 일한 덕에 할머니는 땅에 묻혔다.

깊게 파지도 못했고, 봉분이랄 것도 없이 그저 거칠게 만들어진 무덤이지만, 적어도 장사는 지낸 셈이다. 진우는 천 가방에서 할머니의 사진이 든 액자를 꺼내 축축하게 젖은 무덤의 흙에 박았다. 나중에라도 누군가 이곳을 지난다면 이 액자를 통해 무덤의 주인이 누구인지 알아낼 수 있도록.

"…이걸로 봐줘요."

벽에 걸려 있을 때와 마찬가지로 흙 위에서도 환하게 웃고 있는 사진 속의 할머니를 향해 진우가 중얼거렸다. 그렇게 작업을 마무리 지은 그는 다시 군복을 걸치고 먹을 것이 든 천 가방을 사선으로 둘러멨다. 죄의식을 좀 덜어내자 왠지 가방의 무게도 한결 가벼워진 것 같다.

할머니의 집에서 빠져나온 진우는 흙투성이가 된 비탈길을 따라 씩씩하게 걸어 내려갔다. 자신이 지금 정확하게 어디에 있는지도, 동서남북 중 어느 방향으로 가고 있는 중인지도 모른다. 하지만 비관적인 생각에 젖어 있기에는 너무도 화창한 햇살이 온 세상을 가득 비춰주고 있다.

"좋아! 가보자!"

스스로를 향해 격려를 보낸 진우는 걸음을 더욱 서둘렀다. 이 포장도로를 따라 걷다 보면 반드시 넓은 차도를 만나게 될 것이라고, 그리고 그 길 위에서 꼭 해답을 얻을 수 있을 것이라고, 그렇게 믿기로 했다.

✤　❤　✤

"으아, 장난 아니야. 진짜 너무하다."

번화가 길 위에 세늑스 통을 내려놓으며 삼식이가 투덜거린다.

찰박.

그의 발이 닿자 고여 있던 물에 파장이 일며 흔들렸다. 골목 전체가 20센티미터가량의 물로 뒤덮여 있다. 그리고 그 위로는 깨진 유리 조각부터 좀비의 내장이나 오물까지 온갖 것들이 둥둥 떠다닌다.

"왜 물이 안 빠진 거야? 어제 비가 기록적인 폭우, 뭐 그런 거였나? 아니, 실제로 비 왔던 시간은 그렇게 길지도 않았잖아? 에이, 척척해. 씨발."

세늑스를 가지고 오는 동안 신발을 흠뻑 적신 신입이 원망스러운 얼굴로 욕설을 늘어놓는다.

"그런 게 아니야. 하수 펌프가 작동하지 않으니까 낮은 지대에서 빗물이 제때 빠져나가지를 못하고 있는 거지."

유빈이 말했다. 흙으로 된 지반과 달리 콘크리트와 아스팔트는 도무지 빗물을 빨아들여 주지 않는다. 전기와 수도가 끊기고 나니, 도시에서의 생활이라는 게 보이지 않는 곳에서 얼마나 많은 비용을 지불해야만 이루어질 수 있는 것인지가 실감되었다.

이 정도의 물난리만으로도 행동의 제약은 부쩍 늘었고, 모든 것이 계획보다 더 많은 시간을 필요로 했다. 물론 달리기가 느려지는 만큼 위험도는 반비례하며 상승해 있다. 다행인 것은 아무도 다치지 않고 음식과 세녹스를 가지고 왔다는 점이다.

"근데 그 큰 봉투는 뭐예요, 오빠?"

보안관과 함께 슈퍼에서부터 음식을 가지고 온 제니가 유빈의 손에 들린 커다란 비닐 봉투를 가리키며 물었다.

"응. 이거, 우리 신을 새 신발. 차에 타기 전에 물로 대충 씻고 이걸로 갈아 신어야지."

유빈이 열어 보인 봉투 안에는 등산 용품 가게에서 집어 온 새 등산화와 양말이 머릿수에 맞게 한 켤레씩 들어 있다. 그들이 지금껏 신어온 안전화는 고어텍스로 만들어진 꽤 좋은 놈이지만, 빗물이 발목을 넘겨 들어가 버린 순간, 방수라는 게 아무런 의미도 없어졌다. 그리고 이 더러운 물을 신발에 담고서 계속 돌아다녔다가는 언제 무슨 피부병에 걸린대도 이상하지 않을 상황이다.

"다 가지고 왔나? 그럼 출발하자."

물의 저항 때문에 잘 구르지 않는 쇼핑 카트에 짐들을 싣고 지하 통로 앞에 도착한 일행은 계단 아래로 플래시를 비춰 보다가 고통스러운 탄식을 내뱉어야 했다.

지하 통로 전체가 탁한 물에 잠겨 있었다. 비가 한창 퍼부을 때 넘치던 물이 이곳으로 쏟아져 들어갔고, 오물과 쓰레기 탓에 이 배수구도 막힌 모양이다.

"어휴, 어쩌냐?"

난감하다는 표정을 지으면서도 유빈은 일단 천천히 계단을 따라 걸어 내려가 봤다.

찰박.

계단이 아직 네댓 개나 남은 시점부터 벌써 시궁창 냄새가 나는 물이 그를 반겨준다. 차가운 물이 발목을 거쳐 종아리를 적신다. 이 물속에 수많은 사람의 피와 좀비의 뇌수가 오물과 함께 섞여 있을 것이라는 생각이 들자 구역질이 치밀어 오르는 것 같다.

우웁, 유빈은 뒤집어지는 속을 달래며 난간을 꽉 붙잡고 한 계단씩 더 아래로 내려갔다. 허벅지, 허리를 지나 명치 부근까지 담갔는데도 아직 바닥에 닿았다는 느낌이 없다.

계단이 얼마나 남은 걸까……

플래시를 비춰봐도 물이 워낙 탁해서 보이지를 않는다. 유빈은 이를 질끈 다물고 한 발짝을 더 내디뎠다. 겨드랑이가 서늘해진다. 그리고 마침내 평평한 바닥을 만났다. 이 정도 수심이라면 제니에게는 거의 턱 끝까지 차오를 것이다.

"어휴, 냄새. 이 근처 화장실이 다 이쪽으로 역류했나 보다."

뒤를 따라 내려온 보안관이 물가에 서서 코를 막는다. 그 말 그대로 엄청난 악취가 지하 통로 전체를 메우고 있었다.

하아~ 하아~ 유빈은 가능한 한 입으로 숨을 쉬면서 플래시로 통로 반대편 끝을 비췄다. 다행히 눈에 보이는 범위 내에 좀비는 없었다.

하지만 판단을 내리기에는 시야가 너무 좁다.

만에 하나 좀비가 물속에 잠겨 있다면 어쩌지?

걱정이 유빈의 얼굴을 스친다.

물론 놈들이 결코 숨지 않는다는 건 안다. 하지만 동시에 그는 성대가 뜯겨 나가 아무런 소리도 내지 못하는 좀비를 목격한 적도 있다. 문제는 좀비가 물에 뜨는지 가라앉는지를 그가 전혀 모른다는 데 있었다.

그리고 또 이 똥물을 헤치고 걸어 겨우 통로 저 끝까지 도착했을 때, 반대편에서 서성거리던 좀비가 달려들면 어떻게 할 것인가에 대해서도 고민을 해야 했다. 보안관이라고 해도 이 정도 깊이의 물속에서는 제대로 싸우기 어렵다. 잠시 고민을 하던 유빈은 다시 위쪽으로 걸어 올라왔다.

"어깨 바로 아래까지 푹 젖었네. 물 높이가 그 정도구나. 근데 표정이 왜 그렇게 걱정스러워?"

삼식이가 물었다.

"그게… 너무 더럽기도 하고, 또 위험하기도 해서……."

유빈은 네 명에게 상황을 설명했다. 물이 더러워서 그 아래에 무엇이 있는지 아무것도 보이지 않는다는 점, 남자 가슴 높이까지 물이 차 있으니까 저항력 때문에 움직임이 더뎌진다는 점, 일단 일정 지점 이상을 지나면 무슨 일이 생긴다 하더라도 빨리 되돌아오기가 어렵다는 점, 통로 반대편에서 혹시 좀비가 뛰어들면 싸우기가 어렵다는 점.

그리고 남자들보다 키가 작은 제니는 이 모든 과정이 더 어려울 것이라는 점까지 조목조목 이야기하고 나니, 애초에 막연하게 인식하고 있던 것보다 문제가 더 심각하게 느껴진다. 피하고 싶다.

하지만 건너편의 산책로로 이어진 유일한 통로는 여기뿐이다. 여길 지나지 않으면 차를 탈 수도 없고, 그러면 대피소로 이동하는 것도 불가능하다.

"이 물이 빠질 때까지 기다리면 안 돼? 아, 저 더러운 물에 담근다는 상상만 해도 존나 역겹네, 진짜."

신입이 코를 막은 채 코맹맹이 소리로 묻는다.

"안 돼. 며칠이나 걸릴지도 모르고, 그동안에 저 건너편 상황이 어떻게 돌아갈지도 전혀 예측할 수 없으니까."

"내가 제니를 목말 태워서 갈게. 그렇게 해서 빨리 지나가 버리면 되는 거 아닌가? 물속이라고 해도 고작 몇 십 미터인데, 그동안 무슨 별일이 있으려고?"

보안관이 흑심 반, 책임감 반의 심정으로 제안한다. 이번에도 유빈은 고개를 저었다.

"될 대로 되라는 도박은 안 할 거야. 그리고 네가 제니를 목 말 태우고 있으면, 만약의 경우가 벌어졌을 때 우리는 누가 지켜주냐?"

으음~ 다섯 명은 다시 고민에 빠졌다. 이야기가 늘어지는 기미를 보이자, 코에 휴지를 말아 넣은 신입이 유빈을 위아래로 훑으며 중얼거린다.

"야, 너 씨발, 일단 좀 씻어. 옷도 갈아입고. 남 생각도 좀 해라. 지금 네 바지에 묻은 거 아무리 봐도 똥인데, 그거."

"엑, 진짜?"

허벅지를 쓱 훑어 코에 가져다 대본 유빈이 곧바로 기절하는 표정을 지었다.

"아으! 그걸 왜 굳이 확인까지 해요?"

제니가 뒷걸음질을 치며 입을 가린다. 사실 다른 친구들에게도 견디기 쉬운 냄새는 아니었다. 깊이를 가늠하기 위해 잠시 담갔다 나온 것만으로도 유빈의 몸에서는 악취가 강하게 풍겨져 나온다. 삼식이가 고개를 끄덕이며 신입에게 동조했다.

"그래. 혹시 피부병 걸릴지도 모르니까, 나중에 또 들어가더라도 비누질 좀 하는 게 나을 것 같다. 너 다리에 상처도 아직 완전히 아물지 않았잖아."

"알았어, 알았어. 금방 씻고 올게 그럼."

유빈은 대수롭지 않다는 투로 말하고 생수병과 물티슈, 소독용 에탄 알코올을 챙겨서 비닐봉지에 담아 옷가게 탈의실로 들어갔다. 비닐봉지를 옷걸이에 걸어두고 오물에 푹 젖어 잘 벗겨지지 않는 옷을 바닥에 집어 던진 유빈은 물티슈로 대강의 더러움을 닦아내고 레이저 와이어에 찢겼던 다리와 칼에 얕게 찔렸던 옆구리를 살펴봤다.

며칠 지나지도 않았는데 다행히 이미 붉은 새살들이 돋아나 있다. 이만하면 상처를 통한 감염의 걱정은 하지 않아도 될 것 같았지만, 이왕 가져온 것이니 알코올은 부어두었다.

슬슬 야생이 되어 가는 건가… 하는 생각을 하며 유빈은 대충이나마 물로 몸을 닦았다.

"야! 그 신발은 뭐야? 왜 안 버리고 가지고 왔어?"

새 옷으로 갈아입은 뒤, 물로 행군 안전화를 비닐에 담아 들고 나오는 유빈에게 신입이 얼굴을 찌푸리며 묻는다.

"아, 이거… 아무래도 안전화는 필요할 것 같아서."

"손만 뻗으면 사방에 새 신발인데, 그까짓 낡은 신발이 뭐가 그렇게 아쉬워? 그냥 버려, 인마."

"근데 이거는 앞코에도 철판이 들어 있고, 바닥도 못에 뚫리지 않는 재질이거든. 보안관, 삼식이, 너희는 아예 다른 신발로 갈아 신고 건너."

"잠수복 같은 게 있으면 좋은데……."

"옷은 저기를 벗어나자마자 갈아입으면 돼. 비누랑 물 가지고 가서 씻으면 되는 거고. 그런 것보다 더 중요한 문제가 많아."

"갈아입을 옷은 어떻게 가져가? 보따리에 싸서 머리에 이고 가나? 하하하, 그 모습 상상하니까 어지간히 궁상맞은데."

싱거운 삼식이가 자신의 말에 빵 터져서 혼자 킬킬거리는 동안 보안관과 유빈은 지하 차로를 건너는 방법에 대해 논의를 계속했다.

"먹을 거랑 옷을 배낭에 넣고 비닐로 여러 겹 싸서 카트에 담아 끌고 가면 될 것 같아. 그 위에 세녹스나 물처럼 무거운 걸 눌러놓으면 뜨지 않을 거야."

"그럼 아예 슈퍼에 가서 카트를 하나 더 가져와야겠다. 보안관, 너 혼자서만 무거운 걸 밀고 가면 힘이 빠질 테니까 무게를 나누자. 젤 걱정되는 건 역시 안전인데… 물이 워낙에 탁하니까 안에 뭐가 숨어 있다고 해도 하나도 이상하지가 않아."

유빈과 보안관이 머리를 긁적이고 있을 때, 제니가 제안을 했다.

"오빠, 제가 생각을 해봤는데요, 전에 우리가 옥상 위로 건널 때 쓴 그 철책 있잖아요. 그걸 앞세워서 붙잡고 가면 안 돼요? 보호망처럼."

듣고 보니 꽤 괜찮은 이야기다. 쇠기둥을 떼어내고 철망만 사용하면 무게도 확 줄어들 테고, 게다가 철책을 잡고 가면 제니가 턱 끝까지 차오르는 똥물에서 중심을 잃고 넘어질 가능성도 한결 줄어들 것 같았다.

"에… 철책 높이가 2.5미터 정도니까 그걸 옆으로 뉘인 다음, 양쪽에 남자 둘이 잡아서 균형을 잡고 제니가 가운데에서 보조를 맞춰가며 걸으면 되겠네."

"케블라 장갑 끼고, 그 위에 고무장갑도 끼고, 그렇게 하고 잡으면 안전할 것 같아요."

"그래, 그럼 그렇게 세 명이 앞장서고, 보안관이랑 한 명이 바짝 붙어서 카트를 끌고 따라가는 걸로 하자. 혹시라도 무슨 일이 있을 때 철책을 잡고 버티고 있으면 보안관이 곧바로 도와주면 되니까. 그럼 누가 어떤 위치에 서서 가느냐 정하는 것만 남은 건가?"

"그거야 따로 정할 필요도 없지, 뭐. 삼식이랑 유빈이, 네가 철책을 잡아. 나랑 신입이 카트를 끌고 갈게."

보안관의 결정에 신입이 끼어든다.

"아… 나도 철책 잡고 가는 게 더 좋은데……. 내가 잡을게."

위험해 보이는 선봉을 자처하는 게 이상한지 보안관이 물었다.

"야, 너답지 않잖아. 앞장을 서겠다니, 왜 그래? 무슨 꿍꿍이야?"

"꿍꿍이라니, 그런 거 없어. 그냥… 그게 더 하고 싶은 것뿐이지."

신입이 말을 제대로 맺지 못한다. 눈을 가늘게 뜨고 그를 노려보던 삼식이가 손바닥을 탁, 친다.

"아하, 이제 알겠다! 너… 맨 뒤에 처져서 가는 게 무섭구나? 누가 뒤에서 확 끌어당길까 봐? 하하하, 하여간!"

"지, 지랄 마! 이 미친 새끼야! 누구를 무슨 어린애인 줄 아나?"

신입이 목소리를 높인다. 목덜미까지 벌개져서 펄펄 뛰는 걸 보니 정곡을 찔린 모양이다. 보안관이 신입의 어깨를 꽉 잡고 귀에 속삭였다.

"만약에 무슨 일 났을 때 철책 놓고 달아나면 네 대가리부터 찍을 거야. 그러니까 자신 없으면 뒤에 서."

뚫어져라 쳐다보는 보안관의 눈에서는 진심이 뚝뚝 떨어진다.

흠, 흠, 신입은 잠시 헛기침을 하며 서 있다가 말했다.

"그냥 더 힘이 들더라도 내가 카트 끌고 가는 게 낫겠다. 이럴 때일수록 누군가는 희생을 해야지."

보안관이 무슨 말을 했는지 모르는 나머지 세 사람은 신입의 변덕을 이해하지 못했지만, 그냥 그런가 보다 하고 넘어갔다. 유빈이 종이 쪼가리에 볼펜을 끄적거리면서 지하 통로를 건너기 전에 해야 할 일들을 나열했다.

"보안관, 너 일단 팔에 랩부터 감아."

"랩? 음식 포장하는 비닐? 그건 왜?"

"너 팔 찢어진 데 아직 딱지도 제대로 안 앉았잖아. 거기에 저 똥물 들어가지 말라고 하는 거지. 물 새지 않게 서너 겹으로 튼튼하게 감아. 움직이는 데 방해가 되면 안 되니까 관절 주변은 놔두고."

"그건 제가 감아드릴게요. 저 때문에 다친 거니까."

제니가 손을 번쩍 들자 보안관은 형언할 수 없이 흐뭇한 미소를 짓는다. 똥물에 잠수하기 위해 준비를 하는 건데, 그의 표정만 보자면 남태평양의 해변에서 선크림을 발라주겠다는 말을 들은 사람 같다.

"좋아, 그럼 너희는 랩 가지러 슈퍼 가는 길에 비닐봉지랑 샴푸, 비누, 수건, 고무장갑 이런 것 좀 챙겨다 줘. 종량제 비닐 100리터짜리 알지? 그거랑 생수는 많이 필요할 테니까 넉넉하게 가지고 와. 나머지는⋯ 각자 갈아입을 옷이랑 신발 챙겨. 혹시 내가 말하지 않은 거 있어?"

각자 갈라져서 준비를 마친 일행은 30여 분 뒤, 다시 지하 통로 앞에서 만났다. 애초 유빈이 주장했던 3일치 식량과 물에 새로운 준비물들까지 더해지자 카트 두 개를 준비한 게 그리 과하지 않아 보였다.

"그건 뭐야?"

난데없이 야구 모자를 돌려 쓰고 나타난 유빈을 보고 보안관이 물었다. 게다가 모자 위에는 덕 테이프로 고정시킨 분유 깡통이 달려 있어 난해하기 그지없다. 송곳으로 구멍을 숭숭 뚫어놓은 플라스틱 뚜껑에는 라이터도 끼워져 있다. 구멍 사이로 휘발유 냄새가 살짝 풍긴다.

"이거… 보험이야."

"무슨 보험이 담배를 댓 갑이나 머리에 쓰고 가는 거야?"

뚜껑을 열어본 보안관은 고개를 갸웃거리면서도 더 캐묻지 않고 짐을 옮겼다. 테이프로 입구를 꽁꽁 봉쇄해 둔 커다란 비닐봉지들을 계단 아래에까지 미리 옮겨놓고 카트와 철망을 들고 내려갔다.

"들어가기 전에 이거."

삼식이가 내민 것은 싸구려 물안경이었다.

"편의점에 네 개 만 원짜리로 들여놨더라. 여름 대목을 노린 거였겠지. 전부 이거 써. 혹시라도 물에 잠길 일이 생기면 이렇게 허접한 물건이라도 있고 없고 차이가 클 거야."

케블라 장갑, 그 위에 고무장갑, 싸구려 물안경, 그리고 머리에는 헤드 랜턴. 이게 다섯 명의 표준 장비다. 각자 등에 멘 배낭 속에는 비닐로 꽁꽁 싸둔 옷과 신발, 비누와 수건이 들어 있다.

"잠시만요."

물에 몸을 담그기 전, 제니는 길고 치렁치렁한 갈색머리를 전부 틀어 올려 머리 위로 묶고 비닐로 덮었다. 그녀의 흰 목덜미를 보며 보안관과 신입이 동시에 침을 꿀떡 삼킨다.

"준비 다 됐지? 자, 그럼 들어간다."

철망의 왼쪽 끝을 잡고 유빈이 가장 먼저 물속으로 몸을 집어

넣었다. 팔뚝만 한 쥐의 시체가 배를 드러낸 채 천천히 떠내려온다. 유빈은 이마를 찌푸리며 물을 휘저어서 죽은 쥐를 밀어내 버렸다.

그가 철망을 잡고 있는 뒤쪽으로, 나머지 네 사람은 카트를 물속에 집어넣고 거기에 차곡차곡 짐을 담았다. 보안관은 야구 배트를 카트에 끼워 넣고 대신 짧은 망치를 택했다. 물에 몸이 잠긴 상황에서는 아무래도 리치가 짧은 무기가 낫다.

"잘 잡았어?"

철망을 잡고 나란히 선 제니와 삼식이에게 유빈이 물었다.

"하아~ 하아~ 오빠, 저 진짜 이럴 때 유난 떨고 싶지는 않은데, 냄새가 너무… 숨쉬기가 어려워요. 이거… 지금 떠내려오는 거… 설마 똥?"

까치발을 하고 키를 높인 제니가 숨을 몰아쉬며 괴로워한다. 그녀의 오뚝한 콧날과 똥물 수면과의 거리는 손가락 하나 길이 정도밖에 되지 않는다. 물방울이 튀면 입술에 닿을 만큼 가깝다. 그만큼 악취도 더 직접적으로 강하게 느껴질 것이다.

그러는 순간에도 그녀의 시선 반대쪽에 또 죽은 쥐가 떠온다. 삼식이는 티 내지 않고 얼른 꼬리를 집어 뒤쪽으로 던져 버렸다.

"조금만 참아. 여기만 건너가면 힘든 건 다 끝나. 그다음엔 보송보송한 새 옷으로 갈아입고 11킬로미터만 가면 돼. 그러면 대피소에서 안전하게 저녁을 먹을 수 있어."

"후우~ 후우~ 네, 알아요. 후우~ 이제 가요."

몇 번 입으로 숨을 몰아쉰 제니가 살짝 고개를 끄덕인다. 그것을 신호로 철망조는 다시 움직이기 시작했다. 내려오기 전 연습했던 대로 왼발을 먼저 내디디면서 철망을 슬쩍 밀었다.

조금만 가면 된다고 했지만, 헤드 랜턴의 빛이 중간까지밖에 미치지 않을 만큼 지하 통로는 결코 짧지 않았다. 그리고 출렁이는 흙탕물이 주는 압박감 때문에 평소보다 몇 배나 더 길어 보였다. 발밑이 보이지 않기 때문에 보폭도 짧아질 수밖에 없다.

하아~ 하아~ 그들은 가능하면 입으로 숨을 쉬기 위해 노력하면서 천천히 한 발, 한 발을 내디뎠다. 물속에서 카트를 민다는 게 꽤 힘이 들어서 뒤따라오는 신입과 보안관도 진땀을 흘려야 했다.

"저기, 저거……."

삼분의 일 지점쯤에서 삼식이가 나지막하게 중얼거렸다. 유빈도 보았다. 통로 저 끝 쪽에 뭔가 둥둥 떠 있다. 젖은 머리카락, 축 늘어져서 자연스럽게 떠오른 등짝… 분명히 죽은 사람의 형태다.

중요한 것은 저놈이 그저 단순한 시체인지, 아니면 좀비인지 하는 점이다. 시체는 잔잔한 물의 흐름에 따라 아주 천천히 돌고 있었다.

"좀비야?"

보안관이 물었다. 삼식이가 고개를 젓는다.

"울부짖지 않는 걸로 봐서는 그냥 죽은 사람 같기는 한데… 좀비가 물에 빠지면 어떻게 되는지 한 번도 본 적이 없으니 뭐라고 단정하기가 어렵네."

"하긴… 좀비 시체일 수도 있어. 계단 위쪽에서 우리가 여러 마리 죽였었잖아."

유빈이 혼잣말처럼 중얼거리며 고개를 끄덕인다. 말은 그렇게 했어도 찜찜하다. 시체가 있는 물속에서 계속 걷는다는 것만 해도 불과 며칠 전에는 기절할 만큼 끔찍한 일이었으니까. 시체 썩은 물이 고스란히 옷 속으로 흘러 들어올 것만 같다. 만에 하나 저게 좀비라면 더 말할 것도 없다.

"아, 정말 싫다. 씨발, 저기를 지나가야 돼?"

신입이 인상을 쓰며 버릇처럼 침을 탁, 뱉었다. 침은 물 위에 둥둥 떠서 다시 그의 옷 가슴팍에 달라붙었다.

후우~ 크게 한숨을 쉰 유빈이 말했다.

"복잡하게 생각하지 마. 시체면 그냥 옆으로 밀어 치우면 돼. 시체 많이 봤잖아. 그리고 저게 다른 거라고 해도 우리는 가야 돼."

모두는 달아나고 싶은 충동을 꾹 누르고 다시 전진했다. 그리고 마침내 시체에서 2미터 내외까지 접근하게 되었다.

"천천히 가."

카트를 놓고 다가온 보안관이 망치를 잡은 손에 힘을 주며 말했다. 세 사람은 심장이 쿵쾅거리는 것을 느끼며 천천히 한 발짝씩을 내디뎠다. 공교롭게도 시체는 제니가 선 곳을 향해 느리게 떠온다.

"으으으~"

울상을 짓는 제니의 몸이 점점 더 뒤로, 그리고 유빈 쪽으로 향한다. 한쪽 귀가 물에 잠길 것처럼 기울었는데도 정작 그녀는 자신이 그렇게 행동하고 있다는 걸 인식하지 못하는 듯하다.

출렁~ 철망에 닿은 시체가 빙그르르 돈다. 눈알이 달아난 채 쾅하니 뚫려 있는 눈구멍, 반쯤 벌어진 썩은 입술, 뻣뻣하게 굳은 얼굴 근육을 보니 확실히 움직일 수 없는 상태라는 걸 알 수 있다.

모두의 입에서 안도의 한숨이 새어 나올 때, 시체와 눈높이가 같은 제니는 금방이라도 울 것 같은 목소리로 중얼거린다.

"어떡해, 어떡해. 눈 마주쳤어요……. 으아아~"

그녀의 숨이 엄청나게 가빠진다. 너무 기울어져서 물에 빠지기 직전에 보안관은 얼른 제니의 옷깃을 잡아 똑바로 일으켜 세웠다. 그러고는 말했다.

"괜찮아, 괜찮아. 제니야, 진정해. 숨 크게 쉬어. 눈만 감으면 아무 일도 없어. 이제 다 끝났어."

보안관이 한 팔로 제니를 안아 올려주며 진정시키는 동안 유빈과 삼식이가 철망을 비스듬히 밀어서 시체를 한쪽으로 떠내려 보냈다. 또다시 빙글 돌았을 때 시체의 뒤통수가 드러난다.

가까이에서 보니 해머에 맞아 박살 난 게 분명해 보이는, 움푹한 상처가 있다. 기억나지는 않지만, 아마 요 며칠 새 보안관이 끝장을 낸 좀비인 모양이다.

첨벙, 첨벙.

혼자만 뒤처진 신입이 물보라가 제 얼굴에 튀든 말든 허겁지겁 뛰며 다른 사람과의 거리를 줄인다.

좀비의 시체를 한쪽 구석으로 몰아넣고 나서 일행은 지하 통로의 끝에 도착했다. 실제로 그 안에서 보낸 시간은 불과 몇 분 정도였겠지만, 체감되는 피로는 그것의 수십 배 이상이다. 계단을 통해 비쳐 드는 햇살을 보자 안도의 한숨이 저절로 나온다.

"여기 있어봐. 내가 먼저 보고 올게."

위쪽을 살피던 유빈이 철망을 한쪽으로 밀어놓고 조심스레 계단을 밟으며 올라섰다.

"서둘러. 얘 거의 패닉 직전이야."

유빈의 뒤통수에 대고 보안관이 애타는 목소리로 말했다. 신입도 한마디 보탠다.

"나도 씨발⋯ 토할 거 같아. 우읍⋯ 후우."

그런 말들에 흔들리지 않고 유빈은 난간을 잡으며 한 계단씩 시야를 넓혔다. 여기까지 잘 와서 서두르다가 일을 그르치면 안 된다.

5

철책과 옅은 구릉까지밖에는 보이지 않지만, 다행히 경전철 역 쪽은 아직 평화로워 보였다. 철책 한 칸을 떼어내 바닥에 설치해 둔 트랩도 그대로다. 이 부근에는 아직 좀비들이 오지 않은 것이다.

휴우, 경전철역 위까지 올라가 본 뒤에야 안도한 유빈은 자기도 모르게 버릇처럼 얼굴의 비지땀을 손바닥으로 훑었다. 물론 곧바로 실수를 깨달았다.

"우엑— 카아! 퉤! 퉤엣!"

정신없이 침을 뱉고 나서 유빈은 다시 지하 통로로 돌아왔다.

"어때?"

삼식이가 묻는다.

"응, 올라와도 돼. 여기는 깨끗해."

우와아아, 흥분한 삼식이가 앞장을 서고, 보안관이 제니를 안고 두 계단씩 뛰어 올라왔다. 일단 맑은 공기를 쐬고 싶다.

"너희 둘은 여기 있어. 금방 짐 가지고 올게."

유빈이 다시 계단을 내려가며 제니와 보안관에게 말했다.

"저, 저도 도울게요."

"그냥 숨이나 좀 돌려. 이미 충분히 도와줬어. 정말 용감하게 잘 건넜어."

후들거리는 다리로 다시 일어서려는 제니의 손을 잡으며 보안관이 말했다. 유빈과 삼식이도 같은 생각이었다. 제니는 허망

한 얼굴로 조금 전 벗어난 지하 통로를 돌아보았다. 저 안에서 무한한 지옥에 빠져 버린 것처럼 괴롭고 무서웠던 기억이 거짓말 같다.

지나고 나서 보니 별것도 아닌데… 언젠가는 지금 이렇게 힘들었던 모든 시간들도 그저 꽤 견딜 만했던 추억의 편린으로 여겨지게 될까……

짐과 카트를 전부 따로 끌어 올려서 역까지 가져가는 데만도 시간이 제법 걸렸다. 창문이 깨진 정도만 빼면 역 건물에는 태풍이 미친 피해가 없는 것처럼 보였다.

산책로 건너 언덕의 코롤라와 오피러스도 그들이 세워놓았던 모습 그대로 서 있다. 혹시 좀비가 들어가지는 않았을까 해서 경전철역 건물 내부를 살펴보고 났을 때쯤에는 다들 녹초가 되어버렸다. 물론 악취가 큰 원인을 차지했다.

"먼저 씻고 나와. 여기에서 기다릴게."

보안관이 비닐에서 벗겨낸 생수병과 비누를 제니에게 건넸다.

"이 냄새… 안 지워질 것 같아요."

제니가 엉망으로 더럽혀진 자신의 배낭 냄새를 맡으며 눈살을 찌푸린다.

"내 생각에도 쉽게 빠질 냄새는 아니긴 해. 저기… 혹시 잘 안 되거든 먼저 이걸로 닦고 비누를 써봐."

유빈이 제니에게 준 것은 짙은 푸른색의 리스테린 병이었다.

"이건 구강청결제잖아요. 이런 게 효과가 있어요?"

"영화에서 봤는데, 미국 FBI가 살인 사건 현장에서 냄새를 지울 때도 이걸 사용한대. 물론 다른 약품들도 같이 쓰겠지만……."

"FBI가 청소를 한다고요?"

"아… 그게 아닌가? FBI가 용역을 주는 거였나? 뭐, 어쨌든 살균도 되는 거니까 손해 볼 일은 없을 것 같아. 그게 싫으면 주방 세제를 줄까? 기름때 만지는 사람들은 이걸로 손을 닦거든."

"아뇨, 오빠 말대로 해볼게요. 그 파란색만 봐도 뭔가 진정되는 것 같아요."

제니는 가볍게 웃으며 짐을 챙겨 역 1층의 화장실 안으로 들어갔다. 화장실이라고는 해도 아직 개시도 하지 않은 건물이니 깨끗하다.

"짜잔!"

20여 분 뒤, 제니가 옷을 갈아입고 나왔을 때, 다들 약간, 아니, 조금 많이 놀랐다. 제니는 엄청 짧은 반바지에 운동화, 몸에 딱 달라붙는 자전거 라이더용 티셔츠를 입고 환하게 웃으며 모두의 앞에서 한 바퀴 빙그르르 돌았다. 지퍼가 내려진 라이더 티셔츠 사이로 가슴골이 뚜렷하게 보인다. 예전에 TV에서 보던 제니의 모습이다.

"이제 11킬로미터만 가면 대피소라면서요? 그래서 이렇게 입었어요. 이제 걸을 일 없으니까. 어때요, 보안관 오빠. 예뻐요?"

"응? 으응… 예뻐. 엄청 예쁘긴 한데……."

보안관이 떨떠름한 표정을 짓는다. 유빈도, 신입도 비슷하다. 그런 남자들의 얼굴을 가만히 쳐다보던 제니가 훗, 코웃음을 친다.

"보안관 오빠가 무슨 생각 하는지 내가 맞춰볼까요?"

"내 생각? 나 그다지 별생각 없는……."

"에이, 솔직히 이런 생각하잖아요. 저 계집애, 우리랑 있을 때는 주구장창 긴바지만 입고 비싸게 굴더니, 이제 사람들 많은 곳에 간다니까 저렇게 홀랑 까고 나왔구나. 치사하다. 나쁜 년, 나는 정말 진심으로 잘해줬는데 그동안 우리를 이용만 했던 거구나… 이런 생각 했죠? 그쵸?"

"아, 아냐, 아냐! 그 정도까지는 아니고."

섭섭한 마음을 들킨 보안관이 말을 더듬는다. 제니는 씨익 웃는다.

"하하하, 오빠들은 아직 어리네요. 생각해 보세요. 거기를 누가 지킬 건지. 군인이나 경찰들이잖아요. 전부 남자라고요. 그러니까 제 바지가 짧을수록……."

그러면서 제니는 도발적으로 긴 머리카락을 휘날리며 한쪽 다리를 들어 역 계단 위에 척 걸쳤다. 그녀의 희고 탄력 있는 허벅지 안쪽을 라이브로는 처음 본 남자들은 자기도 모르게 끄응,

하고 앓는 소리를 냈다.

"…우리가 받는 대우는 더 좋아질 거라고요. 이런 게 바로 전략이라는 거죠. 그리고 그 전략은!"

제니는 티셔츠의 지퍼를 5센티미터 정도 더 아래로 내렸다. 단단한 라이크라 섬유에 의해 갇혀 있던 커다란 가슴이 흔들리고, 핫 핑크색의 스포츠 브라가 언뜻 비친다. 보안관과 신입이 헉, 하는 소리와 함께 엉덩이를 뒤로 뺀다.

"이 지퍼가 내려가도 비슷한 효과가 나지요. 얼마나 확실한 전략인지는 다들 몸으로 확인하셨죠?"

제니는 눈을 내리깐 채 잘난 척을 한다. 몸의 특정 부위에 한꺼번에 피가 쏠린 세 남자는 바지 주머니에 손을 넣고 어떻게든 그 변화를 드러내지 않으려 애를 썼다. 엉거주춤한 자세로 서 있지 않은 건 삼식이뿐이다.

산책로와 벌판이 이어진 곳에는 차가 들어오지 못하도록 막아둔 돌기둥이 나란히 늘어서 있다. 그중 세 개는 부숴 넘어뜨려야 차가 빠져나올 수 있다.

옷을 갈아입고 나온 남자들이 차로 짐을 옮겨 싣는 동안, 보안관은 트렁크에서 꺼낸 해머로 돌기둥을 열심히 후려갈겼다.

제니의 말을 들은 이후 계속 생각에 잠겨 있던 유빈이 머뭇거리며 말을 꺼냈다.

"그런데 말이야… 대접 받는 것도 좋지만, 나는 그렇게 입고 가는 게 아무래도… 걔들이 어떤지 모르지만, 너무 흥분을 시키면 좀 위험하지 않을까 해서… 차라리 조금 푸대접을 받더라도 안전한 게…….”

그 문제로 의논을 하지는 않았지만, 보안관도 비슷한 걱정을 하고 있었다. 자동차 지붕 위에 서서 망원경으로 벌판을 살피고 있던 제니가 무슨 뜻인지 알겠다는 듯 고개를 끄덕인다.

“이렇게 입고 갔다가 몹쓸 짓 당할까 봐요?”

“응? 으음, 뭐, 굳이 말하자면 그런 이야기지.”

“거기 분위기가 그렇다면 어차피 제가 누구인지 아는 순간, 똑같은 일이 일어날 거예요. 아무리 허술하게 입고 가도 마찬가지고요. 하지만 저는 대피소에 질서가 유지되고 있을 거라고 믿고 싶어요. 지금으로서는 거기가 유일한 희망이니까.”

“거기가 어떤 곳이든 간에 너한테 다른 놈이 손대는 일은 없어! 그런 놈들은 내가 다 죽여 버릴 거야!”

보안관이 해머로 돌기둥을 세차게 후려갈기며 소리친다. 말만 들어도 피가 거꾸로 솟는 모양이다.

“어! 와요! 와요!”

제니가 다급하게 외쳤다.

엑! 진짜?

삼식이가 얼른 뛰어 올라가서 망원경을 건네받았다.

“정말이네! 이런 젠장, 차가 지나갈 수 있을 만큼 길을 트려면 아직 시간이 좀 있어야 하는데!”

"어느 쪽에서 와? 몇 마리나 되는데?"

유빈이 아까 보험이라고 불렀던 모자와 분유 깡통을 챙겨 들며 물었다.

"10시! 몇 마리냐면… 에, 대충만 봐도 스무 마리는 넘어. 하여간 꽤 많아. 어, 유빈이, 너 어디 가? 가지 마, 위험해!"

"괜찮아. 놈들 근처까지는 안 가!"

유빈은 깡통을 옆구리에 끼고 열 시 방향으로 뛰었다. 그리고 아직 좀비들이 꽤 멀리 있을 때, 뚜껑을 열고 불을 붙였다. 담배가 활활 타오르는 것을 확인한 유빈은 얼른 뚜껑을 닫고 테이프로 위아래를 동여 묶었다.

"이야아~!"

그들의 위치로부터 먼 방향을 향해 힘껏 깡통을 집어 던졌다. 풀밭 위로 날아가 떨어진 깡통의 구멍 사이로 흰 연기가 모락모락 피어오르는 것을 확인한 유빈은 다시 일행을 향해 뛰었다.

저놈들을 끌어들인 게 불인지, 탄 냄새인지, 아니면 삼식이의 재떨이에서 풍겨 나오는 찌든 담배 냄새인지 알 수 없으니까 그 세 가지를 모두 캔 하나에 담아보았다. 셋 중에 하나만이라도 걸려라 하는 심정이었다.

저 허술한 미끼가 어느 정도나 효과를 발휘할 수 있을지는 모른다. 하지만 가능성은 꽤 높다고 생각했다. 단 몇 분만이라도 놈들의 발을 묶어줄 수 있다면……

"뭐하고 온 거야, 대체? 놀랐잖아."

방전이 돼버린 보안관을 대신해서 세 번째 돌기둥을 향해 해머를 휘두르던 삼식이가 물었다. 보안관은 물집이 터져 버린 손으로 열심히 볼트를 풀어 철책을 뜯어내고 있다. 신입조차도 새파랗게 질려서 부지런히 스패너를 돌린다.

지금 빨리 여기에서 달아나야 한다. 또다시 저 좁고 더러운 지하 통로의 물을 건너갈 수는 없다. 모두의 얼굴에 똑같은 생각이 드러난다. 삼식이에게서 해머를 넘겨받으며 유빈이 물었다.

"좀비들 어때? 아직도 이쪽으로 걸어와?"

콰앙—!

돌기둥에 해머가 부딪치자 손바닥이 찢어지는 것 같아 유빈은 이를 악물었다. 그동안의 노동으로 생긴 굳은살이 무색한 고통이다. 이런 걸 참으면서 기둥을 두 개나 박살 낸 보안관이 새삼 대단하게 느껴진다.

"아니, 방향을 좀 트는가 싶었는데, 아까부터 멈춰 있어요. 신기하네요. 대체 무슨 마술을 부렸기에 쟤들이 저기에서 멍하니 서 있는 거죠?"

효과가 있다! 얼마나 지속될는지는 모르지만, 적어도 저 방법이 놈들의 관심을 끈다는 건 확인했다!

유빈은 두근거리는 마음으로 힘껏 해머를 휘둘렀다. 아드레날린이 솟아 잠시 고통을 이기는가 싶었지만, 몸은 정직해서 곧바로 한계를 알린다. 아무리 멀쩡한 척하려고 애를 써도 해머를 휘두르는 강도가 눈에 띄게 약해져 버렸다.

"교대!"

보안관이 다시 유빈으로부터 해머를 빼앗아 쥐고서 돌기둥을 후려갈겼다.

쩡―! 쩡―!

벌써 소리의 클래스가 다르다. 그리고 한 번 더 해머를 맞은 돌기둥이 굵은 쇠 볼트와 함께 자빠진다. 길이 열렸다.

"가자! 다들 타!"

주먹을 불끈 쥐어 보인 보안관은 지붕에 서 있던 제니를 안아 내리며 코롤라의 운전석에 뛰어올랐다. 유빈도 오피러스의 기어를 D로 바꾸었다. 트렁크에 마지막 짐을 실은 삼식이와 신입이 좌석 깊숙이 기댄다.

부우우웅―

완만한 언덕길을 내려간 두 대의 자동차는 아직 물기가 남은 산책로를 따라 기분 좋게 달리기 시작했다.

11,200, 11,100, 11,000······.

순식간에 바닥의 숫자가 확확 줄어든다.

"우와~ 이 정도 페이스면 금방이겠는데?"

간만에 담배를 피워 문 삼식이가 황홀한 표정으로 연기를 내뿜으며 중얼거렸다. 뒷자리에 앉은 신입도 라이터를 열심히 켜고 있다. 기침이 좀 나기는 했지만, 유빈은 별 잔소리를 하지 않았다. 다들 상을 받을 자격이 있다.

물론 가장 큰 상을 받은 사람은 보안관이다. 섹시한 복장의 제니를 옆자리에 태우고 달리게 된 보안관은 껍질이 벗겨져 피가 나는 손바닥으로 핸들을 돌리면서도 아픈 줄을 모를 만큼 흥분해 있었다.

200여 미터를 더 전진하자 T자형 교차로에서 두 개의 산책로가 합쳐졌다. 위쪽으로는 높다란 고가도로가 보인다.

"저거, 북부간선도로 맞죠?"

그저 단순한 고가도로일 뿐이지만 제니에게는 뭔가 특별하게 느껴졌다. 막연하게 골목과 벌판이라는 개념 속에 갇혔다고 느끼고 있던 그들 앞에 처음으로 어딘가와 연결된 게 확실한, 명칭을 아는 길이 나타난 것이다.

으, 응, 보안관은 전방에서 눈을 떼지 못하고 건성으로 대답했다. 좁은 산책로인데다 물난리가 휩쓸고 가며 낸 생채기가 여기저기 움푹움푹 파여 있어서 방심할 수가 없다. 보안관이 심상치 않다는 걸 눈치챈 제니가 핸들을 꽉 쥔 그의 손 위에 자신의 손을 겹쳐 다독이며 말했다.

"이제 좀 천천히 가도 돼요. 우리 꽤 멀리 왔어요."

그 말을 듣고서야 진정이 된 보안관은 가속 페달에서 발을 떼고 속도를 줄인다.

"그, 그러게. 내가 왜 이렇게 밟았지?"

미처 인식하지 못했지만, 그 역시 어지간히 두려웠던 모양이다. 아직도 벌렁거리며 격하게 뛰는 심장이 그 증거다.

"그 물속에서 엄청 무서웠을 텐데도 너는 침착하구나. 살면서 그렇게 더러운 일도, 또 그렇게 무서운 일도 아마 처음 겪었을 텐데."

애정이 가득한 시선으로 제니를 보며 보안관이 말했다.

음, 잠시 생각하던 제니가 고개를 저었다.

"아니에요. 더 무서웠던 적도 있고, 더 더러운 일도 있었어요."

"진짜?"

"네, 유감스럽게도 그러네요. 그때는 테라랑 같이 있어서 그나마 참을 수 있었지만요. 그런 것보다 이것 좀 마셔요, 오빠. 아까부터 계속 일하느라 물도 제대로 못 마셨죠?"

제니가 뚜껑을 열고 물병을 입에 대준다. 황송하다는 표정으로 물을 받아 마시던 보안관이 갑자기 진지해져서 물었다.

"저기⋯ 지금 이렇게 잘해주는 것도 혹시 그 아까 말했던⋯ 전략이라는 개념에 들어가는 거야?"

"에? 설마요? 오빠도 참, 왜 그런 생각을 해요?"

"사실⋯ 네가 그렇게 입고 가면 더 좋은 대우를 받을 수 있다고 했을 때 좀 놀랐어. 나는 닳고 닳은 여우 같은 애들이나 그런 생각을 하는 줄 알았었거든⋯⋯."

"하하하, 저 여우같이 닳고 닳은 애 맞아요. 아이돌이라는 게 원래 순진한 사람들 홀려서 지갑을 열게 만드는 직업이잖아요. 그리고 별처럼 많은 아이돌들 중에서도 테라랑 제가 제일 많은 사람들을 홀렸었고요. 우리는 그런 일에 익숙해요. 다리를 보여주고, 웃어주고, 진심이 아니어도 남들의 호감을 사는 일… 아마 테라가 제 상황이었더라도 비슷한 컨셉으로 입을 옷을 골랐을걸요."

보안관의 눈이 조금 슬퍼졌다. 중랑천을 만나면서 산책로는 다시 합쳐졌다. 그리고 여러 개의 물길이 하나로 만나게 될 때마다 더 강해진 물살은 길을 뭉텅이째로 뜯어내 놓은 바람에 운전이 더 조심스럽다. 잠시 침묵하던 제니가 다시 입을 열었다.

"하지만 그렇다고 해서 영혼이 없다는 말은 아니에요. 진심으로 대해야 하는 사람들과 그렇지 않은 사람을 분간할 정도는 되거든요. 오빠들 앞에서 거짓으로 웃은 적은 한 번도 없어요. 앞으로도 늘 그럴 거예요."

보안관은 속도를 줄이고 제니를 돌아보았다. 분홍색 입술이 너무 예뻐서 지금 그냥 확 덮쳐 버리고 싶다. 어디 입술뿐인가… 저 다리! 저 가슴! 저…….

하아아~ 자신도 모르게 한숨을 내쉰 보안관은 도리질을 쳐서 뇌의 거의 전부를 꽉 채운 망상을 겨우 몰아냈다. '왼쪽 길은 동부간선도로인가 봐요' 따위 제니가 하는 말들은 하나도 귀에 들어오지 않는다.

한 번 불이 붙어버린 마음속에는 오로지 그녀를 꽉 껴안고 미친 듯이 키스를 퍼붓고 싶은 욕망만이 가득하다. 산책로를 따라 배치된 몇 개의 농구장과 자전거 연습장을 지나는 동안 하천 쪽으로 무성하게 자라 있는 갈대가 흔들리며 분위기를 더 로맨틱하게 만들어준다.

하지만 완만한 코너를 돌았을 때, 갑자기 냉혹한 현실이 모습을 드러내며 보안관의 환상을 박살 내버렸다.

6

"이, 이런 젠장!"

브레이크를 밟으며 보안관은 욕설을 내뱉었다. 좁아져 있는 길 위로 굵직한 가로수가 뿌리째 뽑혀 쓰러져 있다. 그것도 연이어 세 그루나. 아마도 한쪽 방향으로 뻗어 있던 가지들이 강풍에 흔들리면서 이 사달이 난 모양이다.

"끄응~!"

차에서 내린 보안관은 나무를 밀 수 있는지 용을 써봤다. 꿈쩍도 않는다.

"막혔네."

뒤차에서 내린 삼식이가 나무를 뒤꿈치로 쿵쿵, 차본다. 신입까지 참견을 하기 위해 내렸다.

"밧줄이나 그런 걸로 묶어서 차로 끌어내면 되잖아. 어… 저 새끼, 저거 뭐야? 어딜 도망가?"

신입이 말을 하다 말고 소리를 지른다. 돌아보니 유빈은 차를 후진시키고 있다.

위이잉—

오피러스는 순식간에 코너를 빠져나가 시야 밖으로 사라져 버렸다. 신입이 갈라진 목소리로 생난리를 친다.

"아니, 저 미친 새끼, 뭐하는 거야? 15분만 차로 달리면 한강이네 어쩌네 하더니… 야, 이 개새끼야! 우릴 여기다 내려두고서 혼자 도망가냐?"

삼식이가 크게 하품을 하고 나서 손가락으로 신입의 코끝을 튕긴다.

"바보냐, 너? 혹시 몰라서 차를 돌려놓으려고 빼는 거잖아. 여기는 차 한 대가 겨우 지나갈 정도니까."

"뭐, 뭐라고? 차를 왜 돌려?"

"길이 막혔는데 지금 당장에라도 저쪽에서 좀비들이 달려오면 어떻게 할래? 아니면 저 위에서 뚝 떨어질 수도 있고. 하여간 그런 경우에는 다시 차를 몰아야 한단 말이야."

삼식이는 약간의 거리를 두고 평행선을 그리고 있는 동부간선도로와 50여 미터 전방을 가로지르는 육교를 가리켰다. 도로 위에는 며칠째 그 자리에 방치되었을 게 분명한 자동차들이 꼬리를 물고 서 있다.

삼식이의 말이 끝나기도 전에 다시 타이어가 젖은 바닥과 모래를 훑으며 가까워지는 소리가 들린다. 후진으로 들어온 오피러스는 코롤라와 10여 미터의 거리를 두고 코너 끝에 멈춰 섰다.

"아, 난감하네. 좀 길이 넓은 데서라도 자빠질 것이지. 이러면 피해 갈 수도 없잖아."

차의 시동을 걸어두고 내린 유빈이 쓰러져 있는 나무들을 보며 머리를 긁적인다. 아름드리에 가까운 나무들이 나란히 세 그루나 부러지고 뽑혀 누워 있다.

"시간도 많이 늦었는데."

삼식이가 시계를 확인하고 나서 주변을 두리번거린다.

"좀 전에도 말했었는데, 줄로 묶어서 차로 끌어내. 그러면 되잖아. 새끼들, 머리를 좀 써라."

신입이 답답하다는 듯 충고한다. 유빈은 고개를 저었다.

"저런 나무가 얼마나 무거운데. 세로 방향에서 당기는 거라면 또 모르겠지만, 가로로 누운 거라서 승용차로 끌어서는 어림도 없어. 버텨낼 수 있는 줄도 없고."

"빨랫줄 잔뜩 챙기더구만. 그걸로 안 돼?"

"당연히 끊어지지. 그런 걸로 될 것 같으면 더 굵은 밧줄들은 왜 만들어놨겠냐. 후우, 대체 여기가 어디야. 상봉? 저 진입로로 들어가서 좌회전하면 상봉역으로 가는 건가 본데?"

사방을 두리번거리던 보안관이 개천 건너편의 도로 표지판을 보고 중얼거린다.

"상봉이면 얼마나 온 거예요, 우리가 있던 데에서?"

제니가 물었다. 유빈이 곧바로 일러준다.

"내리기 직전에 거리계를 봤더니 3.4킬로미터 조금 못 왔더라."

"미묘하네. 그 정도면 멀리 온 것도 아니고, 그렇다고 복지 센터 근처라고도 못하겠네."

아무 생각 없이 담배를 입에 가져갔던 삼식이가 멈칫한다. 아까 좀비들의 발을 묶어두기 위해 유빈이 던진 깡통이 생각난 것이다.

"피워도 될까, 이거?"

"솔직히 모르겠어. 좀비들이 끌리는 게 그것 때문인지, 아니면 불 때문인지. 하여간 불안한 건 사실이야. 마음 같아서는 이참에 끊으라고 말하고 싶긴 한데, 그건 또 너무 가혹한 거겠지."

히잉— 유빈의 말에 삼식이는 애처로운 표정을 짓는다. 유빈은 피식 웃었다.

"차 안에 들어가서 창문 다 닫고 피우면 그나마 낫지 않을까? 꽁초도 밖에다 버리지 말고 빈병에다 모으고."

"오케이. 금방 한 대만 피우고 올게."

삼식이와 신입이 자동차로 뛰어가는 동안 제니는 트렁크에서 약상자를 꺼내 와 보안관의 손바닥에 소독약을 바르고 붕대를 감아준다. 돌기둥을 해머로 내려치느라 그의 손바닥은 그야말로 너덜너덜하다. 나무를 보며 고개를 갸웃거리던 유빈이 보안관에게 말했다.

"길을 트려면 아무래도 몇 토막으로 잘라야겠지? 한 덩어리로는 답이 안 나오겠어."

"자르는 것도 일이겠다. 시간깨나 잡아먹겠는데."

"저 굵은 걸 뭐로 잘라요?"

테이프로 붕대를 고정시키던 제니가 묻는다.

"나무 자르는 거야 톱이지, 뭐."

"톱? 우리한테 없잖아요."

"…저 위쪽으로 올라가서 구해 와야지. 여기도 사람 사는 동네니까 철물점 정도야 있을 거고."

"하아~ 괜찮을까요? 여기는 아는 동네도 아닌데."

제니가 한숨을 쉬며 주변을 둘러본다. 그들이 위치한 산책로에서 비스듬히 10여 미터만 올라가면 동부간선도로가 있고, 그 도로를 넘어가면 다시 민가다. 별다른 높은 건물이 눈에 띄지 않는, 전형적인 변두리의 모습이었다. 개천 반대편에 수십 동이 넘는 대단지 아파트들이 즐비하게 늘어서 있는 것과 선명하게 대조를 이룬다.

"그래도 저쪽보다야 나을걸? 사람들이 많이 살던 곳이니까 아파트 단지에는 아무래도 좀비가 남아 있을 가능성도 더 커."

보안관이 이마의 땀을 훔치며 말했다. 며칠 전, 산 위에 올라갔다가 목격한, 좀비들에 포위되어 있던 아파트의 광경이 떠오른 것이다.

"벌써 세 시가 넘었네. 아침부터 준비해서 꽤나 서두른다고 서둘렀는데……."

시간을 확인한 유빈은 해머를 꺼내 보안관에게 건네고, 자신은 야구 배트를 들었다.

"어디 가려고요? 삼식이 오빠 아직 안 왔는데."

"그냥 우리 둘이 후딱 다녀와 보려고. 그렇게 큰일 없을 거야."

그렇게 말하며 유빈은 코롤라 안에 있던 개인용 배낭 두 개를 꺼냈다. 출발하기 전, 그가 하나씩 표준 장비를 챙겨 넣어놓은 것들이다. 그래도 혹시 몰라 그는 가방 앞주머니를 열고 라이터 기름과 라이터가 들어 있는지를 확인했다.

"싫어요, 다 같이 가요."

제니가 유빈의 가방을 빼앗는다. 유빈은 제니의 다리로 시선을 주었다. 희고 매끈하고 길다. 하지만 동시에 약하다.

"그런 바지 입고는 저길 못 지나가… 댓 걸음도 못 가서 발목이 다 긁힐걸. 피투성이 된다고."

제니는 유빈이 가리키는 방향으로 고개를 돌렸다. 경사로에는 관리를 받지 못한 덕에 제 마음대로 무성하게 자라난 잡초들과 키 작은 나무들이 가득 얽혀 있다.

"양말, 긴 양말 가져왔잖아요. 두 개 겹쳐 신을게요. 두꺼운 등산 양말이에요."

다급하게 짐을 뒤지는 제니의 손목을 보안관이 잡았다.

"제니야, 이 동네… 우리가 한 번도 가보지 않은 곳이야. 위험할지도 몰라."

위험할지도 몰라, 라는 말을 할 때 보안관은 의도적으로 목소리를 낮췄다. 그렇게 하면 제니가 겁을 먹을 거라고 생각했다. 하지만 제니는 담담하게 그의 손을 다독이며 대답했다.

"…그러니까 같이 가고 싶어요."

그 한마디에 감동 받아서 완전히 녹아버린 보안관은 더 이상 저항하지 못하고 순순히 물러났다. 하긴 처음 만나 속옷 가게 2층집에서 탈출했던 날에 그녀는 빼어난 달리기 실력을 입증했었다. 그리고 높다란 철책을 뛰어넘을 때에도 구르지 않고 정확하게 착지했을 만큼 운동 능력도 좋다. 그녀의 고집을 이미 경험해 본 유빈은 더 말을 보태지 않고 내버려 두었다.

"아, 올라가는 거야? 공구 찾으러?"

담배를 피우고 돌아온 삼식이가 장비를 갖추고 있던 유빈에게 물었다.

응, 유빈은 고개를 끄덕였다. 신입은 아무 말도 없이 서서 콧구멍만 벌렁거리고 있다. 양말을 겹쳐 종아리 위까지 올려 신고 있는 제니를 빤히 쳐다보느라 혼이 빠진 모양이다.

"삼식이, 너 담배 어디다 챙겼어? 두 보루 정도 줘봐. 여차하면 아까처럼 그거라도 써봐야지."

오피러스 트렁크에서 담배를 한 무더기 가져온 삼식이가 신입을 가리키며 걱정스러운 표정을 짓는다.

"근데 나랑 얘는 무기가 없는데……."

"어차피 그렇게 전원이 싸울 일은 없어. 위험하면 다른 동네로 가면 되니까. 올라가 봐서 아니다 싶으면 곧바로 도망쳐야 돼."

유빈이 야구 배트를 삼식이에게 건네며 말했다.

흠, 삼식이가 다 찌그러진 배트를 잡고 스윙 연습을 할 때, 바로 직전까지 제니에게 혼이 팔려 있던 신입이 고개를 돌렸다.

"그럼 나는 여기서 차를 지킬게."

말 같지도 않은 핑계였지만, 보안관은 그냥 고개를 끄덕여 주었다.

"그래, 좋을 대로 하는데… 담배 피우고 창문 열어놓지나 마라."

신입은 열쇠 하나만으로는 아직 불안했는지 한술 더 뜬다.

"너희 차 열쇠도 나한테 맡겨봐. 내가 유턴시켜 놓을 테니까."

"이걸 달라고?"

보안관은 열쇠를 빙글 돌려 주머니에 집어넣은 뒤 콧방귀를 뀌었다.

"네가 말 안 했으면 그냥 차에 두고 갈 뻔했다, 이 사악한 새끼야. 남을 믿는 법을 좀 배워라. 이제 그럴 때도 되지 않았냐?"

얼굴이 벌게진 신입을 놔두고 네 사람은 비스듬한 경사로를 올랐다. 풀은 발이 푹 빠질 만큼 자라 있고, 그 바닥은 물기 덕분에 온통 진창이다. 긴 바지를 입고 있는데도 가느다란 나뭇가지가 찌를 때면 저절로 눈살이 찌푸려진다.

아야야, 앞장서서 걷던 삼식이의 입에서 가벼운 신음이 흘러

나온다. 보안관은 해머를 지팡이처럼 짚어 길을 트면서 제니의 손을 잡아주었다.

"엉망이구나, 여기도."

동부간선도로 위에 올라서서 꽉 막힌 자동차들을 보며 삼식이가 중얼거렸다. 문을 열어놓은 채 버려두고 간 차들이 대부분이고, 서로 들이받아 박살이 난 차들도 간혹 눈에 띄었다.

"차라리 이 차들 중에 멀쩡한 걸 골라서 타고 내려가면 안 돼요? 그러면 나무로 막힌 데를 지나칠 수 있잖아요."

제니가 유빈에게 물었다.

"경사로가 꽤 가파른데다가 진창이어서 위험하기도 하고… 또 일단 이걸 제거해야 내려갈 수 있잖아."

유빈은 추락 방지용 철제 펜스를 두드리며 말했다.

"이것도 해체하려면 공구가 있어야 하니까 이래저래 공구상은 찾아야 돼. 이만큼 큰 사이즈 볼트를 풀 수 있는 스패너는 우리한테 없거든."

삼식이가 가장 먼저 높다란 철책을 기어 올라가 중간에 걸터앉았다. 그러고는 망원경을 꺼내 도로 건너편의 마을을 살폈다.

"어때? 뭐가 좀 보여?"

"음, 지금 보이는 데까지는 조용해. 그런데 집들에 가려져서 멀리까지는 안 보여. 이쪽이 지대가 좀 높은가 봐."

일단 넘어가 보기로 했다. 이번에도 제니는 다른 사람들 애먹이지 않고 풀쩍 뛰어 사뿐히 바닥에 내려앉았다. 철책 너머에는 동부간선도로의 소음을 막기 위해 설치해 둔 녹지와 폭이 좁은 공원, 좁은 4차선 우회로, 그 우회로를 따라 지어진 나지막한 집들이 나란히 늘어서 있다. 4차선 도로에 발을 디디며 보안관이 투덜거린다.

"여기까지도 차들이 이렇게 많아? 젠장, 길이 안 막힌 데가 없구만."

"보안관, 이쪽에서 걸어. 집들 있는 쪽에 붙지 마."

"그건 또 왜 그렇지?"

"우리 번화가에서 도망치던 때 생각해 봐. 2층, 3층 가리지 않고 좀비들이 뛰어내리잖아. 게다가 유리 조각까지 쏟아지지. 좁은 데서 그러면 빼도 박도 못해. 가급적이면 넓은 길 가운데로 가야 돼."

그렇게 말하며 유빈은 멈춰 서 있는 자동차 보닛과 트렁크를 드라이버로 긁어 별 모양 표시를 해두었다. 철책 넘어온 위치가 헷갈릴 경우를 대비해서다.

낯선 동네 속으로 더 깊이 들어갈수록 그들의 가슴은 빠르게 뛰었다. 다행히 아직까지 젖어 있는 바닥에 좀비 발자국은 보이지 않는다. 그렇게 10여 분을 더 걸은 일행은 재래시장 골목을 만났다. 아케이드 시장답게 도로 양쪽으로는 점포들이 죽 늘어서 있고, 위쪽에는 연두색 투명 패널로 만든 지붕이 골목 전체에 걸쳐 길게 덮여 있다.

"…으아, 이거 봐."

거리 여기저기 엎어져 있는 시체들과 넘어진 스쿠터들을 보며 삼식이가 중얼거린다. 목을 물어 뜯겨 잘렸거나, 머리가 깨진 채 죽은 시체들이다. 패널 지붕 덕에 태풍의 영향을 거의 받지 않아 상가의 유리창마다 말라붙어 있는 핏자국들이 선명하다.

이곳에서도 역시 대참극이 벌어졌었음을 알려준다. 평범하게 장을 보러 나왔던 사람들과 가게를 지키고 있던 상인들이 좀비들에게 쫓기고 물어 뜯겨지는 광경이 고스란히 상상되었다.

"들어가지 말자. 너무 좁아……."

유빈의 말이 떨어지기가 무섭게 골목 저 끝 코너에서 뭔가가 터벅터벅 걸어 나온다. 사람인지 아닌지 확인하기도 전에 일행은 얼른 입간판 뒤로 숨었다.

한 마리, 두 마리, 세 마리… 늘어나는 좀비들의 수에 비례해서 그들은 점점 더 깊이 허리를 숙였고, 더 멀리 뒷걸음질을 쳤다. 다섯 걸음을 뒤로 물러났다. 100여 미터 앞에는 좀비 다섯 마리가 우뚝 서서 고개를 이쪽으로 향하고 있다.

"우리… 들켰을까?"

타이어에 기대앉은 삼식이가 놀란 가슴을 눌러 진정시키면서 속삭였다. 몇 번이나 경험을 했는데도 갑작스레 저놈들과 맞닥뜨리는 건 도무지 적응이 안 된다.

"내가 볼게."

놈들의 동태를 살피기 위해 슬쩍 고개를 내밀어본 보안관은 허겁지겁 배낭을 벗고 해머를 집어 들었다. 말로 굳이 전하지는 않지만, 그게 무슨 의미인지 알아들은 나머지 세 사람도 얼른 몸을 일으켰다. 다섯 마리 좀비들이 전속력을 다해 이쪽으로 뛰어오고 있다.

"뒤로 빠져!"

보안관이 자세를 잡으며 외쳤다. 삼식이가 제니를 붙잡고 뒤쪽으로 뛴다. 유빈은 배트를 꽉 쥔 채 5미터 정도의 거리를 두고 보안관과 나란히 섰다. 혹시라도 보안관을 지나쳐 달려오는 놈을 처리하기 위해서다. 그런 일이 없으면 더 좋겠지만…….

그라아아아―!

10초도 걸리지 않아 바로 코앞까지 내달려온 놈들이 아가리를 벌리고 포효한다. 풀쩍, 가장 앞서 달리던 놈이 자빠진 스쿠터를 뛰어넘었다. 그리고… 콰당! 요란한 소리를 내며 바닥에 얼굴을 찧는다.

목뼈가 꺾여 버릴 만큼 호되게 부딪친 좀비는 더 이상 움직이지 못했다. 너무도 의외의 전개여서 엄청 긴장하고 있던 유빈조차 웃음이 터질 뻔했다.

하지만 곧바로 덮쳐 오는 두 번째, 세 번째 좀비의 끔찍한 비주얼이 그 웃음기를 싹 거두어가 버렸다.

그와아아―

좀비가 보안관의 목덜미를 향해 풀쩍 뛰었다. 기다리고 있던 보안관은 허리를 힘껏 돌려 놈의 얼굴을 해머로 박살 냈다. 그러고는 한 바퀴를 회전해서 세 번째 좀비의 관자놀이를 힘껏 후려갈겼다.

쩌억—!

뼈가 으스러지는 소리. 하지만 유빈에게도 눈을 돌릴 여유 같은 건 없다. 유독 그를 향해 일직선으로 달려오는 놈이 하나 있었기 때문이다. 하나, 둘… 타이밍을 재던 유빈은 이를 악물고 배트를 돌렸다.

부우웅—

그러나 거리가 조금 부족했다. 찌그러진 알루미늄 배트는 좀비의 머리가 아니라 아래턱과 이빨들을 몽땅 날려 버렸다.

"이런!"

휘청한 좀비가 금방 다시 중심을 잡고 유빈을 향해 달려든다. 유빈은 뒷걸음질을 치면서 마구잡이로 배트를 휘둘렀다.

빠악— 빠악—

손과 머리를 계속 얻어맞으면서도 좀비는 좀처럼 쓰러져 주지를 않는다. 툭, 등에 벽이 닿았다. 더 이상 물러날 수 없다. 유빈은 배트를 짧게 돌려서 이빨이 없어져 버린 좀비의 턱을 쳐 올렸다. 그리고 놈이 주춤하는 틈을 놓치지 않고 있는 힘껏 정수리를 내려쳤다.

"하아~ 하아~"

겨우 놈을 끝장낸 유빈은 가쁜 숨을 몰아쉬며 보안관 쪽으로 고개를 돌렸다. 보안관은 벌써 세 놈째의 대갈통을 박살 내버리고 도와주기 위해 이쪽으로 뛰어오던 중이었다.

"넌 여태까지 이런 걸 들고 용케 싸웠다. 때려봐야 잘 죽지도 않는데……."

"너무 찌그러져서 그래. 처음에는 꽤 괜찮았어. 일단 가벼워서 휘두르기가 좋잖아."

"어쨌든 공구상에 가면 무기가 될 만한 것도 좀 챙겨야겠어. 이걸로는 안 돼."

유빈은 야구 배트를 바닥에 짚으며 중얼거렸다. 어쩌나 긴장해서 용을 썼는지 팔이 후들거린다.

"괜찮아요? 혹시 다친 거 아니죠?"

제니가 다가와 유빈의 등을 짚으며 걱정스러운 얼굴로 묻는다.

"아니."

유빈은 고개를 저었다. 안심한 제니가 다시 보안관에게 고개를 돌리자 보안관은 찡긋 윙크를 하며 오른팔의 이두박근에 힘을 꽉 주어 보인다.

"이런 놈들은 대체 왜 다른 놈들이랑 같이 안 몰려다니고 따로 떨어져서 저희들끼리만 서성거리는지 모르겠네."

유빈이 투덜거리자 보안관도 고개를 끄덕인다.

"하긴… 번화가에도 이런 것들 있었지. 행렬에 참가 안 하고 어정거리던 좀비들."

"근데 저놈은 뭐지? 좀비로 변하기 전 직업이 코미디언이었나?"

스쿠터를 뛰어넘다가 미끄러져 목뼈가 부러져 죽은 좀비를 턱으로 가리키며 삼식이가 물었다. 네 사람은 천천히 놈이 자빠져 있는 아케이드 안쪽으로 다가가 보았다.

벌어진 아가리, 축 늘어진 혀, 미동조차 없는 손가락… 녀석은 확실히 죽었다.

"혹시… 이거 때문이었을까요?"

놈의 발이 미끄러진 곳 근처에는 썩을 대로 썩은 야채들이 쏟아져 있었다. 아마 배달을 나가던 스쿠터가 넘어지면서 바닥에 엎은 것 같다. 야채 더미 한가운데에는 방금 생긴 것으로 보이는 움푹 팬 자국이 남아 있다.

"그러니까 이런 거네. 풀 스피드로 달리다가 장애물이 있어서 점프를 했는데, 하필이면 착지한 지점에 썩은 야채가 있었다. 큭큭큭, 이렇게 날로 먹는 경우도 다 있구나. 바나나 껍질이었으면 더 그럴듯했을 텐데."

삼식이가 킥킥거리는 동안 유빈은 중요한 깨달음을 또 하나 얻은 것 같았다.

"…그래, 이놈들이 아무리 빠르고 힘이 세도 우리랑 똑같은 신발을 신고 다니는 거였지……. 바닥이 미끄러우면 자빠지는 거야. 그리고 어쩌면 더 치명적일지도 모르겠어. 이것들은 다른 놈이 미끄러지는 걸 봐도 거기에서 아무것도 배우지를 못하니까."

"참내… 그게 그렇게 진지한 목소리로 웅얼거릴 만큼 대단한 발견이냐? 이것들 돌대가리인 건 예전부터 알았잖아. 이러면서 시간 보내지 말고 빨리 공구상이나 찾자. 해 질라."

좀비의 신발 바닥을 홀린 듯이 바라보고 서 있는 유빈을 잡아 끌며 보안관이 말했다.

응, 응. 그래, 가자.

대답은 그렇게 했어도 돌아서서 걸어가는 동안 유빈은 여전히 생각에 잠겨 혼자 고개를 끄덕거리기까지 했다. 얼마 동안 더 헤맨 끝에 공구상을 발견한 보안관이 입을 열었다.

"됐다! 찾았다."

쇼윈도 선반에 걸려 있는 여러 가지 전동 공구들이 그들을 향해 유혹의 손짓을 보낸다.

대로변에 위치한, 열 평 남짓한 가게였다.

쨍강―!

잠겨 있던 유리문을 배트로 깬 유빈은 손을 넣어 자물쇠를 돌렸다.

"사방에서 난리가 났었을 텐데 문까지 잠그고 도망쳤네. 꼼꼼하기도 해라."

삼식이가 안으로 한 발을 내디디려 하자, 보안관이 어깨를 붙잡는다.

"그 반대일 수도 있어. 그러니까 기다려 봐."

혹시 안쪽에 좀비가 된 가게 주인이 숨어 있을지 몰라 네 사람은 잠시 바깥에서 시간을 보냈다. 양쪽 선반에 공구들이 빼곡하게 걸려 있는 가게 내부는 두 사람이 겨우 걸어갈 수 있을 정도로 좁았고, 저 안으로 들어가면 손잡이가 긴 무기는 휘두를 수 없다.

"이 정도 시간을 줬는데도 안 뛰어나오면 없는 거겠지."

그렇게 말한 보안관은 입구에 해머를 내려놓고 선반에 걸려 있던 망치를 집어 들었다.

탱―

스테인리스 선반을 망치로 가볍게 두들겼다. 여전히 가게 안은 조용하다.

"톱이랑 작업용 장갑부터 챙기자."

숨어 있는 좀비는 없다고 결론을 내린 보안관이 앞장을 섰다. 그와 제니가 새 공구 가방에 손에 닿는 대로 장비들을 집어넣는 동안 삼식이는 플래시를 들고 가게 안쪽으로 더 들어갔다. 유빈은 망을 보는 역할을 맡았다.

"500미리짜리가 없네. 이걸로는 너무 짧아서 중간에 걸릴 텐데……."

보안관은 톱들을 뒤적이며 아쉽다는 듯 중얼거렸다. 손도끼를 찾은 제니가 묻는다.

"오빠, 이걸로 하면 어때요?"

"아, 그것만으로는 어림도 없지만, 필요하기는 해. 무기로도 쓸 수 있을까?"

도끼와 망치, 두툼한 용접용 장갑에 고글, 대형 스패너까지 챙기긴 했지만, 보안관은 여전히 마음이 차지 않았다. 날 길이 30센티미터가 겨우 넘는 막톱으로 그 굵은 나무들을 자를 생각을 하면 한숨이 나온다.

"저런 것들은 못 써요? 날이 엄청 무서운데."

제니가 가리킨 것은 쇼윈도에 전시되어 있는 회전날 원형톱이다.

"음, 못 써. 저런 거는 다 전기로 움직이는 거야. 야… 삼식아, 뭐하냐? 이제 가자!"

포기한 보안관이 아쉬운 대로 챙겨서 돌아가려고 할 때, 안쪽 깊숙이 들어갔던 삼식이가 회색 가방을 메고 돌아왔다. 가방의 모양이 평범하지 않다. 그리고 왼손에는 주유구가 두 개인 작은 기름통이 들려 있다.

"이거 봐, 보안관! 이 통 보면 생각나는 거 없냐?"

"너 설마……."

"그래, 맞아! 전기톱! 그것도 허스크바나 거야!"

가방의 지퍼를 연 삼식이가 뿌듯한 미소를 지어 보인다. 주황색 엔진에 주황색 톱날 커버, 전기톱이다. 보안관도 눈이 휘둥그레져서 웃는다.

"어디 봐! 오, 390! 3시리즈네. 근데 암만 봐도 새거는 아닌데?"

"그게 뭐가 중요해? 가게 주인이 쓰던 건가 보지. 구리스 칠도 잘되어 있으니까 그게 오히려 더 좋아."

"저기요, 오빠… 전기를 못 쓰는데……."

제니가 끼어들었다. 그녀의 말이 무슨 의미인지 잠시 뒤에야 깨달은 보안관과 삼식이는 배를 쥐며 웃었다. 제니는 여전히 어리둥절한 얼굴이다.

"왜… 그렇게 웃어요?"

"아, 제니야. 이번 거는 좀 좋았어. 굉장히 맹해 보였다. 하하하."

삼식이가 겨우 웃음을 진정시키며 말했다.

"이름만 전기톱이지, 사실은 기름으로 움직이는 거야. 이거, 전기하고는 아무 상관 없어."

삼식이가 제니를 더 놀리고 싶어 낄낄거리고 있을 때, 웃음소리를 들은 유빈이 가게 안으로 머리를 집어넣으며 다그친다.

"야, 너희 장난 그만 치고 빨리 나와! 가자! 하여간 겁도 없는 새끼들이라니까."

"하하하, 잔소리 대장 시아버지 납셨다. 일하자! 일!"

유빈이까지 손길을 더하자 작업에 속도가 붙어 대형 공구 가방 세 개가 금방 꽉 찬다. 들고 온 해머와 야구 배트 때문에 손에 여유가 없다는 것이 아쉬울 지경이다.

"그런데 말이야, 슬슬 돌아가는 길이 헷갈리기 시작했어. 이쪽인가?"

다시 거리로 나와 좌우를 두리번거리며 삼식이가 말했다. 처음 와보는 동네에서 아무렇게나 헤매면서 온 것이라 충분히 있을 수 있는 반응이다.

"저리로 가야 돼."

유빈이 자동차를 가리킨다. 문손잡이 높이로 얇게, 그러나 꽤 깊게 생채기가 나 페인트가 벗겨져 있다.

"저렇게 긁어놓은 것만 보고 따라가면 돼. 코너 돌 때마다 첫 번째 보이는 차들은 드라이버로 다 긁었어."

"아항~ 헨젤과 그레텔 같네요. 역시 꼼꼼해."

제니가 유빈의 어깨를 툭, 치고 앞서 뛰어간다. 공구상 하나만 목적으로 하고 달려오던 때와 달리, 돌아가는 동안에는 더 많은 것들이 눈에 들어왔다. 특히 길거리 구석마다 세워둔 자전거가 매혹적으로 보인다.

"힘들여서 톱질하지 말고 차라리 저런 거 하나씩 타고 가버릴까? 거리만 놓고 보면 이제 8킬로미터도 안 남은 거잖아. 짐 다 버리고 배낭 하나씩만 메고 가면 금방 도착할 텐데."

삼식이의 제안에 유빈이 고개를 저었다.

"에이, 그건 너무 극단적이다. 그렇게 했다가 만약에 한강까지 가서 아무것도 없으면 그땐 어떻게 할래? 당장 마실 물도 모자라면 정말 죽을 맛일걸?"

보안관도 유빈의 편을 들었다.

"아무래도 자전거는 자동차만 못해. 그거 타고 가다가 육교에서 뛰어내리는 좀비라도 걸리면 힘도 못 써보고 죽어. 나도 반대야. 엇, 저기 제니다."

보안관이 이야기를 하다 말고 손가락질한 것은 건물 옥외 광고판에 붙은 커다란 에어컨 광고였다. 사진 속에서 흰색과 파란색 짧은 원피스를 입은 핑크 펀치 두 명은 신형 에어컨 옆에 선 채 환하게 웃고 있다. 보고 있는 것만으로도 겨드랑이를 적시고 있는 땀까지 다 들어갈 것같이 시원해 보인다.

잠시 넋을 놓고 광고를 올려다보던 보안관은 바로 곁에 서 있는 실제 제니를 돌아본다.

"…사방에 네 얼굴이구나."

보안관이 감격스럽다는 듯 중얼거린다. 조금 전, 그녀의 포스터가 붙은 화장품 가게 앞을 지나온 터라 그가 느끼는 뿌듯함은 몇 배나 더 컸다. 제니는 부끄럽다는 듯 얼굴을 두 팔로 가렸다.

"크으, 저때 사진 보니까 괜히 창피해지네요. 그동안 통 관리 못 받아서 엉망일 텐데."

"아냐, 너 무지하게 예뻐. 저 사진보다 훨씬 더 예뻐."

보안관의 입에서 사랑에 폭 빠진 남자의 전형적인 대사가 나온다. 제니는 기분 좋게 웃으며 보안관의 등짝을 때렸다.

"하하, 하여간 이 오빠는 부끄러움이라는 걸 모른다니까. 말만이라도 고맙네요. 그만 구경하고 이제 빨리 가요."

아무렇지 않게 그런 이야기들을 하며 빠른 걸음으로 걷던 그들은 아케이드 시장 앞에서 잠시 망연자실해졌다.

"…여기가 정말 조금 전에 우리가 지나갔던 데 맞아?"

주변의 광경을 돌아보며 보안관이 믿을 수 없다는 듯 중얼거렸다. 불과 수십여 분 전에 쓰러뜨렸던 좀비들이 걸레처럼 짓뭉개져 있었다. 로드킬을 당한 고양이나 개의 시체가 지나는 차들에 반복적으로 깔려 터진 모양과 비슷하면서도 조금 다르다. 그리 육중하지 않은 무게로 수십, 수백 번 밟고 지나가는 동안 훼손된 모습이었다. 그리고 놈들의 몸에서 터져 나온 체액에는 신발 자국이 선명히 찍혀 있다.

"더럽게 많기도 하네."

삼식이가 한숨을 내쉰다. 어지러운 발자국들의 수와 모양으로 미루어 적어도 수십, 아마 수백의 커다란 좀비 무리가 이 길을 걸었다는 걸 알 수 있었다.

"우리가 여길 지나간 지 얼마나 됐지? 20분? 30분? 그 사이에 이놈들이 여길 지난 거야."

"그 생각 하니까 토할 것 같다. 타이밍이 조금만 어긋났으면 꼼짝없이 당할 뻔했잖아."

일행은 예외 없이 몸서리를 쳤다. 보안관이 옥외 광고판에 정신이 팔려 멍하니 몇 분을 그대로 보내지 않고 걸음을 서둘렀더라면, 이 좀비 행렬의 꼬리와 맞닥뜨렸을지도 모른다.

그들의 걸음이 빨라졌다. 이곳 역시 그 지긋지긋한 좀비 떼가 지배하고 있다는 걸 확인하고 나니, 호기심은 저 멀리 사라져 버리고 1초라도 빨리 벗어나야겠다는 마음뿐이다.

"아, 저 등신 같은 새끼 진짜……."

다시 힘겹게 철책을 넘었을 때, 발아래 산책로의 모습이 눈에 들어오자 보안관이 으르렁거린다. 오피러스의 창문 사이로 연기가 뿜어져 나왔다가 바람에 흩어지는 게 똑똑히 보였기 때문이다. 흥분한 보안관은 제니를 챙기는 것도 잊고 곧바로 비탈길을 뛰어 내려가 오피러스의 창문을 두들겼다.

"야이 개새끼야! 담배 어떻게 피우라고 했어! 창문 닫으라고 했지! 그 간단한 약속도 못 지키냐?"

백미러로 보안관이 오는 것을 보고 급하게 창문을 올린 신입은 식은땀을 흘리며 차에서 내린다. 그러고는 콸콸 흘러가는 물살 속에 피우던 담배를 집어 던졌다.

"다, 닫았잖아! 너도 지금 보다시피 닫고 피웠다고!"

"지랄하지 마. 네가 서둘러서 창문 올린 걸 모를 줄 알고 구라 치냐? 사방에 냄새가 자욱한데! 이 멍청한 새끼가 진짜 누구를 죽이고 싶어서 안달이 났나!"

"글쎄, 아니라는데 자꾸 왜 생사람 잡아! 힘 좀 세다고 증거도 없이 이래도 되냐, 응? 아, 존나 억울하다고! 야, 삼식아! 얘 좀 어떻게 해봐!"

보안관에게 멱살이 잡혀 차에 떠밀려 있던 신입은 삼식이에게 도움을 청했다. 삼식이는 자동차 안에 뒹굴고 있는 생수병

재떨이를 잠시 응시했다. 한 시간여 만에 피운 꽁초가 한 갑 가까이 된다. 음료수도 어지간히 먹어 치웠다.

불안과 초조를 덜기 위해 담배는 계속 피우게 되고, 그러자니 꽉 막힌 차 안에서 숨은 못 쉬겠고…… . 신입이 창문을 열어놓고 뻐끔거린 이유는 대충 알 것 같다. 삼식이는 보안관의 어깨를 가볍게 두들겼다.

"결론적으로 별일 없었잖아. 어차피 저 나무만 잘라 버리고 한강까지 가면 더 이상 이런 일로 시비할 일도 없어. 그러니까 빨리 톱질이나 하자."

씩씩거리던 보안관은 멱살을 쥔 손에 마지막으로 한 번 더 힘을 주며 말했다.

"내가 너를 버리고 가게 하지 마라, 이 새끼야."

길을 막고 누운 나무 쪽으로 보안관이 걸어가 버린 다음, 신입은 삼식이를 돌아보며 투덜거렸다.

"저 새끼 말이 너무 심한 거 아니냐? 담배 몇 대 피웠기로 사람을 버리고 간다고? 쳇, 농담이겠지?"

"아니, 눈동자를 보니까 농담이 아닌 것 같던데."

삼식이가 모처럼 장난기 없는 얼굴을 보이자 신입은 또 식은 땀을 흘린다. 삼식이는 공구 가방에서 쪼개기용 도끼 하나를 꺼내 건네며 말했다.

"그냥 내색을 하느냐 마느냐 하는 차이만 있는 거지, 실은 네가 불안한 만큼 우리도 불안해. 조금 전에도 이거 구하러 갔다가 좀비들이랑 마주쳤었어. 죽을 뻔했다고. 게다가 길은 막혔지. 저 동네에 지금도 돌아다니는 수백 마리가 네 담배 냄새에 끌려서 오면 막을 방법도 없어. 상황이 그러니까 평소보다 날카로워지는 게 하나도 안 이상한 거야. 네 사정만 생각하지 마."

마른침을 꿀꺽 삼킨 신입은 도끼의 커버도 벗겨내지 않고 서둘러 보안관의 곁으로 다가갔다. 일하는 시늉이라도 해서 점수를 만회하려는 모양이다.

"…도울게. 뭘 하면 돼?"

신입이 쭈뼛거리며 말을 걸었을 때, 보안관은 막 전기톱의 초크를 빼고 스타터를 잡아당기는 중이었다. 보기만 해도 무시무시한 신무기를 마주한 신입의 눈동자가 욕심으로 빛난다. 한쪽 발로 손잡이를 밟고 있던 보안관은 신입을 돌아보고 그새 훨씬 가라앉은 목소리로 말했다.

"…물러나서 좀 기다려. 내가 나무에 쐐기 박을 자리를 만들어줄 테니까, 삼식이랑 쪼개."

푸드득— 우우웅—

전기톱에 시동이 걸렸다. 보안관은 손잡이를 잡고 나무 앞에 섰다. 고정되어 있는 나무를 얇게 자르는 게 아니어서 일단 전기톱을 이용해 V자로 나무를 잘라내고 그 자리에 도끼를 박아 해머로 내려쳐 끊는 수밖에 없다. 시간이 꽤나 걸리겠지만, 회전 톱날이 나무 사이에 끼는 것보다는 낫다.

우웅— 우우우우웅—

요란한 소리와 함께 톱날이 돌고 금방 사방으로 톱밥이 튀어 오른다.

"야, 저거 진짜 쩔기는 한다. 이거 끝나고 나면 저거는 나 줘라. 네가 보안관한테 말 좀 잘해줘 봐."

코롤라 보닛에 기대서 보안관이 작업하는 모습을 구경하고 있던 신입이 삼식이에게 소곤거린다. 이쯤 되면 성격이 좋다고 해야 할지, 뇌의 어떤 부분이 없다고 해야 할지… 조금 전 그렇게 구박을 받고 나서도 신입은 좀처럼 기가 죽는 법이 없다.

콧구멍이 벌렁거리는 모습을 보니, 네일 건을 욕심낼 때보다도 두 배는 더 흥분한 모양새였다.

아하암, 가볍게 하품을 한 삼식이가 도리질을 한다.

"네 손에 저거 들어가면 우리가 불안해서 안 돼."

"흥, 새끼. 너한테 안 휘두른다. 쫄기는."

"그런 게 아냐. 우리가 저걸 맨 처음 봤을 때 조국남 반장님이 했던 이야기를 너한테도 그대로 해줘야겠군."

"뭔 헛소리야, 등신아."

신입에게 얼굴을 가까이 가져다 댄 삼식이가 작업반장의 목소리를 흉내 내며 말했다.

"이거는 장난감이 아니다. 아주 아주 위험한 연장이고, 전문가들도 늘 긴장하면서 만져야 하는 물건이다. 호기심에 함부로 건드리지 마라."

"위험한 거 누가 모르냐, 이 새끼야. 갖다 대기면 하면 그냥 존나 잘라내는 거 아니냐. 그러니까 내가 무기로 쓰겠다고! 너희는 해머다 배트다 해서 다들 무기 하나씩 있잖아."

아휴~ 삼식이는 탄식을 하고 나서 자신의 손을 전기톱처럼 흔들어 댔다.

"잘 들어봐. 네가 전기톱을 잡았다고 치자. 기름까지 합하면 무게가 5킬로 정도 되고, 90㏄ 엔진이 진동을 하니까 실제로 느끼기에는 그것보다 더 무거워. 그러니까 네 마음대로 잘 다루어지지 않는다고. 자, 한참 스타터를 당겨서 시동 걸렸어. 손잡이를 위아래로 꽉 쥐면 톱날이 돈다. 우우웅! 근데 저게 은근히 예민해서 단단한 물건에 잘못된 각도로 들어가기라도 하면 톱날이 곧바로 팍 튀어. 뒷바꾸가 일어난다고. 그러면 어떻게 될 것 같아? 위이잉―!"

삼식이는 톱이라고 가정한 손날로 신입의 허벅지를 내려친 뒤, 빠르게 문댔다.

"그러면 네 허벅지에 박혀서 계속 도는 거야. 그런데 당황한 너는 손을 놓는 것도, 왼손으로 브레이크를 거는 것도 다 잊어먹고 비명만 존나 지르는 거지. 으아악! 나 좀 살려줘! 하지만 우리가 가까이가기도 전에 톱날은 벌써 핏줄을 다 자르고 뼈를 토막 내고 있지! 피로 범벅이 된 우리 신입의 짧은 다리뼈를! 위이잉! 위이잉!"

"그만 문대! 이 미친 새끼야! 재수 없게 왜 만날 남의 다리를 자르는 시늉을 해! 저번에도 그러더니! 주기 싫으면 주기 싫다고 솔직히 말을 할 것이지, 왜 개소리를 꾸며 대!"

신입은 삼식이의 손을 쳐내며 발끈한다. 삼식이는 여전히 웃지 않으면서 말을 마무리했다.

"꾸며 대는 이야기가 아니야. 전기톱 쓰는 아저씨들이 뭣 때문에 비싼 안전 작업복을 사서 입고 안전화를 챙겨 신겠냐? 다 혹시라도 사고가 났을 때 조금이라도 덜 다쳐 보려고 그러는 거란 말이야. 내가 장담하는데, 네가 저거 주물럭거렸다가는 한시간 내에 어디 하나 날아간다. 그게 손가락이기만 해도 운이 좋은 거고, 만약 허벅지나 발이면 그냥 죽는 거야, 지혈이 안 돼서. 그러니까 제발 쓸데없는 욕심 부리지 말라고. 저게 좀비보다 더 위험할 수도 있어."

"계속 지껄여라, 난 안 들으니까."

신입은 두 귀를 틀어막은 채 고개를 돌린다.

"그래도 저 둘은 나름 잘 어울려서 노네요. 삼식이 오빠는 대체 무슨 이야기를 하는 걸까요?"

유빈과 함께 늦은 점심 식사를 준비하던 제니가 신입―삼식 콤비의 모습을 보며 묻는다.

응? 잠시 시선을 두던 유빈은 따로 대꾸하지 않고 트렁크에서 음식들을 꺼냈다. 점심 식사 준비라고는 하지만, 그저 캔이나 봉지에 들었던 음식들과 1회용 포크, 물 같은 것들을 사람 수만큼 찾아 꺼내놓는 것뿐이다.

불 지른 자동차에 몰려든 놈들을 한 번 보고 나니 찝찝해서 도무지 불을 피울 엄두가 나지 않는다. 더운 여름이라 캔에서 음식을 갓 꺼내도 별로 차갑지는 않다는 게 그나마 다행이었다. 오늘의 늦은 점심은 데우지 않은 햇반, 참치 캔, 그리고 봉지에 든 김과 튜브에 든 고추장이다. 어제저녁도, 그리고 오늘 아침도 비슷했다.

"어휴~ 사치스러운 말이라는 건 잘 알지만요, 이런 거 말고 얼큰한 국물이 엄청 그립네요. 날도 더운데… 이상하죠?"

이마의 땀을 닦으며 제니가 중얼거린다.

"이상할 게 뭐 있어. 나도 그래. 한국 사람 대부분 그렇지 않을까? 어이! 보안관! 밥 먹고 해! 준비 다 됐어!"

"오빠 뭐가 젤 먹고 싶었어요?"

"음, 어제부터 계속 김치찌개가 먹고 싶더라고."

"아하! 전에 제가 해줬던 그거요?"

제니가 해줬던 거라면… 그 김치를 물에 목욕시키고 대책 없이 계속 끓이기만 하던 음식이 아닌가.

유빈은 어이없다는 눈으로 제니를 보며 도리질을 했다.

"그… 그런 것보다 더 제대로 만든 것 있잖아. 목살 듬뿍 넣고 끓여서 김치 야들야들해진 김치찌개. 후우, 근데 이제 그런 건 정말 다시 먹어볼 수 없겠지. 김치는 다 쉬어 꼬부라졌고, 돼지고기 같은 걸 어디서 구할 수 있을 리도 없고 말이야. 세상이 예전처럼 돌아가면 그때나 먹게 되겠지. 야, 그건 정말 꿈같은 소리다."

"더 꿈같은 이야기 하나 해줄까요?"

제니가 유빈의 손을 가볍게 토닥이더니 한쪽 눈을 찡긋한다.

"그때가 되면 그 찌개 제가 만들어줄게요. 이 예쁜 손으로!"

예쁘다……

제니의 모습을 보고 감탄하면서도 유빈은 가슴 한쪽이 아려왔다. 그런 날이 올 것 같지가 않아서… 그리고 기적처럼 그런 날이 온대도 제니표 찌개가 맛있을 리가 없어서…….

5장

악마는 어디에나 있다

1

　보안관 일행이 아주 늦은 점심을 먹고 있을 때, 태양 그룹 건물 지하 제1연구실에서는 작은 회장의 이른 저녁을 위한 준비가 착착 진행되어 가고 있었다. 오늘의 식삿감으로 결정된 대상은 A708756. 나흘 전, 남산타운에서 구조해 온 40대 초반의 남자였다.

　"아, 어서 오세요!"

　A708756이 진료실 안으로 들어오자 오 박사는 예의 그 뺀질거리는 환한 미소를 지으면서 남자를 맞았다. 민구의 간호사에게 모욕적인 말들을 퍼부을 때에도 그는 지금과 똑같이 웃고 있었다.

"어떻게 지내셨어요? 편안하시죠? 음식은 입에 맞으시던가요?"

"아, 네. 덕분에……. 그런데 검사를 추가로 받아야 한다고 하시던데… 무슨 검사입니까, 선생님? 제 몸이 어디 안 좋은가요?"

어리숙한 표정으로 머리를 긁적이는 A708756을 보면서 오 박사는 속으로 낄낄거렸다. 인간이라는 건 너무나 어리석어서 이제 몇 분만 지나면 자신이 죽을 운명이라는 것도 까맣게 모른 채 저렇게 편안하다.

"별것 아닙니다. 혈압이 조금 높으신 것 같아서 약을 처방해 드리려고 그래요. 술, 담배 하시나요?"

차트를 대충 넘기면서 오 박사가 말했다. 남자는 고개를 끄덕인다.

"네, 잘 아시잖습니까. 직장 생활 하다 보면 다 하지요, 스트레스 때문에."

"하하하, 그렇죠. 뭐, 크게 문제될 정도의 수치는 아니니까 약으로 조절하면 됩니다. 이건데요, 말 나온 김에 지금 하나 드세요."

오 박사는 플라스틱 약통에서 흰 알약 하나를 꺼내 사내에게 건넸다. 아이구, 감사합니다. 사내는 꾸벅 인사까지 하고 순순히 알약을 입에 넣고 물을 마셨다.

"쿠욱! 캑! 캑! 우욱!"

너무 급하게 물을 마신 탓일까, 사내는 곧바로 물을 뿜으면서 허리를 굽히고 격하게 기침을 해 댄다. 졸지에 물을 뒤집어쓴 오 박사와 그 곁에 서 있던 건장한 남자 간호사는 인상을 찌푸렸다.

"아, 그 참, 천천히 드시지. 왜 그렇게 급하게……."

오 박사는 사내에게서 눈을 떼고 책상 위에 있던 휴지를 뽑아 얼굴을 닦았다. 남자 간호사도 소매로 눈 주위를 훔친다. 바로 그 순간이었다.

"이야아~!"

A708756은 짐승처럼 고함을 지르며 남자 간호사를 향해 달려들었다. 난데없는 태클에 중심을 잃고 쓰러진 남자 간호사의 머리 위로 A708756의 발길질이 쏟아진다.

"죽어! 이 개새끼야!"

배 나온 40대 아저씨답지 않은 매서운 발길질이었다.

쿠쿵!

뒤통수를 바닥에 찧은 남자 간호사는 좀처럼 일어나지 못한다. 사내는 조금도 망설이지 않고 오 박사를 향해 돌아섰다.

"뭘 처먹이려고 했던 거야, 응? 이런 개새끼야!"

오 박사가 서랍 아래 벨을 누르기도 전에 A708756은 그의 넥타이를 꽉 잡아채며 입에 플라스틱 약병을 쑤셔 넣었다.

"윽! 으윽!"

오 박사는 약을 넘기지 않으려 발버둥을 쳤다. 그러느라 사내에게 반항할 기회를 잃었다.

푹.

사내가 원피스 입원복 뒤춤에서 꺼낸 뭔가로 오 박사의 목을 찌른다. 플라스틱 포크를 부러뜨려 만든 흉기가 오 박사의 목에 얕게 박혔다.

"일어나, 이 개새끼야! 따라와!"

A708756은 흉기에 힘을 주며 말했다. 이 상태에서 깊숙이 쑤신다면 정말로 치명상이 될 수도 있다.

퉤— 퉤—

필사적으로 약을 뱉어낸 오 박사는 순순히 그의 명령을 따랐다.

"너희는 실수한 거야, 이 인간 양창훈이를 너무 우습게 봤어. 이 개씨부랄 새끼들. 응? 내가 모를 줄 알았어? 나도 뒷골목에서 20년이 넘도록 잔뼈가 굵었어. 같은 방 쓰던 놈이 말도 없이 사라졌을 때 벌써 딱 알아챘다고."

오 박사를 앞세우고 복도를 걸어가며 A708756은 계속 떠들어 댔다. 사내의 배에서 꼬르륵 소리가 울린다. 안정제 섞인 밥을 먹지 않은 게 분명하다.

엇, 뭐야?

그들을 발견한 경비원들이 다가서려 하자, 사내는 오 박사를 방패 삼아 내세우며 위협했다.

"가까이 오지 마, 이 새끼들아! 한 발짝만 더 다가오면 그냥 확!"

크윽! 목에 박힌 플라스틱 칼에 힘이 주어지자 고통스러운 신음을 토한 오 박사도 경비원들의 접근을 저지했다.

"이분 말 들어! 오지 마!"

A708756은 씩씩거리며 복도를 지나 엘리베이터 앞까지 오 박사를 끌고 갔다.

"엘리베이터 눌러! 나갈 거니까!"

"선생님, 이러지 마세요. 나가봐야 별거 없습니다."

"눌러, 이 새끼야!"

오 박사가 팔을 움직이려 하자 사내는 플라스틱 포크를 꽉 눌렀다. 찌이익, 가느다란 핏줄기가 벌어진 상처 사이로 흘러나온다. 오 박사는 그래도 굴하지 않고 최선을 다했다.

"무슨 오해를 하신 건지는 모르겠지만, 일단 진정하시고 제 말 잘 들어보세요. 이 엘리베이터, 아무나 누른다고 오는 게 아닙니다. 안전을 위해서 일부 경비 책임자들만 키를 가지고 있어요."

"닥쳐, 이 씨발 새끼야! 네가 목에 찬 출입증 대고 문을 여는 걸 내가 두 눈으로 똑똑히 봤는데도 개소리를 지껄이려고? 빨리 안 열면 죽일 거야! 어디 너도 죽고, 나도 죽고, 우리 그냥 다 죽어볼까? 응? 그래야 속이 시원하겠어?"

젠장, 어지간히 유심히도 봤군.

오 박사는 포기하고 버튼을 눌렀다. 엘리베이터가 가까워질

수록 오 박사의 목덜미에서는 더 많은 식은땀이 흘러내린다. 복도에 늘어선 구경꾼들도 늘었다. 지금쯤이면 비상벨이 울렸을 테고, 그러면 자동으로 문이 잠겼을 테니, 먹이를 만들기 위해 수용하고 있는 인간들은 아니다. 연구원, 직원, 경비원들이 웅성대며 엘리베이터 주변으로 모여든다.

"뭘 쳐다봐! 가까이 오지 말라고!"

A708756은 사람들이 늘어나면서 한층 더 날카로워져서 바락바락 소리를 질렀다. 몇 초 뒤, 띠잉― 하는 소리와 함께 엘리베이터의 문이 열렸다. 안에는 두 사람이 타고 있었다. 모두 검은 옷에 검은 베레모까지 쓰고 있어 언뜻 특전사 복장처럼도 보인다.

"비켜! 빨리 내려!"

오 박사의 목을 좀 더 깊이 찌르며 A708756은 핏대를 세웠다. 두 검은 옷 중에서 좀 더 작은 사내가 삼단봉을 촤악, 소리가 나게 펴 들었다.

"까불지 말고 그분 놔드려. 더 설치면 그냥 안 넘어간다."

"지랄하고 자빠졌네. 누굴 좆으로 보고!"

A708756은 앞으로 한 발을 크게 내디디며 로우킥을 날렸다. 오 박사는 이미 조금 전에도 느낀 바 있지만, 정말로 아저씨라고는 믿기 힘들 만큼 빠르고 매서운 킥이다.

빠악―

검은 옷의 경비원이 휘청한다. 그 타이밍을 놓치지 않고

A708756은 한 번 더 세차게, 이번에는 무릎을 향해 발차기를 했다. 크윽, 경비원이 바닥에 뒹군다. A708756은 득의만면한 미소를 지으며 두 번째 검은 옷을 향해 말했다.

"봤지, 이 개새끼야? 너도 잽싸게 짜져, 망신당하고 싶지 않으면. 소싯적에 도 대표까지 했던 몸이시다."

두 번째 검은 옷은 아무 대답도 하지 않았다. 대신 그의 주먹이 번개처럼 뻗어 나왔다.

"어?"

A708756은 짧은 한마디만을 남기고 눈을 까뒤집으며 쓰러졌다. 오 박사의 목에 플라스틱 흉기를 깊숙이 찔러 넣을 만한 여유조차 없었다. 부러져서 엉망으로 뒤틀린 A708756의 코에서는 피가 왈칵왈칵 솟는다.

"아아~ 덕분에 살았어, 메이저!"

오 박사는 아직도 피가 나는 상처를 꾹 누르며 두 번째 검은 옷의 경비원에게 감사 인사를 건넸다. 메이저라 불린 경비원은 유난히 시꺼먼 근육질의 얼굴을 씰룩거리면서 조금 전 로우킥에 맞아 쓰러졌던 경비원의 따귀를 후려갈기고 빽! 소리를 질렀다.

"드, 드, 드, 드, 등신 같은 새끼! 저, 저, 저, 저런 놈한테 맞고 자빠져! 지, 지, 지난주에는 세, 세, 세 놈이나 양아치 새끼한테 돼, 돼지지를 않나. 너, 너희 대, 대체 왜 이래!"

"죄송합니다, 메이저."

경비원이 고개를 숙인다. 메이저는 한 번 더 세차게 뺨을 올려붙였다.

"죄, 죄, 죄송한 줄 알면 또, 똑바로 해!"

"됐어, 됐어. 내가 보니까 저 새끼 겉보기에는 저래도 운동깨나 한 놈이야. 그리고 놀기도 꽤 험하게 놀았나 봐. 아까 내 진료실에서도 한 놈을 아주 찰지게 치는데, 인정이고 뭐고 그런 거 없더구만. 그런 것보다……."

오 박사는 손수건으로 피를 찍어내고, 곁으로 다가온 자신의 연구원들을 향해 고개를 돌렸다.

"내일 아침 식사거리로 정해져 있던 애 있지?"

"네, E828229입니다."

"바꿔. 다 한 줄씩 순서를 뒤로 미뤄."

"예? 그럼 내일 아침은 어떻게……."

"오늘 수감자들 식사 감시… 담당이 누구였지?"

웅성거리던 사람들의 시선이 주방 인력들 쪽으로 쏠린다. 흰 옷을 입은 주방 인력들 중 유난히 긴장하고 있는 젊은 여자 하나가 가장 주목의 대상이 되었다.

"저년인가 보네. 야이, 미친년아. 밥을 안 처먹는 새끼가 있으면 보고를 하라고 내가 몇 번을 이야기했냐? 그리고 이거 봐라, 이거."

오 박사는 바닥에 떨어진 플라스틱 흉기를 집어 올렸다.

"이렇게 식기가 없어졌는데도 아무 생각 없이 세상 편하게 농땡이를 피웠어?"

말을 하는 동안 오 박사의 얼굴은 점점 분노로 일그러졌고, 여자 직원의 표정은 파랗게 질려간다. 메이저는 워커로 바닥을 울리며 그녀를 향해 성큼성큼 걸어갔다.

"너같이 멍청한 년은 살아 숨 쉬는 자체가 전부 죄야. 그러니까 내일 아침까지만 살아. 그게 지구 전체로 봐서도 큰 이득일 거다."

오 박사의 선고가 내려지자 여직원의 입에서 비명이 흘러나온다. 털썩 무릎을 꿇고 빌어보려는 여자의 턱에 메이저의 워커가 꽂힌다. 곧바로 거품을 뿜으며 기절해 버린 그녀를 경비원들이 양쪽에서 잡아 끌고 가버렸다.

"뭐해? 이거 안 데리고 가니? 작은 회장님 식사 시간 이미 지났을 텐데? 시범 케이스를 보고 나서도 느끼는 바가 없어? 누구 하나 더 지목해 줄까?"

오 박사는 코뼈가 으스러진 채 바닥에 널브러진 A708756을 가리켰다. 뜻밖의 사건들에 놀라 어리벙벙해져 있던 연구원들은 서둘러 그를 이동 침대 위로 올리고 X—1을 주사했다.

"우리는 옥상에서 커피나 한잔하자고, 메이저."

오 박사는 메이저의 어깨를 툭툭, 두드리며 엘리베이터 안으로 앞서 들어갔다.

"그, 그러지."

메이저가 각진 턱을 끄덕인다. 탄력 있는 근육질의 검은 피부는 칼날도 튕겨낼 것 같다.

흠, 말만 더듬지 않으면 정말 그럴듯해 보인단 말이야.

엘리베이터 내부에 설치된 거울을 통해 메이저의 옆얼굴을 보면서 오 박사는 생각했다.

ㄹ

"대체 뭣들 하는 거야! 회장님이 전화라도 하시면 뭐라고 대답할 거야? 빨리 식사 준비해!"

A708756을 끌고 방 안으로 들어가자, 안절부절못하고 있던 중년 남자는 버럭 화부터 낸다. 연구원들은 땀을 뻘뻘 흘리며 작업을 서둘렀다. 에어컨이 가동되고 있지만, 긴장한 그들의 등은 아까부터 흠뻑 젖어 있다.

"10분 내로 작은 회장님이 식사 마치셔야 돼! 서둘러!"

중년 남자가 종종걸음으로 사라지자, 의식을 잃은 A708756의 옷을 벗기고 수갑을 채우던 신 차장이 투덜거린다.

"에이, 진짜! 이 새끼 때문에 분위기 험악해졌잖아! 그냥 곱게 뒈질 것이지."

말만으로는 부족했는지 신 차장은 크레인에 걸린 A708756의 옆구리에 주먹질을 하는 것으로 분풀이를 했다. 두툼한 옆구리 지방이 출렁거린다.

"근데… 신 차창님, 내일 아침에는 진짜로 아까 그 여직원이

와요?"

"그럴걸? 오 박사 표정 봤지? 그 사람은 동정이라고는 없어. 그냥 사이코야. 그러니까 우리도 늘 조심해야 돼."

"어우, 너무 무서워요. 그 메이저라는 사람도 그렇고. 어쩜 그렇게 여자를 인정사정없이 후려쳐요? 완전 야만인이야."

A708756을 매단 크레인을 아래로 내리면서 연구원들은 그런 잡담을 했다. 버튼을 누르자 한쪽 구석의 강화플라스틱 문이 열리고 작은 회장이 미친 듯이 달려 나온다.

그롸아아아―

와자작! 꿀쩍, 꿀쩍, 쩝쩝.

작은 회장은 여느 때와 똑같이 피를 사방에 흩뿌리며 살아 있는 사람의 가죽을 찢고 살을 삼켰다.

"그런데 메이저라는 사람은 뭐예요?"

"여기 경비 총책임자라던데."

"그럼 군인이었나 보네. 정말 소령 출신이에요, 그 사람? 그럴 나이가 안 돼 보이잖아요."

"소령이 되고 싶었는데, 성폭행인가 뭔가로 불명예제대 했다든가 그랬어. 하여간 별명 가지고 그 사람 앞에서 피식거리면 안 돼. 전에도 어떤 놈 하나가 영어 별명 재수 없다고 뒤에서 비웃다 걸렸었는데, 아주 곤죽이 되도록 터졌었대."

발아래에서 A708756의 생명이 끊어져 가는 걸 구경하며 연구원들은 그런 잡담을 하고 있었다. 잠시 후, 심장이 멈췄음을

알리는 삐이— 소리가 울리고, 파블로프의 개처럼 작은 회장도
식사를 마쳤다.

그롸아아아!

작은 회장은 또 위로 고개를 든 채 살아 있는 사람들을 향해
포효했다. 옷을 갈아입히지 못해 고급 정장에는 검붉은 피딱지
가 두껍게 말라붙어 있다.

"서두르자!"

A708756을 끌어 올려 침대에 눕히고 신 차장과 연구원들은
작업 속도를 높였다. 어느 때처럼 몸 네 군데에 볼트를 박아놓
고 머리에는 철망을 고정시켰다.

"후후, 또 기록 경신이다. 어제보다 15초 앞당겼어. 이것도
계속하니까 느는구나."

작업을 마친 신 차장은 마스크를 벗으며 안도의 한숨을 내쉬
었다. 이제 이 내장이 덜렁거리는 배불뚝이 중년남자가 다시 살
아날 때까지 기다려서 시간을 기록하고 오 박사에게 인계하면
된다.

지금까지 가장 빠르게 좀비로 변했던 시간은 15세 소녀가 이
틀 전 기록한 8분 15초였다. 지금까지 알려져 있던 10분보다
무려 2분 가까이 빠른 것이어서 연구원들은 더욱 서둘러 신체를
고정시켜야만 했다.

"이놈은 좀 늦는군."

좀처럼 되살아나지 않는 A708756을 향해 눈을 한 번 흘긴

신 차장은 시계를 봤다. 심장이 정지한 지 30분. 이제 슬슬 변해줘야 그들도 하루 일과를 마무리하고 좀 쉴 수 있을 텐데 하는 심정이었다.

그리고 또 30분이 지났다. 여전히 좀비화는 일어나지 않았다. 신 차장의 얼굴은 당혹감으로 일그러져 간다.

또다시 20분. 신 차장은 파랗게 질린 자신의 얼굴을 쥐어뜯었다. 아무래도… 이 중년 사내는 그냥 완전히 죽어버린 것 같다.

"이, 이런 제기랄! 이런 개 씨팔!"

신 차장은 자신의 얼굴을 쥐어뜯으며 욕설을 퍼부었다. 그간 백여 명의 사람들에게 실험을 하면서 잠정적으로 내렸던 결론은 '항체 따위는 없다'였다. 좀비들의 이빨에 물어 뜯기도록 하고 격리해 두었던 실험 대상들은 백이면 백, 전부 변해 버렸기 때문이다.

그런데… 그런데 이 중년 사내는 여전히 핏기 없는 얼굴을 하고 자는 듯 누워 있다. 탈모가 진행 중인 배불뚝이…… 그토록 애타게 찾아 헤매던 인류의 구세주가 이런 외모일 거라고 누가 상상이나 할 수 있었겠는가 말이다.

"뭘 멍하니 서 있어? 제세동기라도 가져와! 강심제도! 아무거라도 좀 해보라고! 손을 써야 할 거 아냐!"

주변에 늘어서 있는 연구원들을 향해 바락바락 악을 쓰면서도 신 차장은 이미 늦었다는 것을 잘 알고 있었다. 심장이 멎은

지도 대략 한 시간 반. 지혈도 하지 않고 피가 줄줄 흘러내리도록 방치해 두었었다. 이 중년 사내가 다시 살아날 가능성은 로또에 4주 연속 1등 당첨되는 것보다도 희박하다.

어쨌든 그의 명령이 떨어지자마자 연구원들은 허둥지둥 뛰어다니기 시작했다. 그 방은 먹이로 줘서 죽이기 위한 방이었지, 살리는 방이 아니었으므로 설비나 약을 가져오기 위해서는 외부로 나가야 한다.

때르르릉— 때르르릉—

벽에 걸린 인터폰이 운명의 벨처럼 울린다. 신 차장은 마른침을 꿀꺽 삼키고 나서 떨리는 손으로 수화기를 집었다.

"왜 샘플 안 보내? 아직 식사 중이야?"

냉기가 서린 말투, 오 박사다. 신 차장은 부들거리며 간신히 목소리를 끌어 올렸다.

"바, 박사님, 아무래도 이 샘플은 변하지 않는 것 같습니다."

수화기 너머의 오 박사는 잠시 침묵했다. 그 몇 초의 시간 동안 신 차장은 등 전체가 흠뻑 젖을 만큼 많은 식은땀을 흘렸다. 오 박사가 묻는다.

"…그게 무슨 소리야? 심장정지하고 정확히 몇 분이 지났는데?"

"한 시간 반입니다."

우당탕— 수화기를 집어 던지는 소리. 그러고는 더 이상 아무 소리도 들려오지 않았지만, 신 차장은 그래도 수화기를 귀에서 떼지 못했다.

잠시 후, 콰당— 요란하게 문을 박차고 오 박사가 조수들과 함께 뛰어 들어왔다.

"이 멍청한! 한 시간 반 동안이나 보고도 하지 않았단 말이야? 대갈통은 뭣 때문에 달고 다니는 거야? 이런 미친!"

씩씩거리며 이동식 침대로 걸어간 오 박사는 볼트에 의해 고정되어 있는 중년 사내를 물끄러미 바라보았다. 지금까지의 경험으로 미루어 심장이 멎었을 때, 좀비화는 훨씬 더 빨리 진행된다. 이만한 시간이 흐르도록 변화하지 않았다면 그것이 의미하는 바는 하나밖에 없다. 그들은 오늘 천우신조로 만난 항체 보유자를 허무하게 죽여 버린 것이다.

젠장, 오 박사는 이를 빠드득, 갈며 고개를 흔들어서 머릿속을 가득 채워 버린 후회를 털어냈다. 아쉽기는 하지만 아직도 기회는 있다.

"물러나 주세요! 감전됩니다!"

제세동기를 가지고 돌아온 여자 연구원이 숨을 헐떡이며 침대 주변을 물리치려 하자, 오 박사는 그녀의 머리끄덩이를 잡아챘다.

"이 등신아! 한 시간 전이었다면 몰라도 이제 와서 그런다고 살아나겠어? 뭔 헛짓거리야?"

"엑… 그, 그러면……."

바닥에 넘어진 연구원은 두려움이 가득해서 말을 제대로 맺지 못했다. 오 박사는 다시 중년 남자의 시체로 시선을 옮겼다. 비록 죽어버리기는 했지만, 모처럼 손에 얻은 귀한 물건이다. 이것으로 뭔가 해야만 백신이든 항체든 만들어낼 수 있다.

"혈액 샘플, 타액 샘플 추출해. 그러고 나서 냉동시켜. 더 이상의 부패가 진행되지 않도록."

머리를 쓸어 넘긴 오 박사는 금세 냉정을 되찾고 차가운 목소리로 명령했다. 연구원들이 머뭇거리자 그는 가장 가까운 위치에 서 있던 남자 연구원 하나를 시체 쪽으로 밀어 쳐버렸다.

"빨리! 서둘러!"

"네, 넷!"

연구원들이 넷이나 달라붙어 침대를 밀고 문을 열고 허겁지겁하는 동안, 오 박사는 다시 입을 열었다.

"누구야?"

"네?"

오 박사로부터 난데없는 질문을 받은 여자 연구원은 잔뜩 움츠리며 되물었다.

"오늘 여기 책임자가 누구였냐고?"

"저… 저기……."

말로는 대답하지 않았지만, 그녀의 머리는 신 차장을 향해 돌아갔다.

나머지 연구원들의 시선 역시 신 차장에게 고정된다. 오 박사의 쏘아보는 눈빛을 마주한 신 차장은 본능적으로 일단 손부터 휘저었다.

"아, 아니! 그, 그게 아닙니다! 저, 저는 규정에 따라서! 어디까지나 규정에 적힌 대로만… 그, 그건 잘못이 아니잖습니까."

"누가 잘못이라고 했어? 나는 아무 말 안 했는데?"

"네? 아… 네, 죄송합니다."

한숨 돌린 신 차장이 두 손으로 이마의 땀을 씻어내는 동안 그에게서 시선을 떼지 않고 있던 오 박사가 묻는다.

"어땠어?"

"네? 무슨 말씀이신지……."

"하~ 진짜 답답하기는. 말귀를 알아먹는 놈들이랑 일을 좀 했으면 좋겠다. 항체가 있는 놈이었잖아. 죽어가는 과정에서 일반인들과는 다른 특이 사항이 없었느냐는 말이야. 예를 들어 더 오래 버텼다든지, 아니면 더 빨리 심장이 멎었다든지, 심장이 정지한 뒤에 이상한 징후가 보였다든지 하는 것들! 그런 게 전혀 없었어?"

"소, 솔직히 말씀드려서 그다지 눈에 띌 만한 특징은 없었습니다. 확실합니다."

신 차장은 재빨리 대답했다. 실은… 자세히 보지 않았다. 눈앞에서 사람이 좀비에게 물어 뜯겨 죽어가는 참극을 보는 것이지만, 계속 반복되다 보니 어느 순간엔가 익숙해져 버렸다.

처음엔 눈을 질끈 감거나 손에 땀을 쥐며 부들거렸지만, 요새는 잡담이나 하면서 심장정지를 알리는 부저 소리만을 기다리는 식이다. 오늘 샘플은 기절한 상태로 끌려온 바람에 전혀 반응을 하지 않아서 더 현실감이 없기도 했다.

"그래? 그렇단 말이지……."

코 주변을 비비며 잠시 생각에 잠겨 있던 오 박사는 곁에 서 있던 남자 경호원을 돌아보며 말했다.

"아냐, 안 되겠어. 내가 직접 봐야지, 이런 놈들 말만 믿어서는……. 어이! 너 경비실 가서 오늘 여기 CCTV 자료 가지고 와."

그러고는 신 차장에게 한마디를 남기고 돌아서서 나가 버렸다.

"어디 규정을 잘 지켰는지 아닌지 한 번 보자고. 후후후."

당황한 신 차장은 고개를 들어 주변을 두리번거렸다. 작업실 위층과 아래층 구석에 달린 총 네 개의 CCTV. 그중 작은 회장이 식사를 하는 장소는 크레인이 내려지는 것에 맞춰 자동적으로 고화질 카메라가 녹화를 시작하고 음성까지도 녹음된다. 저 차갑고 기계적인 렌즈를 통해 기록으로 남은 시간 속에서 자신이 무엇을 했었는지 잘 기억이 나지 않는다.

나는 과연 정말로 규정을 지켰었나? 저 미친 사이코패스 새끼가 눈에 불을 켜고 찾아내려 해도 보이지 않을 만큼 흠결 없는 근무 태도를 보였었던가? 아니… 그보다, 내가 저놈 욕이라도 하지는 않았던가?

자문해 보아도 확신은 안 든다.

만약… 만약… 아주 작은 꼬투리라도 발견된다면… 그럼 나는 어떻게 되는 거지?

끔찍한 상상들이 순식간에 그의 뇌리를 스치고 지나간다. 25도로 맞춰진 에어컨이 가동되고 있지만, 그의 온몸은 끈적이는 땀으로 범벅이 되었다. 갑자기 어지러워진 신 차장은 벽에 의지하고서야 간신히 서 있을 수 있었다.

3

"아우, 짱나. 강 실장 오빠, 우리 그냥 갔다가 이따가 오자. 언제까지 이렇게 기다려야 돼?"

초희가 신경질적으로 손톱을 물어뜯으며 투덜거린다. 민구는 대꾸하지 않았다. 시간은 이미 오후 일곱 시가 넘었다. 이곳에서 기다린 지도 한 시간은 족히 지난 것 같다.

그들이 서 있는 곳은 2루 베이스에 위치한 서류 접수처. 어제 훑고 지나간 태풍 때문에 천막이 날아가 버려서 테이블 몇 개만 휑뎅그렁하게 놓여 있다. 민구가 못 들었다고 생각했는지 초희는 또 한 번 졸랐다.

"오빠아~ 진짜, 나 이렇게 할 일 없이 죽 때리는 거 제일 싫어한단 말이야. 심심해. 그냥 가자. 내일 와도 되잖아요, 네?"

"죽 때리지 않으면 뭘 할 건데? 달리 바쁜 일이라도 있어?"

민구는 엉겨 붙는 초희의 팔을 떼어내며 물었다.

음, 입술에 손가락을 대고 가만히 생각을 해보던 초희가 헤죽 웃는다.

"헤~ 진짜 그러네. 어차피 그냥 시간 죽이는 거였구나. 아후, 그래도 이렇게 가만히 서 있는 건 힘들어요. 오빠, 우리 담배라도 한 대 빨고 오자. 너무 심심하다."

그 제안은 민구에게도 솔깃한 부분이 있었다. 이곳에 서 있던 시간은 한 시간 정도지만, 그 이전에 군인들에게 귀동냥을 하느라 여기저기 돌아다녔던 시간들까지 합치면 벌써 두 시간 이상 담배를 피우지 못하고 있다.

이 쉘터의 모든 것이 낯선 민구에게는 건대 쉘터로의 이동 신청을 하려면 어디에 서류를 접수해야 하는지, 어떤 과정을 밟아야 하는지 알아낸다는 게 꽤나 힘들고 복잡한 일이었다.

그를 데려오라는 명령을 듣고 남아 있던 초희의 조그만 머리통 속은 하얗게 비어 있어서 아무런 도움도 되지 못했다. 게다가 경비를 서는 소수의 병사들을 제외하면 군인을 보기가 어려웠다. 장교는 더욱 그렇다.

"여기는 원래 이렇게 군인 얼굴 구경하기가 힘드냐?"

민구의 질문에 초희는 고개를 저었다.

"아냐, 오빠. 원래 이 자리에 항상 군인들이 앉아 가지고 일하고 있었어. 회장님이랑 우리도 처음 이리로 날아왔을 때, 여기에서 서류 작성하고 그랬는데……. 무슨 일이 있나? 아니, 아니, 그런 거 말고 오빠, 우리 담배 피우고 오자~"

민구도 니코틴의 유혹을 어지간히 느끼고 있었으므로 이번에는 그냥 초희가 잡아끄는 대로 못이기는 척 외야석을 향해 걸었다. 푸른색 방수포가 아직까지도 방치되어 있는 외야 잔디를 지나 흡연석에 들어간 두 사람은 나란히 서서 담배 연기를 하늘로 뿜었다.

"아우, 저 여우 같은 년. 저기서 또 관심 끌고 자빠졌네. 어휴, 정말 눈꼴시어서 못 봐준다니까."

초희의 시선을 따라 고개를 돌리니 배식소 앞에 한 무더기의 어린아이들이 모여 서 있고, 그들 가운데에는 테라가 허리를 굽힌 채 웃고 있다. 그녀는 옆구리에 메고 있는 허름한 천 가방에서 사탕 따위를 꺼내 차례로 나눠 주면서 아이들의 머리를 도닥이는 중이다.

민구의 눈길은 자연스럽게 자신의 주먹이 스쳤던 그녀의 입가로 향했다. 가깝지 않은 거리라 얼마나 부어올랐는지 잘 보이지 않는다.

"그러고 보니 저녁 먹을 때인 것 같은데……."

민구가 중얼거리자 초희도 잊고 있었다는 듯 손뼉을 친다.

"어머, 맞다! 다섯 시 반부터 줬었는데. 오늘은 너무 늦네."

아직도 배식소의 셔터는 굳게 내려진 채고, 밥을 지으면서 나는 음식 냄새도 풍겨 나오지 않고 있다.

흐음, 애들이 징징대는 게 듣기 싫어서 사탕으로 입막음을 하는 건가? 하긴 애새끼들 빽빽 울어 대기 시작하면 짜증이 나지,

라고 생각하던 민구는 한 가지 이상한 점을 발견했다.

도대체 저 애는 저 많은 사탕이 다 어디서 났단 말인가.

그에게 지급된 보급품 상자에도 사탕이 한 봉지 들어 있기는 했다. 초희 년의 말에 의하면, 매일 그만큼이 새로 지급된다고는 했다. 하지만 고작 서너 알이다. 저만한 양이 되려면 한 달 동안을 꼬박 모아도 부족할 것이다.

"아유, 진짜. 군인 새끼들이 미친 거지. 저런 빼짝 꼴은 년이 어디가 그렇게 좋다고 눈이 돌아가서 만날 음식을 갖다 바치고 생 지랄을 쳐요. 암만 그래봐야 한 번 대주지도 않는 년을. 에휴, 등신들."

초희가 투덜대는 덕에 민구의 궁금증은 곧바로 풀렸다. 세금을 거두는 거라면 저만한 물량이 납득된다.

나름 군림하는 계집애였군. 크크크.

남이 갖다 바치는 것으로 펑펑 쓰며 산다는 점에서 묘한 동질감을 느낀 민구는 자신도 모르게 피식 웃었다. 그 웃음을 보고 기분이 좋아진 것으로 오해한 초희는 민구의 팔에 가슴을 비비며 다시 한 번 말을 꺼내본다.

"저기요, 오빠. 아까는 내가 말을 좀 싸가지 없이 했나 본데요, 오해하지 마시구요, 전 진짜 심부름 시키고 그런 거 아니라… 아니, 제가 감히 어떻게 강 실장 오빠한테 그런 생각을 하겠어요. 그런 건 진짜 아니었거든요. 그냥 단지 나는 저년이 너무 꼴 보기 싫어서, 가슴에 한이 맺혀서 그래요. 요즘만 이런 생

각을 하는 게 아니구요… 텔레비전 촬영하러 가서도 저년들한
테 피디들이 굽실거리면서 실실 웃어 댈 때마다 만날 생각했었
어요. 아주 죽이고 싶었어, 정말. 싸가지 없는 제니 년이 더 싫
기는 했는데, 그년은 벌써 뒈져 버린 모양이니까 이제는 저년
얼굴에 흉터 댓 개만 만들어주면 진짜 소원이 없을 것 같아. 내
가 진짜 오빠 원하는 대로 다 해줄 건데……."

"초희야."

민구는 팔짱을 낀 그녀의 엄지손가락을 잡고 지그시 뒤로 꺾
었다.

아~ 아아~ 초희는 비명도 제대로 못 내고 눈을 크게 뜨며
애원하는 표정을 짓는다.

"내가 도대체 몇 번을 말해야 네가 정신을 차릴 건지 모르겠
다. 응? 왜 자꾸 잊어버리니? 아~ 하긴 너는 머리가 좀 그렇지.
그럼 아예 글씨로 써서 항상 보고 까먹지 않게 해줘야겠다. 여
기에 이걸로 써줘? 깝.치.지.마.라. 이렇게 다섯 글자?"

민구는 물고 있던 담배를 쥐고 그 뜨거운 불똥을 초희의 가슴
팍 가까이 가져다 댔다. 헐렁하게 파인 셔츠 아래 흰 피부와 불
똥의 거리는 0.5센티 이내로 가까워졌다. 풍만한 가슴골 사이
로 식은땀이 주르륵 흐르고 초희는 곧바로 우는소리를 한다.

"아, 아니에요, 오빠. 이제 정말 잘 기억했어요. 저, 정말이에
요. 잘못했어요."

"아닌 것 같은데……."

"제발, 용서해 주세요, 오빠. 다, 다신 안 그래요."

손가락에서는 뼈가 꺾이는 고통, 가슴에는 솜털이 타버릴 만큼의 고열과 공포. 초희는 이를 딱딱 부딪치며 자신이 굴복했다는 것을 알렸다. 민구는 그 자세를 잠시 더 유지하다가 슬그머니 손에서 힘을 뺐다.

"으흐흐흐~ 너무 아프게 했잖아. 오빠, 진짜. 으흑~"

겨우 풀려난 초희는 엄지손가락을 움켜쥐고 닭똥 같은 눈물을 뚝뚝 떨어뜨린다. 그러거나 말거나 민구는 두 대째 담배에 불을 붙였다. 저것도 일단은 배우 나부랭이. 눈물쯤은 아무 때라도 마음만 먹으면 콸콸 쏟아낸다.

"허허, 이거 또 무슨 상황이죠? 미녀는 울고 있고 남자는 먼 산 보면서 담배 피우고……. 뭔가 애절하구만요. 허허허, 초희 씨, 괜찮으십니까?"

잠시 후, 흡연 구역 안으로 들어와 불을 붙이려던 몇 명의 장교가 훌쩍거리는 초희를 보고 말을 걸었다. 연예인이라 얼굴을 기억하는 모양이다. 군인들은 모두 흠뻑 땀에 젖고 먼지에 절어 있다.

네, 신경 쓰지 마세요. 초희는 가볍게 손사래를 친다.

"말은 그렇게 하셔도… 신경이 쓰이죠. 초희 씨 같은 미인분들을 보면서 그나마 저희가 힘을 내면서 버티고 있는데."

"어머, 정말요?"

초희는 칭찬에 또 급 방긋 모드로 들어갔다. 민구가 2루 베이스의 접수대를 가리키며 물었다.

"저쪽 담당 군인들은 언제 오는 겁니까?"

"아, 접수대요. 저기뿐 아니라 오늘은 잠실 병력 거의 전체가 정신이 하나도 없어요. 오죽 바쁘면 장교들까지도 이렇게 같이 작업을 했겠습니까. 그러고 보니 배식도 아직 개시를 못했네. 후우~ 덥다."

대답을 해준 중위는 모자를 벗고 얼굴에 묻은 땀과 먼지를 떨어낸다.

"어머, 왜요? 왜 그렇게들 바쁘셨어요? 어휴, 그런 줄 알았으면 계속 기다리고 서 있지 말걸."

초희가 입술을 쌜쭉거리자, 중위는 담배 연기와 웃음소리를 함께 내뿜는다.

"허허, 어제 태풍이 지나갔잖습니까. 밖에 설치해 둔 차단벽이 훼손된 데가 많습니다. 그거 수리하랴, 유실된 크레모아 회수하고 다시 설치하랴, 아주 정신이 하나도 없습니다. 그나마 여기는 배수가 되니까 좀 낫긴 한데… 참, 접수대는 무슨 일 때문에 찾으셨습니까? 따라오세요. 지금이라도 도와드릴 수 있으면 도와드리죠."

중위는 담배를 급히 빨고 나서 민구와 초희에게 가자고 손짓을 한다. 그러고 보니 오늘 하루 종일 바깥이 어지간히 시끄러웠었다. 그의 뒤를 따라 걸으며 민구가 말했다.

"건대 쉘터라는 곳으로 가야 합니다. 언제 이동이 가능합니까?"

"건대 쉘터요? 하~ 어제 출발했는데."

"그 이야기는 들었습니다."

"그게… 며칠 내로 추가 이동이 있을 계획이긴 한데… 태풍이 곧바로 또 온다고 해서 스케줄 잡기가 영……. 뭐, 군대 갔다 오셨으니까 아시겠지만, 여기 일 처리되는 게 영 구리거든요. 어제만 해도 하필이면 태풍 오는 날 쉘터 간 이동이랑 신병 징집을 함께 잡아놔서… 하여간 위에서는 무슨 생각인지를 모르겠다니까요. 태풍이 온다는 걸 알고 있었으면서……. 신병교육대도 준비를 다 해놨을 텐데, 공연히 헛고생만 했을 테죠. 아, 근데… 실례지만 연세가……."

의자를 빼고 앉은 중위는 두툼한 서류철을 꺼내면서 물었다.

"그게 중요합니까?"

"아니, 뭐, 저도 남자 나이기 알고 싶어서 그러는 건 아닙니다. 한데 35세 이하인 남자들은 첫 번째 징집 대상이라서요. 그쪽 남자분께서는 건대가 아니라 군대로 이동하시게 될 것 같은데요. 그것도 내일 당장."

'대'로 라임을 맞춘 말장난을 치고 나서 그게 뿌듯했는지 중위는 히죽 미소를 지었다. 초희가 깜짝 놀라며 묻는다.

"어머, 웬일이야? 우리 강 실장 오빠 군대 가야 돼요? 어떡해."

"어떡하기는요. 다들 고생하고 있고, 병력 자원이 모자라니

어쩔 수 없죠. 뭐, 그래도 군필자들은 전역할 때 계급 달고 들어가는 거니까 막내 설움은 없을 겁니다. 확실한 게 좋으니까 일단 확인은 해보겠습니다. 성함이 어떻게 되시죠? 그리고 언제여기 오셨어요?"

이게 대체 무슨 소리지?

너무 갑작스러워서 민구는 잠시 혼란스러워졌다. 일찍부터 법무부 밥을 먹었던 그는 군복을 입어본 적도 없다.

"강민구요. 들어온 건 어제요."

"아참, 그랬죠. 이렇게 정신이 없다니까. 오늘 워낙 바빠서 그렇습니다. 이해해 주세요. 강민구 씨… 강민구… 여기 있네요. 맞네, 내일 1차 입영 대상."

서류철 뒤쪽에서 그의 이름을 찾은 중위는 손가락으로 빨간 줄이 쳐진 부분을 짚는다. 민구가 어처구니없다는 듯 웃었다.

"무슨 권리로 나한테 그런 명령을 하는지 모르겠군. 고작 밥 몇 끼 주고서 주인 행세를 하려는 건가?"

"에이, 왜 그렇게 말씀하세요. 여기 자원 입대서에 다 자필 서명 하서 놓고서. 어제 들어오셨으면 오늘 막 사인하신 거니까 기억도 생생하시겠구만. 자, 자, 여기서 이렇게 시간 허비하시지 말고 입대하기 전 마지막 저녁을 후회 없이 보내세요."

중위는 서류철에서 종이 한 장을 빼 들고 흔든다. 민구에게도 낯이 익다. 분명 독방을 나오기 직전 보초병들이 몇 장의 종이를 내밀었고, 그는 읽어보지도 않고 휘리릭 펜을 갈겨 사인을 했었다.

그게 자원 입대서였나?

후우우~ 민구는 성질을 죽이기 위해 가볍게 숨을 내쉬고 입을 열었다.

"그… 건대 쉘터라는 곳에 있는 사람들은 입영 대상이 아닌 거요?"

"거기라고 예외겠습니까? 다만, 시기가 좀 늦춰진다뿐이지, 아무 차이 없습니다. 아마 다음 주나 열흘 뒤 정도에는 그쪽에서도 징집이 시작되지 않을까 싶은데요."

"그럼 간단하군. 먼저 건대 쉘터로 가게 해주시오. 그다음에 당신들이 하고 싶은 걸 하면 되잖소?"

"아니, 왜 그렇게 번거롭게 하십니까? 어차피 가야 하는 군대인데."

"난 건대에서 만나야 할 사람이 있소."

"아, 그렇습니까? 누구를 그렇게 애타게 찾고 계실까요?"

"그런 건 알 필요 없잖소."

"강민구 씨……."

중위는 얼굴에서 웃음기를 거두고 등받이 깊숙이 기대앉았다.

"여기 있는 사람들 전부가 다 만나야 할 사람이 있습니다. 만나고 싶은데 다시 못 보고 있는 사람투성이죠. 저기 저 1루 쪽 응원석 벽에 붙어 있는 종이들을 보세요. 저게 다 누군가가 봐

주었으면 하고 붙여둔 작은 포스트잇 종이들입니다. 수천 장이 넘어요. 하지만 구조된 사람이 저걸 읽고서 그 붙인 사람을 만난 경우는 아직 못 봤습니다. 군인들도 마찬가지입니다. 여기서 있는 이 친구도 자기 집이 바로 3킬로미터도 떨어지지 않은 곳에 있습니다. 하지만 가보질 못했어요. 부모님 생사도 모르고요. 왜? 개인 사정에 따라 헬기 운용을 하면 금방 엉망이 되어버린단 말입니다. 우리가 지금 그렇게 살고 있어요. 잘 모르시나 본데, 누군가 만나고 싶다는 게 특별하지도 않고, 입영 대상에서 제외되어야 하는 이유가 될 수도 없습니다. 특별 대우를 바라면 안 됩니다."

"아니, 잘 모르고 있는 건 그쪽이오."

민구는 두 손을 벌려 테이블을 짚고 자신의 얼굴을 중위의 눈에 바짝 붙였다.

"나는 11일 동안 저 밖에서 살아남았소. 당신들이 이 단단한 콘크리트 벽과 철망 뒤에 끼리끼리 모여 세상의 모든 고생을 혼자 다 떠안은 척하며 서로 동정하고 있을 때, 나는 혼자서 괴물들의 목을 따면서 여기까지 내 발로 찾아왔소. 알겠소? 만나야 할 사람을 찾아서 11일에 걸쳐 저 괴물 천지를 헤치고 온 거요. 그런데 지금 당신은 고작 며칠을 기다릴 수 없다고 하고 있고! 난 특별 대우를 해달라는 게 아니오. 당신 입으로 조금 전 말하지 않았소? 태풍만 아니었다면 어제 이미 첫 번째 입영 대상들이 이동했을 거라고. 그때였다면 나는 독방 속에 들어가 있었겠지."

이야기를 마친 민구는 다시 몸을 세우고 중위의 눈을 똑바로 쳐다봤다. 흠, 중위는 잠시 고민에 빠졌다. 이 사내의 인상이나 싸가지 없는 태도는 마음에 들지 않지만, 억울하게 됐다는 것은 알겠다.

어제 병력 수송이 조금만 빨리 진행되었거나 태풍이 하루만 늦게 왔어도 이런 승강이를 할 일은 없었을 것이다. 특히 더 마음에 걸리는 부분은 그가 헬기로 수송된 것이 아니라 제 발로 걸어 들어왔다는 점이다. 이 사내가 어제 아침 철책 앞에서 벌인 일대 활극은 군인들 내부에서도 적잖이 화제가 되었었다.

아무런 동요도 없이 좀비 댓 마리를 쓰러뜨리고 문 쪽으로 걸어갔다고 했었지…….

중위는 생각했다. 11일을 버텨내며 걸어왔다는 그의 말이 사실이라면, 그 과정이 얼마나 지독한 아수라장이었을지 상상조차도 잘 되지 않는다. 오직 한 사람을 만나겠다는 일념 하나로……. 음, 중위는 손가락으로 테이블을 두드리며 갈등했다.

중위는 민구라는 이 사내가 남자답고 기특해서 도와주고 싶기도 했다. 사실 군의 시선에서 보자면 이까짓 보병 하나는 아무 가치도 없다. 그가 얼마나 대단한 싸움꾼인지는 모르지만, 입대하게 되면 남들과 똑같은 소총을 지급 받고, 다른 병사들과 나란히 서서 경계 근무나 서게 될 것이다. 목숨을 건 가치와 무가치. 너무나 선명한 대비가 아닌가.

"에이, 진짜. 이러면 안 되는데!"

한동안을 더 고민하던 중위는 주머니에서 볼펜을 꺼내 민구의 이름 옆에 찍힌 붉은색 스탬프 옆에 두 줄을 쫙쫙 그었다. 그러고는 건대 쉘터라고 적고 나서 자신의 이름을 기입했다.

탁, 소리 나게 서류철을 덮은 중위는 민구에게 말했다.

"남자다워서 한 번 봐드린 겁니다. 며칠 뒤라고 확답은 못 드리지만, 하여튼 곧 출발할 거니까 방송 나올 때까지 맘 편하게 쉬세요. 그래봐야 건대 도착하면 또 일주일도 안 돼서 징집이 시작될 거라는 건 염두에 두시고요."

"…고맙소."

민구는 무감정하게 대답하고 다시 흡연 구역으로 걸어갔다. 연신 허리를 90도로 굽히고 뛰어서 다가온 초희가 숨을 헐떡이며 말했다.

"아우, 난 오빠 끌려가는 줄 알고 깜짝 놀랐었네. 근데 오빠, 사람이 사정 봐줬으면 좀 더 고마운 척이라도 해라. 고맙소, 무뚝뚝하게 이게 뭐야? 저 사람 아니었으면 큰일 날 뻔했잖아."

민구의 생각은 달랐다. 만약 저 중위가 허락하지 않았다면 그는 오늘 밤 어떻게 해서든 여기에서 탈출할 생각이었다. 온통 밖으로만 신경이 곤두서 있는 곳이라서 나가려는 사람을 막아서는 보초병이 있을 것 같지는 않지만, 혹시 있더라도 조용히 처리해 버리면 그만이다.

그런 속을 모르는 초희는 옆에서 계속 귀가 따갑도록 잔소리를 해 대다가 민구가 흘겨보고 나서야 입을 다물었다.

"노을 지네……. 아, 나 저 색깔 보면 이상하게 센치해지더라. 꼭… 씨발, 오래 못 살 것 같아지기도 하고, 어릴 때 생각도 나고……. 오빠, 오늘 기분도 영 그런데 우리 연애 한 번 할까? 응? 그리고 보니까 오빠는 나랑 한 번도 섞은 적이 없었다. 그치?"

민구가 담배 한 대를 천천히 태우고 있는 동안 그의 어깨에 머리를 기댄 채 붉게 물든 하늘을 보고 있던 초희가 중얼거린다.

쿵— 쿵—

야구장 바깥에서는 마지막 햇살 속에서 작업에 박차를 가하는 중장비들이 시끄럽게 움직이고 있다. 민구가 아무 반응이 없자, 그녀는 그의 탄탄한 허벅지를 살살 쓸면서 가슴을 더 바짝 밀착시켰다.

4

"오늘따라 하늘 엄청나게 예쁘네요. 봐요, 오빠. 완전 장밋빛이에요."

나무토막을 잡아끌다가 잠시 허리를 펴며 숨을 돌리던 제니가 꿈꾸는 것 같은 목소리로 말한다. 그녀의 말을 듣고 모두 고개를 들었다. 주황과 분홍의 매력적인 부분만 절묘하게 섞어놓은 것 같은 하늘빛이다.

"저까짓 게 뭐가 그렇게 예뻐. 네가 훨씬 예쁘… 크윽, 크윽."

느끼한 대사를 읊다 말고 보안관은 코를 들이마셨다.

"여기요, 삼키지 말고 뱉어요."

제니가 다급하게 뛰어와 티슈를 내민다. 보안관이 너무 자주 코를 들이마시는 탓에 제니는 아예 각 티슈를 자동차 보닛 위에 꺼내놓았다. 보안관은 뻔뻔한 표정으로 거짓말을 한다.

"아니, 나 가래 안 나왔어. 뱉을 거 없어."

"뭐가 안 나와요, 조금 전에 목젖이 꿀꺽하는 걸 다 봤구만. 에이, 삼키지 말고 계속 뱉으라니까. 그러다가 맹장염 걸린다고요."

제니는 보안관의 넓은 어깨를 때리며 타박을 한다.

"헐, 맹장염? 나는 튼튼해서 그런 거 안 걸리… 크윽, 크윽."

"자! 자요! 여기!"

이번엔 바로 코앞에서 보고 있던 제니가 휴지를 가져다 대는 바람에 마지못한 보안관은 부끄러워하며 톱밥이 잔뜩 섞인 가래를 뱉었다. 몇 시간 동안 전기톱으로 작업을 했더니 풀어버려도, 풀어버려도 콧속에서 계속 톱밥이 나온다.

손바닥은 얼얼하고 신발 속, 속옷 안에까지 미세한 나무 가루들이 잔뜩 들어가 있어서 무척 간지럽다. 그래도 전기톱을 찾은 덕에 해가 지기 전에 길을 막고 누운 나무들을 모두 잘라 끌어

낼 수 있었다.

"야, 너희 둘 다 진짜 바보인 거 알아? 뭘 휴지를 가져다 대고, 또 삼키고 그래? 그냥 나오는 족족 바닥에 뱉어. 그러면 되잖아. 크윽~ 퉤! 이렇게 말이야."

마지막 나무토막을 발로 차서 개천으로 밀어버리던 삼식이가 참견을 하며 직접 가래를 뱉는 시범까지 보여준다.

"하지 마, 이 더러운 새끼야. 누가 네 침 뱉는 거 보고 싶대? 역겨워!"

"하하하, 언제부터 우리 남광훈 씨가 그렇게 깔끔을 떠셨지? 하하."

"에이, 삼식이 오빠, 진짜 막 익숙해지려는 참인데 방해하지 마요. 이렇게 휴지에다 뱉는 게 익숙해져야 나랑 차 안에 있을 때도 몰래 삼키질 않는단 말이에요. 맹장염 걸리면 수술도 못하는데."

"제니야, 맹장염 이야기는 왜 자꾸 해? 설마… 내가 걸렸으면 좋겠어?"

정신없이 잘도 떠들어 대는 보안관과 삼식이, 제니를 보면서 유빈은 맥없이 웃었다.

하하, 기운 좋은 것들……

힘들다. 노가다를 뛰면서 살았었지만, 요즘처럼 열흘이 넘도록 아프든 말든 매일 죽어라 일을 해본 경험은 없지 싶다. 필사적인 도끼질을 계속한 덕에 팔과 손바닥이 떨어져 나가는 것 같고, 전기톱 엔진 소리 때문에 아직도 귀가 윙윙 울린다.

그리고 그렇게 열심히 일을 하는 동안에도 자꾸 뒤가 켕겨서 제 풀에 흠칫흠칫 놀라곤 했다. 불안함은 사람을 지치게 하고 소모시킨다.

물을 벌컥벌컥 들이켠 유빈은 뙤약볕 아래에서 익어 따끔거리는 뒷목에도 부었다. 덥고, 갈증이 나고, 온몸이 찐득하고……

힘들다. 하아~

그래도 이제 나무를 다 끌어냈으니 가볍게 달리기만 하면 된다.

"일어나. 정신 차려. 물 좀 마시고."

유빈은 코롤라 뒷좌석에 누워 머리에 물 적신 수건을 덮은 채 뻗어 있던 신입을 흔들어 깨웠다. 두어 시간 열심히 심부름이라도 좀 하는가 싶더니, 결국 더위를 먹고 저렇게 널브러졌다.

하긴 정말 더럽게 푹푹 찌는 하루였고, 육체 노동에 서툰 녀석이 그래도 제 딴에는 요 며칠 바짝 용을 써 댔으니 이해 못할 일도 아니다.

"으으~ 머리야. 아우, 씨발. 대가리 쪼개지는 것 같다."

신입은 인상을 쓰며 일어나 물을 얼굴과 입에 들이붓고 나서 옆에 놓여 있던 진통제를 꺼내 씹어 삼켰다. 열 정짜리 케이스가 벌써 반은 비워져 있다.

"이제 약 그만 먹어. 그거 하루에 몇 개까지만 먹으라는 말은 없었어?"

"몰라. 설명서 같은 게 있기는 했는데, 안 읽어봤어. 근데 어떡해, 계속 두통이 내려가지를 않는데. 아으, 씨발. 내 머리."

신입은 양손으로 머리를 감싸고 꾹꾹 눌러 댄다. 그러는 녀석을 보고 있자니 자신까지도 속이 울렁거리는 것 같아 유빈은 시선을 먼 곳으로 돌리고 크게 숨을 들이마셨다.

"하여간 이제 다 끝났어. 나무 다 잘랐고, 다 끌어냈으니까 가기만 하면 돼. 힘내봐. 뭐 좀 먹을래? 초코바라도 줄까?"

트렁크에서 먹을 것들을 꺼내 온 유빈이 신입에게 권했다. 신입은 아주 느리게 도리질을 한다.

"못 먹겠어. 아까도 뭐 좀 먹어보려다가 다 올렸어."

"그래, 알았어. 그럼 조금 더 쉬어. 우리는 간단하게라도 저녁을 먹어야 하니까. 어이, 그만 장난 치고, 이제 이거 먹자!"

유빈은 세 명에게 다가가 물과 에너지 바를 나눠 줬다. 후식은 과일 통조림이다. 나무토막을 하나씩 차지하고 돌려앉은 네 사람은 소진된 에너지를 채우기 위해 열심히 씹고 마셨다.

"그… 수용소라는 데 가면 이거 보다 잘 먹게 될까? 혹시 매일 희멀건 우거짓국에 쉰 밥 반 덩어리 말아 주면서 일 시키고 그러면 어떻게 하지?"

1회용 수저로 후르츠 칵테일 통조림을 떠먹고 있던 삼식이가 갑자기 이상한 걱정을 시작했다. 보안관은 가당찮다는 반응이다.

"멍충아, 그럴 리가 있냐? 무슨 2차 대전 때 전쟁 포로도 아니고. 잘은 모르지만, 생존자가 얼마 안 될 거라서 먹을 건 남아돌걸? 크윽."

"여기요, 휴지."

"…미안해, 지저분하게 굴어서… 밥맛 떨어졌겠다."

"에이, 그런 게 어디 있어요. 신경 쓰지 말고 나오는 대로 계속 뱉어요."

일부러 더 밝게 웃으며 에너지 바를 베어 문 제니가 한마디를 보탠다.

"뭐, 그래도 내가 해주는 요리같이 맛있지는 않겠죠? 그쵸, 오빠?"

"응? 으응, 그렇겠지."

예상 밖의 공격에 당황한 보안관이 1초 정도 머뭇거리다가 고개를 끄덕였다. 사랑에 눈이 멀었을지언정 혀는 정직하다.

수용소가 구체적으로 어떤 곳일까 하는 질문이 새삼 떠오르자, 덩달아 마음이 복잡해진 유빈이 가볍게 한숨을 쉬었다. 삼식이가 걱정하는 만큼 이상한 대우를 받을 리는 없겠지만, 지금처럼 자유롭지는 않을 것이다.

남녀가 강제로 분산 수용될 가능성도 있다. 만난 지 2주도 되지 않은 사이라고는 도저히 믿기지 않을 만큼 제니와 가까워진 지금, 그런 건 싫다. 뭔가 소중한 보석을 손에 넣었다가 잃어버리는 것 같을 것이다.

하지만… 그래도 친구들이나 그녀가 좀비들에게 물려 죽어가는 걸 보는 것보다는 안전한 수용소가 훨씬 나을 테지.

"무슨 생각 하느라 그렇게 멍해져 있어요? 한숨까지 쉬고. 왜요? 너무 힘들어서?"

수용소에 대한 걱정을 골똘히 하고 있는 유빈에게 제니가 묻는다.

응?

유빈은 아무렇지 않다는 듯 도리질을 했다.

"자, 이제 배도 대충 채웠겠다, 슬슬 출발해 볼까?"

남은 생수로 얼굴에 달라붙은 톱밥과 먼지를 한 번 더 씻어낸 보안관이 기지개를 켠다. 출발! 제니도 분위기를 맞춰 주며 발랄하게 팔을 쫙쫙 편다.

그녀의 오똑한 코끝은 햇볕에 타서 허물이 조금 벗겨졌다. 처음 출발할 때처럼 보안관과 제니는 코롤라에, 나머지 셋은 오피러스에 타고 시동을 걸었다.

"담배 피운다?"

유빈이 차를 돌리는 동안 삼식이가 주머니에서 담배를 꺼내며 물었다. 유빈은 고개를 끄덕이며 창문을 열었다. 한나절 이상을 꾹 참으며 일만 했으니 그 정도야 당연히 누릴 수 있다. 그리고 이제부터 달릴 테니 혹시 그 연기를 맡고 좀비가 몰려온다고 해도 이미 그들은 그 자리에 없을 것이다.

"나도 하나 줘봐."

뒷좌석에 누운 신입이 손을 뻗친다. 하지만 두어 모금 빨다가 머리가 아파서 안 되겠다는 말을 욕설과 섞어 하며 음료수 병에 꽁초를 집어넣어 버렸다.

후우우~ 삼식이가 창문 밖으로 연기를 내뿜으며 황홀한 표정을 짓는 동안 두 대의 자동차는 마지막 햇살과 함께 천천히 달렸다. 좁은 강변 산책로 전체가 태풍의 영향으로 인해 흙과 바위로 범벅이 된 터라 시속 25킬로미터 이상을 내기는 어려웠지만, 그 정도만이라도 충분했다. 어쨌든 8킬로미터만 가면 한강이니까.

"수용소에서도 담배 피우게 해주겠지?"

두 번째 담배에 불을 붙인 삼식이가 묻는다.

"그렇겠지. 근데 가지고 온 담배 다 피우면 그때는 어떻게 할래?"

"음, 열 보루 정도 남은 것 같은데, 그거 떨어지기 전에는 이 상황이 대충 마무리되지 않을까? 하루에 한 갑씩으로 잡아도 석 달이 넘어. 그때쯤이면 좀비들 다 죽고, 사람들도 일상으로 돌아가고, 담배도 다시 사서 피울 수 있겠지."

"그러면 좋겠지만……."

삼식이의 낙관적인 전망을 들으며 유빈은 말끝을 흐렸다. 정말 좀비들이 다 죽어주기는 할까? 어쩌면 그럴지도 모른다. 아무것도 처먹지 않고 100일을 산다는 건 생각하기 어려우니까. 하지만 그렇다고 해도 세상이 예전으로 다시 돌아갈 수 있을 것 같지는 않다.

지난 일주일 동안 수천에 가까운 좀비들을 구경했지만, 그들 외에 살아 있는 사람을 본 것이라곤 머리 위로 야속하게 지나가 버린 헬기 두 대가 전부다. 그야말로 압도적인 비율이다.

"뭐, 어차피 그래봐야 우린 또 노가다 뛰겠지만……."

삼식이의 말에 유빈은 헛웃음을 지었다. 노가다를 뛰든, 허름 한 선술집에서 우리가 한때 제니랑 같이 살았노라고 떠들어 대 며 술 취한 또라이 취급을 받든 간에, 그렇게 일상이라는 게 있 는 시절로만 돌아갈 수 있으면 좋겠다는 생각이다. 그러려면 일 단 수용소로 가서 이 힘든 시기를 넘겨야 한다.

그런 생각을 하고 있을 때, 유빈은 뭔가 이상하다는 걸 느꼈 다. 저 멀리 앞쪽 길 전체가 반짝반짝거린다. 아니… 길의 너비 보다 반짝거리는 면적이 훨씬 더 넓은 것 같다. 유빈은 조금이 라도 잘 보려고 눈을 가늘게 떴다.

"뭐지, 저거?"

개천 건너편의 아파트 단지들을 보고 있다가 시선을 전방으 로 돌린 삼식이도 고개를 갸웃거렸다. 앞서 달리던 보안관의 차 가 점차 속도를 줄인다. 그리고 거리가 줄어들면서 반짝거리는 것의 정체가 밝혀졌다.

물이다. 아주 넓고, 넓은 물이 찰랑거리며 햇살을 금빛으로 반사하고 있었다. 거의 동시에 멈춘 두 대의 차 문이 열렸다.

"아, 뭐야… 이런 염병."

보안관이 바닥에 침을 뱉으며 원망스러운 눈으로 그들의 앞을 가로막은 물을 바라보았다. 사이드에 설치된 수문 펌프가 가동되지 않아 낮은 지대에 고여 버린 개천은 동부간선도로를 절반 이상 잠기도록 만들고 있었다. 게다가 중랑천 상부로부터 아직도 계속해서 엄청난 양의 물이 이곳으로 흘러드는 중이다.

"완전히 호수네."

삼식이가 중얼거린다. 이 길은 막혔다. 한강까지 11킬로미터니, 밟기 시작하면 20분도 안 걸린다느니 따위의 자신이 했던 말들이 떠오른 유빈은 얼굴을 감싸고 킬킬거리기 시작했다. 누군가 자신을 손바닥 위에 놓고서 못된 장난을 치며 가지고 노는 것 같다.

"크크크큭, 아나, 진짜 어이가 없어서……. 큭큭, 아니, 이게 뭐야… 그 나무를 다 잘라서 기껏 뺑이를 쳤더니, 바로 이 앞에 이렇게 이 물난리가 났다고? 큭큭큭, 장난하는 거야, 뭐야? 하아~"

조금 전, 시동을 걸어 실제로 달려온 거리는 3킬로미터가 조금 넘을 뿐이다. 아까 나무에 가로막혔을 때 걸어서 전방을 살펴보았더라면, 그래서 비로 코앞에 이렇게 물난리가 나 있다는 걸 확인만 했더라면 오늘 오후 내내 그렇게 진땀을 쏟아가며 톱질을 하지 않아도 됐다.

뱃속 깊숙한 곳에서 분노가 치밀어 오른다. 허탈하게 웃고 있던 유빈은 결국 화를 못 이겨 자동차 지붕을 쾅쾅! 내려쳤다.

"멍청한 새끼! 그렇게 정찰 좋아한다고 잘난 척을 해 대더니! 이게 뭐 하는 짓이야! 조금만 걸어왔어도 빤히 볼 수 있는 거였잖아! 이익! 이익!"

신중하지 못했던 자신에게 실컷 욕설을 퍼붓는 동안 주먹의 살갗이 찢어지고 피가 흐른다. 자신의 아이디어만 믿고 찢어진 손바닥으로 전기톱과 씨름하느라 톱밥을 한 주먹은 삼킨 보안관에게, 담배를 꾹 참으며 일한 삼식이에게, 제니에게, 심지어 신입에게도 미안하다. 허탈해진 유빈은 차문을 붙잡고 기대섰다.

"하아~ 씨발, 이게 뭐냐고……."

유빈처럼 자해를 하지는 않았어도 다들 어지간한 충격을 받았다. 잠실의 수용소는 이제 그야말로 물 건너간 이야기가 되어 버렸다. 그들의 앞을 가로막고 출렁이며 호수를 이루고 있는 물이 자연히 빠질 때까지 시간을 두고 기다리든가, 아니면 저 건너편까지 우회해서 이동한 후 새로운 차를 찾아 언덕 아래로 구르지 않도록 끌어내리는 수밖에 없다.

둘 중 어느 쪽을 택하더라도 적지 않은 시간이 걸리게 될 것이다. 그리고 그런 걱정을 하는 동안에도 꾸준히 시간은 흘러서 이제는 사방이 어둑해졌다.

"이제 어떻게 할 거야? 계획을 좀 세워봐."

잠시의 침묵을 깨고 보안관이 유빈에게 묻는다. 유빈이 쓸쓸하게 웃으며 되물었다.

"야, 너 진짜… 이렇게 된 상황에서도 아직 나를 믿어? 봤잖아, 계속 헛발질만 하는 거. 11킬로미터만 가면 된다고 방방 뛰더니, 안전하게 잘 지내던 동네에서 괜히 너희 끌고 나와 가지고 계속 고생만 시키잖아."

"바보 소리 그만해, 새끼야. 안전한 동네가 아니었잖아. 좀비들이 들이닥치기 직전에 도망쳐 놓고 뭔 소리를 하는 거야. 그리고 헛발질 좀 할 수도 있지. 이 세상에 실수 안 하는 사람은 없어. 쓸데없는 말 하지 말고, 당장 오늘 밤 어떻게 새울지부터 정하자고."

주저앉아 버리고 싶은 마음뿐인데, 무너지려는 그 마음을 보안관이 억지로 잡아당겨 일으켜 세운다. 유빈은 고개를 끄덕이고 나서 마음을 가라앉혔다. 보안관의 말이 맞다. 여기서 발을 뺀다고 책임이 사라지는 건 아니다.

"일단 저기로 갈래? 이 근처에는 눈에 띄는 큰 건물이 저거 하나뿐인데?"

삼식이가 말했다.

후우~ 잠시 고민해 본 유빈은 차 지붕을 통통, 두들겼다.

"뒤로 후진해서 빠져나가자. 오늘은 차에서 자야 할 것 같다. 불침번도 돌아가면서 서야 돼."

5

또 새로운 하루가 밝았다. 잠실 쉘터에서는 아침 식사를 배급 받기 위해 식당 앞으로 하나둘씩 모여든 사람들이 이른 시간부터 긴 줄을 이루고 있었다.

"아, 빨리빨리 좀 받지, 오늘따라 왜 이렇게 느려?"

행렬이 줄어드는 속도가 시원치 않자, 중간에 서 있던 중년 사내 하나가 투덜거린다. 그의 의견에 동조한다는 듯 다른 사람들도 웅성거리며 앞쪽을 기웃거렸다.

충분히…라고까지는 할 수 없을지 모르지만, 그래도 나름 하루 세끼의 식사를 제공 받고 있고, 건빵도 한 봉지씩 지급 받는데도 사람들은 이상하리만큼 허기를 느꼈다.

물론 허술한 식사 메뉴가 가장 큰 원인이다. 찐쌀로 만든 밥 한 덩이, 말린 야채를 불려 넣고 멀겋게 끓인 된장국, 입에 넣고 씹는 동안에도 도대체 무슨 고기인지를 분간하기 어려운 햄버거 패티 한 조각으로는 그간 고칼로리 식사를 계속해 왔던 현대인들의 식욕을 충족시키기 어려웠다.

그리고 제한된 시간, 제한된 양 외에는 먹을 수 없다는 두려움이 일종의 강박증처럼 사람들의 뇌리를 장악하고 있었다. 그래서 사람들은 식사시간이 가까워지면 남들보다 조금이라도 빨리, 조금이라도 더 많이 먹기 위해 노력했다. 거기에는 취사병들이 양 조절을 잘 못하기 때문에 늦게 가는 사람들에게 음식을 더 적게 준다는 헛소문도 한몫을 거들었다.

며칠째 감지 않은 머리를 긁적이며 스테인리스 식판을 통통,

두들기고 있는 여드름쟁이 청년도 다른 사람들처럼 그 소문을 믿었다. 그러나 오늘은 평소보다 조금 늦게 일어났고, 그래서 뒷줄로 밀려날 수밖에 없었다.

평소였다면 화가 날 법한 일이지만, 오늘은 특별했으므로 그런 사소한 일 따위에는 신경이 쓰이지 않았다. 그것은 그의 바로 뒤에 서 있는 한 여자 때문이다.

테라잖아……

처음 그녀가 다른 여자들과 함께 자신의 등 뒤에 설 때, 여드름쟁이는 심장이 멎는 것 같았다. 같은 공간 안에 있다고는 해도 워낙 주목을 받는 대상이고, 항상 아줌마나 아이들 사이에 묻혀 있어서 그녀를 근거리에서 본 경험은 별로 없었다.

드물게 아줌마들의 장벽에서 벗어나 돌아다닐 때면, 그때는 또 늘 군인 놈들이 좋아서 죽겠다는 표정으로 다가가 뭔가를 건네고 '사랑합니다'를 외치며 도망가 버리곤 했다. 그런데 오늘 그 대단한 테라가 바로 자신의 등에서 30센티미터도 떨어지지 않은 곳에 서 있는 것이다.

씨발, 이럴 줄 알았으면 목욕이나 좀 할걸. 땀 냄새가 엄청 날 텐데……

여드름쟁이는 뒤늦은 후회를 하면서도 티를 내지 않고 계속 뒤를 힐끔거렸다.

예쁘다! 정말이지, 더럽게 예쁘다. 현실 속의 살아 있는 생물이라는 생각이 들지 않을 만큼 예쁘다! 저 오뚝한 코, 선명한 분홍색 입술, 윤이 흐르는 검은 머리, 가녀리고 흰 팔, 그리고 짧은 치마 아래 빛나는 긴 다리…….

만화 속 캐릭터가 현실로 튀어나와 살아 숨 쉬는 기적을 보는 것 같다. 여드름쟁이는 마른침을 꿀꺽 삼켰다. 운동을 한 것도 아닌데 난데없이 온몸에 땀이 흐르고 숨이 차왔다.

"하여간, 희한하다니까. 우리랑 똑같은 데에서 먹고 자는데 얘는 어쩜 이렇게 피부가 매끈매끈하고 윤이 나나 몰라. 애초부터 타고나기를 그렇게 타고난 걸까?"

테라의 곁에 선 중년 여자가 그녀의 팔을 손바닥으로 쓸면서 떠든다. 다른 여자가 얼른 나서서 깔깔거리며 대꾸한다.

"어이구, 애처럼 부지런히 씻기나 하면서 그런 말을 하면. 얘는 매일 샤워해요. 우리처럼 그렇게 땀 찬 엉덩이 깔고 앉아서 목 주변만 수건으로 대충 훔치는 게 아니라고."

"어머, 진짜? 샤워실이라고 차려만 놨지, 물도 잘 안 나온다면서? 나도 처음에 한 번 갔다가 허탕 치고 온 다음부터 거기는 안 가. 그 쫄쫄 흐르는 물로 뭔 샤워를 해? 그냥 화장실에서 대충 씻고 말지."

"아, 그거요. 펌프를 가동하는 시간이 따로 정해져 있어서 그래요. 오후 두 시부터 세 시 반 사이, 한 시간 반 동안만 샤워실로 물을 보내준대요. 그 시간대에는 전기에 조금 여유가 있나 봐요."

테라가 샤워를…….

가뜩이나 강제 금욕 생활을 하느라 괴로웠던 여드름쟁이는 그녀가 얌전한 목소리로 말하는 샤워란 단어를 듣는 것만으로도 배꼽 아래가 뜨거워지는 것 같았다.

쉘터의 급수 시스템은 한강에서 곧바로 물을 끌어다가 여과시켜 사용하는 것이어서 물이 부족한 일은 거의 없지만, 수천의 수용자들에게 24시간 샤워를 제공할 수는 없었다. 그렇게 낭비를 하기에는 전력도, 여과기의 여력도 부족했다.

두 시라고 했지? 좋아, 나도 그때쯤에 샤워실 부근에서 기웃거리고 있어야지……

여드름쟁이는 턱의 수염을 쥐어뜯으며 생각했다. 톱스타에 아이돌이라고는 해도 어차피 이제 와서는 같은 배급을 받아 먹고 사는 사이. 지나가다가 눈만 잘 맞고 마음만 통하면 사귈 수 있을지도 모른다는 망상이 머릿속에 자리를 잡았다.

아니, 그렇게 구체적으로 관계가 진전되지 않아도 괜찮다. 샤워를 막 마치고 나온, 상기된 얼굴의 그녀를 보는 것만으로도 꽤나 큰 눈요기를 할 수 있을 것이다.

"총각, 무슨 생각 해요? 앞으로 가요. 줄 비었어요."

"호호호, 테라 때문에 넋이 나갔나 보네, 이 아저씨."

여드름쟁이의 기분 좋은 망상은 뒷줄 아줌마의 지적 때문에 깨졌다. 마음이 들킨 것 같아 얼굴이 상기된 그는 재빨리 앞으로 걸어갔다. 배식대의 앞에는 시야를 가리기 위한 칸막이가 쳐져 있었다. 어제까지만 해도 없던 물건이다.

"뭐야, 이건?"

칸막이 안으로 들어간 여드름쟁이의 눈에 한 분대의 병사들이 들어온다. 두툼한 서류철과 볼펜을 들고 있던 병장이 식판을 내미는 여드름쟁이에게 물었다.

"성함이 어떻게 되십니까?"

"네?"

여드름쟁이가 고개를 갸웃거리자 병장은 질문을 고쳐 다시 물었다.

"이름. 이름이 뭐예요?"

"김승준요. 그, 그건 왜요?"

"김승준, 김승준… 아, 여기 있네."

여드름쟁이에게 답을 하지 않고 서류철을 넘기던 병장은 그의 이름을 발견하고 두 줄을 그었다. 서류상으로는 동명이인이 있는 것으로 되어 있지만, 크게 신경 쓰지 않았다. 어차피 김승준이라는 이름을 가진 대상은 다 똑같이 처리될 테니까.

"여기 있다는 게 뭔 소리예요? 그, 그 서류가 뭔데요?"

대답을 듣지 못한 여드름쟁이는 재차 물었다. 병장은 서류철을 덮으며 미소를 지었다.

"김승준 씨, 축하합니다. 현역 입영 대상자입니다. 저기 쳐놓은 노란 테이프 보이십니까? 그걸 따라서 쭈욱 끝까지 걸어가십니다. 거기에서 대기하시면 저희가 안내를 따로 해드릴 겁니다."

"네? 현역……."

너무도 갑작스러운 처분에 얼떨떨해진 여드름쟁이가 뭐라 할 말을 찾기 위해 눈을 굴리고 있자, 병장은 차갑게, 그리고 강압적으로 명령했다.

"빨리 이동합니다. 다른 분들 기다리시니까."

"하, 하지만 아직 밥도 못 먹었는데……."

병장 곁에 서 있던 병사가 다가와 여드름쟁이의 식판을 빼앗아 반납하는 곳에 놓으며 말했다.

"그쪽에서 따로 챙겨 드릴 겁니다. 이제부터는 군인으로 대접해 드릴 테니까 안심하십쇼."

"어, 어어……."

아직도 상황을 온전히 받아들이지 못하고 입을 뻐끔거리던 여드름쟁이는 병사 둘에게 밀리다시피 해서 노란 테이프 안쪽으로 멀어져 갔다. 등을 떠밀려 걸어가면서도 그는 계속 뒤쪽으로 고개를 돌려 테라를 힐끔거렸다. 병장은 무심한 표정으로 줄 선 사람들을 향해 손을 까딱거린다.

"자, 다음 분 오십쇼. 그렇게 서 계시지 마시고."

테라는 머뭇거리며 식판을 배식대 위에 올리고 취사병들을 향해 고개를 숙였다. 바로 눈앞에서 군에 끌려가는 수용자를 본 터라 잠깐 동안 일말의 두려움이 마음속을 휘저었다.

하지만 그녀에게, 그리고 그녀와 나란히 서 있는 여자들에게 취사병들은 평소와 다름없이 친절하게 밥과 국을 퍼 줬다. 잠실 쉘터의 제1차 입영 대상들은 어디까지나 20세에서 35세까지의 젊은 남자들만으로 국한되어 있었기 때문이다.

"이, 이게 뭐야? 씨이, 왜 아침도 못 먹게 하고……. 난데없이 입영은 또 뭔 소리야?"

미리 쳐둔 경계선을 따라 걷다가 좌익수 쪽 객석까지 이른 여드름쟁이는 울상을 지으며 투덜거렸다. 이럴 줄 알았다면 아침 먹는 줄에 서지 않는 건데, 이놈들이 꼼수를 부리는 바람에 꿈에도 모르고 있다가 걸려들어 버렸다.

객석 앞에서 대기하고 있던 병사들은 여드름쟁이를 보자 아무 말도 없이 박스에서 주황색 트레이닝복 한 세트와 커다란 봉투를 꺼내 건넸다.

"이, 이걸 어떻게 하라고요?"

여드름쟁이가 묻자, 병사는 바로 곁에 쳐둔 커다란 국방색 장막을 가리킨다.

"저기에서 환복합니다. 지금 입고 있는 옷은 그 봉투에 넣어서 갖고 나옵니다. 빨리 환복하도록 합니다."

강압적이다. 젠장, 여드름쟁이는 울고 싶은 심정으로 장막 안으로 들어갔다. 안에서는 이미 대여섯 명이 똥 씹은 표정을 하고서 툴툴대며 옷을 갈아입고 있었다. 개중엔 서른이 훌쩍 넘어 보이는 아저씨까지 있는 걸 보면 이놈들은 나이도, 군필 여부도 따지지 않은 채 무조건 입영시키는 것 같다.

"아, 씨발. 하다 하다 이제는 군대를 두 번 가네. 좆도."

주황색 트레이닝복으로 갈아입은 삼십 대가 욕설을 내뱉으며 봉투를 뒤져 반쯤 남은 담배꽁초를 꺼내 입에 문다. 후우우~ 불을 붙인 사내는 인상을 팍팍 쓰면서 외야 객석에 자리를 잡고 앉았다.

흡연 구역이 아니지만 거기까지 입을 대는 병사는 없었다. 어쨌든 남자들로서는 가장 가기 싫은 곳으로 끌려가는 날이고, 아직 정식으로 훈련이 시작된 것도 아니었으므로 조금은 아량을 베풀어주는 모양이다.

담배… 피우고 싶다…….

여드름쟁이는 삼십 대의 입에서 뿜어져 나오는 뿌연 연기를 빤히 바라보았다. 불안감이 몰려온다. 이렇게 갑자기 군대에 끌려가게 되다니, 도대체 어떤 대접을 받게 될까?

"아침 식사입니다."

넋을 놓고 앉아 있는 여드름쟁이의 무릎에 박스 하나가 놓여졌다. 여드름쟁이는 가볍게 한숨을 쉬고 박스를 열었다. 햇반에 즉석 카레, 즉석 미트볼, 포장 김치, 포장 김, 종이팩에 든 과일 주스, 감자 칩, 그리고 손바닥만 한 캐러멜 한 통과 생수가 들어 있다. 평소 쉘터에서 먹던 것에 비하면 진수성찬이다.

이렇게 우울한데도 음식을 보자마자 식욕이 동한다는 것에 여드름쟁이는 한편 놀라면서 허겁지겁 포장을 뜯고 포크를 놀렸다. 그러는 동안에도 속속 새로운 입영 대상자들이 들어왔고,

그림자가 드리워진 얼굴로 장막 안에서 옷을 갈아입고 외야석으로 와 앉았다. 밥을 다 먹어 치우고 과일 주스를 빨 때쯤 돼서야 비로소 다시 암울한 현실이 그의 마음을 짓눌렀다.

에에에에에에에엥~ 에에에에에에엥~

잠실 쉘터에 싸이렌이 울린 것은 점심시간이 다 끝나갈 무렵이었다. 그전까지 맞은편의 아파트 단지 주변을 배회하던 좀비들이 점점 그 규모를 불리는가 싶더니, 2시 10분 전에 마침내 도로를 가로질러 뛰어나오기 시작했다.

규모 넷짜리 좀비들의 난입이다. 평소라면 크게 문제가 되지 않았겠지만, 태풍으로 인해 방어벽이 무너지고 크레모아가 유실돼 버린 상황이라 이야기가 좀 달랐다.

"전방에 좀비! 전방에 좀비! 위치로!"

철책 마무리 공사를 진행하던 병사들은 작업을 중지하고 새빨리 후퇴했다. 후방에서 버티고 있던 K―21 장갑차의 중기관총이 가장 먼저 목표물을 확보하고 불을 뿜는다.

콰콰콰쾅― 콰콰콰쾅―!

요란한 소리와 함께 기관총이 훑고 지나간 지역에는 사지가 떨어져 나가고 허리가 잘린 좀비들이 나뒹군다. 하지만 좀비와의 싸움이 늘 그렇듯이 그런 기선 제압 따위는 아무 의미도 없다.

그라아아아아!

사람의 기척을 느낀 좀비들은 괴성을 지르며 빠르게 돌진해 온다. 망설이거나 두려워하는 기색 따위는 찾아볼 수가 없다. 넓게 퍼져 뛰어오는 좀비들을 향해 40㎜ 기관포와 동축기관총 이 동시에 발사된다.

콰쾅! 파파파파파바바―

엄청난 화력이지만, 문제는 너무 근접해 있다는 것이다. 놈들 과의 거리는 불과 50여 미터. 잠시라도 한눈을 팔거나 조준을 놓치는 날에는 끝장이라는 것을 알기에 병사들의 등에서는 식 은땀이 흘러내린다.

쿠르르르르―

산개해 있던 탱크들과 장갑차들이 화력을 보태기 위해 6시 방향으로 몰려든다. 하지만 그들의 이동보다 좀비들의 난입이 훨씬 빠르다.

콰앙―! 콰앙―!

10여 초의 간격을 두고 K―2 전차의 주포가 학교 운동장을 향해 연속 사격을 날린다.

"크레모아!"

장교의 명령을 받은 병사가 폭파 스위치를 누르자, 정신여고 를 향해 설치되어 있던 다섯 발의 크레모아가 일제히 폭발한다.

콰아앙―!

엄청난 굉음과 함께 수십 마리의 좀비들이 산산조각 나면서 하늘로 날아가 버렸다. 그렇게 하는 동안에 거리를 확보한 보병들은 K—2 소총의 방아쇠를 당겼다.

타타타타타— 투투투투두—

갑자기 수십 기의 소총이 일제히 발사되면서 잠실의 하늘은 온통 총성으로 뒤덮였다.

여기까지만 해도 그다지 심각한 수준은 아니었다. 상황은 아시아 공원의 나무숲이 흔들리면서 더욱 심각해졌다.

사사삿— 사삿—

짙푸른 나무들이 흔들리는가 싶더니, 그 사이를 뚫고 좀비들이 달려 나오기 시작했다. 이제 야구장을 향해 달려드는 좀비들은 6시와 5시, 두 방향에서 밀려온다. 정신여고 쪽의 작업에 집중하고 있었기 때문에 공원 쪽은 상대적으로 방어선이 더 허술했다.

"지원 요청해! 지원!"

야구장으로부터 떨어진 학생 체육관 옥상에 배치되어 있던 저격 소대에서도 긴급 신호가 날아온다. 이 미친놈들이 마치 작당이라도 한 것처럼 거의 동시에 세 방향에서 몰아치고 있는 것이다.

"빨리! 빨리!"

쉘터 내에 배치되어 있던 병사들까지도 서둘러 무기를 지급받고 뛰어나간다. 마지막 하나 남은 철책 방어선이 무너지기라도 한다면 꼼짝없이 야구장에 갇히는 신세가 될 것이기 때문이다. 야구장 내부는 그야말로 필수적인 소수의 병력만이 남겨진 채 순식간에 공동화되었다.

"야, 밖에 난리 났나 본데? 총소리, 대포 소리 완전 장난 아니야."

주황색 트레이닝복 차림으로 앉아 있던 사내들의 귀에도 당연히 그 소리가 들렸다. 비슷한 또래의 남자들은 서로 부족한 정보나마 나누면서 주변을 두리번거렸다. 그라운드 위에서는 병사들이 바쁘게 뛰어다닌다.

"됐어, 씨발. 싸우든가 말든가, 지들이 알아서 하겠지. 어차피 우리도 내일부터 저렇게 뺑이 쳐야 돼. 아, 좆같다, 진짜. 군대가 웬 말이냐."

껄렁거리는 몇몇은 노골적으로 불만을 늘어놓았다. 며칠 동안 이 쉘터 내에서 소위 일진 행세를 하며 군인들의 눈을 피해 톡톡히 재미를 보던 부류들이어서 군대로 끌려간다는 것에 대해 더 강하게 반발하는 중이다.

여드름쟁이도 그들을 잘 안다. 화장실 부근에서 노상 머물다가 약해 보이는 사람이 눈에 띄면 협박해서 별것도 아닌 물건을 빼앗고, 군인들의 감시를 피해 여자들을 희롱하기도 하던 놈들이다.

"아아, 씨발. 잠깐 동안이지만 좋았는데. 계집애들 따먹는 재미도 쏠쏠했고."

"그러게. 건빵 한 봉지에 대주는 년들이 있을 거라고 상상이

나 해봤냐?"

한데 모여 앉은 녀석들은 잔뜩 허세를 부리며 위악적인 목소리로 자신의 무용담을 털어놓았다. 앉은 위치가 바로 근처여서 애써 귀를 기울이지 않아도 여드름쟁이는 녀석들의 대화를 고스란히 들을 수 있었다.

으아아악! 바깥에서는 어느 병사가 내지르는 단말마가 총성에 섞여 울려온다.

"지금 군대에 끌려가면 결국 우리도 저렇게 돼지겠지? 진짜, 씨발. 이왕 죽는 건데 테라라도 한 번 따먹어보고 죽었으면 좋겠다. 그러면 나도 내가 이 나이에 돼지는 걸 납득할 수 있을 것 같아. 바로 근처에서 며칠이나 살았으니까 기회는 있었는데."

쥐를 닮은 놈이 중얼거리자, 다른 놈들도 고개를 끄덕인다.

"닥치라고. 방법이 있는 걸 좀 이야기해. 군인 새끼들이 완전 밀착 수비를 해줘서 그년은 못 건드린다고. 내가 아무 욕심이 없었는 줄 아냐? 군인들만 없었으면 그년은 내가 벌써 열 번도 더 따먹었을걸?"

덩치는 쥐의 머리통을 쥐어박으며 면박을 준다. 이성적으로는 너무도 한심한 이야기들이지만, 가만히 앉아 듣고 있는 동안 여드름쟁이 역시 차츰 그들의 욕망과 동화되어 갔다.

씨발, 이럴 줄 알았으면 아침에 미친 척하고 와락 끌어안아라도 보는 건데…….

바로 뒤에 테라가 서 있었을 때, 그 찬스를 놓쳤다는 것이 갑자기 너무나 후회가 된다.

"…야, 이상해. 군인이 없어. 복도도 텅 비었어."

자리를 이탈해 살금살금 위쪽을 살피고 온 녀석 하나가 덩치에게 다가가 속삭인다. 덩치와 여드름은 거의 동시에 고개를 돌렸다. 정말 조금 전까지도 그들을 감시하고 있던 병사들이 모두 사라져 버렸다.

"어쩌라고, 이 새끼야. 군인이 없는데 뭐!"

"하~ 이 등신. 굳이 다 풀어서 말해줘야 되나……. 찬스잖아. 네가 조금 전에 뭐라고 했어. 군인들만 없으면 테라 년 아주 죽여 버린다고 했었지? 지금 군인이 싹 다 빠졌다고."

어라?

덩치의 표정이 묘하게 바뀐다. 그리고 눈빛에 사악한 욕망이 꿈틀거린다. 꺽다리가 끼어들어 겁먹은 목소리로 묻는다.

"야, 근데 따먹는 건 그렇다 쳐도 뒷감당은 어떻게 할래? 그년 당한 걸 알면 군인들이 우릴 찢어 죽일걸?"

"등신아, 그런 건 걱정 안 해도 돼. 저 앞에를 좀 봐라."

덩치가 턱으로 다른 입영 대상자들을 가리킨다. 그리고 자신의 주황색 트레이닝복을 잡아당긴다.

"전부 다 똑같은 옷을 입은 남자가 수백 명인데, 그년이 무슨 수로 우리를 찾아낼 거냐? 그리고 막상 지목을 해도 증거 있어? 응? 이건 거의 완전범죄야. 가자!"

덩치는 콧김을 씩씩거리며 일어났다. 그의 성기는 벌써부터 발기해서 트레이닝복 위로 빳빳이 서 있다.

"다 좋은데, 테라가 어디 있는지는 알고 설치는 거야? 야구장 전체를 다 뒤지려고? 생각을 좀 하고 살아라. 그냥 우리 군인들 오기 전에 가까운 데서 눈에 띄는 년 아무나 붙잡고 하자. 그게 훨씬 현실적이다."

쥐가 딴죽을 걸자 열 놈들은 웅성거리기 시작했다. 덩치도 이내 고개를 끄덕인다.

"하긴 그 말도 맞네. 그년이 어디 있는 줄 알고⋯⋯."

놈들이 포기하려는 기미를 보인다. 여기까지 엿들은 여드름쟁이는 전광판의 시계를 살폈다. 두 시 오 분.

훗, 이것 봐라?

여드름쟁이는 사악한 미소를 지으며 자리에서 일어나 덩치와 그 일행에게 다가갔다. 그러고는 말했다.

"나는 걔 어디 있는지 알 것 같은데."

〈『좀비묵시록 82─08』 제7권에서 계속〉